JÖRG LÖSEL

Mord à la carte in Schwabing

TÖDLICHE SPEISEN Der junge, sensible aber ehrgeizige TV-Journalist Tom Becker hat aktuell zwei Ziele: Er möchte einen festen Job bei dem Münchner Fernsehsender TV 1, und er wünscht sich Lisa als Freundin, die im Zwei-Sterne-Restaurant »Odeon« serviert. Als er vor dem Restaurant auf sie wartet, kommt ein Mann aus dem Lokal getorkelt und bricht ohnmächtig auf Toms Wagen zusammen. Zunächst denkt Tom, der Mann habe nur sein Spitzenmenü nicht vertragen, doch dann stellt sich heraus, dass er ermordet wurde. Im Fernsehen berichtet Tom über einen Prozess, bei dem der Sternekoch des »Odeon« angeklagt ist. Bei seinen Recherchen stößt er auf den Chefkoch Marc Wissler, der mit dem »Odeon« um einen dritten Stern konkurriert. Bald gibt es einen zweiten Toten, und plötzlich wird es auch für Tom gefährlich. Doch das ist nicht sein einziges Problem. Sein gefühlskalter Redaktionsleiter schränkt sein Potenzial eher ein, als dass er es fördert, und seine Beziehung zu Lisa ist einem großen Auf und Ab unterworfen. Ist sie vielleicht selbst in den Mord verwickelt?

Jörg Lösel, 1948 in Erlangen geboren, lebt seit 50 Jahren in München. Nach dem Studium der Sinologie, Soziologie und Kommunikationswissenschaften führte er Reiseleitungen nach Asien durch und war als freier Mitarbeiter beim Bayerischen Rundfunk/Fernsehen tätig. Ab 1983 arbeitete er als Redakteur im Fernsehbereich des BR, zuletzt als stellvertretender Leiter und Redaktionsleiter der Programmredaktion von BR-alpha. Er betreute fiktionale Fernsehserien sowie Sendereihen aus dem Bildungsbereich mit Prof. Harald Lesch und Prof. Manfred Spitzer. Als Gegengewicht zum Fernsehgeschäft verlegte er sich privat auf das Schreiben von Geschichten und Romanen. Jörg Lösel ist verheiratet, hat zwei erwachsene Kinder, kocht gerne und reist viel.

JÖRG LÖSEL

Mord à la carte in Schwabing

Kriminalroman

GMEINER

Personen und Handlung sind frei erfunden.
Ähnlichkeiten mit lebenden oder toten Personen
sind rein zufällig und nicht beabsichtigt.

MIX
Papier aus verantwortungsvollen Quellen
FSC www.fsc.org
FSC® C083411

Besuchen Sie uns im Internet:
www.gmeiner-verlag.de

Im Ehnried 5, 88605 Meßkirch
Telefon 07575/2095-0
info@gmeiner-verlag.de

1. Auflage 2021

Lektorat: Katja Ernst
Herstellung: Mirjam Hecht
Umschlaggestaltung: U.O.R.G. Lutz Eberle, Stuttgart
unter Verwendung eines Fotos von: © magdal3na / stock.adobe.com
Druck: CPI books GmbH, Leck
Printed in Germany
ISBN 978-3-8392-2841-8

Für Tine, Corinna und Philipp

GRUSS AUS DER KÜCHE

1

Tom ließ das Seitenfenster herunter, um den Rauch nach draußen zu blasen. Frauen hatten oft so feine Nasen und mochten es nicht, wenn es im Auto nach Zigaretten roch. Ob das bei Lisa der Fall war, wusste er noch nicht. Er wartete in seinem roten Dacia Logan, der schon ein paar Roststellen hatte, um sie abzupassen. Es sollte eine Überraschung werden.

Er hatte Lisa beim Taekwondo kennengelernt, und sie hatte ihm gleich gefallen: die schwarze Kurzhaarfrisur, die grünen Augen und der volle, rot geschminkte Mund. Nach der Trainingsstunde waren sie auf einen Drink in eine Schwabinger Eckkneipe gegangen, und da hatte sie ihm erzählt, dass sie im Odeon als Bedienung arbeitete.

Er war froh, direkt vor dem Restaurant einen Parkplatz bekommen zu haben. Die Fallmerayerstraße, in der das Odeon lag, war eine ruhige Schwabinger Wohnstraße. Mal lief ein nächtlicher Jogger den Gehsteig entlang, mal rauschte ein PKW durch die Stille, immer wieder sah Tom fröhlich lachende Paare aus dem dezent beleuchteten Gourmet-Tempel kommen, allesamt gestylt und in Abendgarderobe. Ansonsten war es sehr still für eine Großstadt. Im Eingangsbereich des Odeon stand eine Skulptur mit dem bärtigen Kopf des antiken Philosophen Epikur, der als Botschafter des guten Geschmacks den Weg wies.

Tom knurrte der Magen, er dachte an die teuren kulinarischen Leckereien, warf die Zigarettenkippe aus dem

Fenster und biss in seine Wurstsemmel, die er sich an einem Brotzeit-Stand besorgt hatte. Er steckte seinen Musik-Stick in die Hi-Fi-Soundanlage, und hörte »Wicked Game« von Chris Isaak, in dem die Zeile vorkommt: »Ich hätte nie gedacht, dass ich jemandem wie dir begegnen würde.«

Schön. Schnulzig. Tom lächelte träumerisch vor sich hin. Ihm kam die MeToo-Debatte in den Sinn, die weltweit Sexismus und Gewalt von Männern gegen Frauen in den Mittelpunkt gestellt und das Kennenlernen und Zusammenleben zwischen den Geschlechtern verändert hat.

Er dachte wieder an Lisa, an ihren weißen Teint im Kontrast zum schwarzen Haar und an ihren exotischen Duft.

Automatisch drängte sich ihm der nächste Gedankensplitter auf: wie er seine Ex Franziska mit seinem besten Freund Gregor vor einem Jahr im Bett erwischt hatte. Es war ein Gefühl, als würden seine Beine nachgeben und er in sich zusammenklappen wie eine Ziehharmonika beim Schlussakkord. Sein Kopf war voll von Leere, und vor den Augen schwirrten rote Flecken. Mit Franziska und Gregor hatte er seither kein Wort mehr gesprochen. Gegenüber Frauen hatte er sich in der Folgezeit sehr reserviert verhalten, die Angst vor einer erneuten Enttäuschung hatte ihn verschlossen gemacht. Doch Lisa hatte ihn auf den ersten Blick angezogen. Wäre es nicht schön, wenn er sie näher kennenlernen könnte – und sie vielleicht sogar seine feste Freundin werden würde?

Tom zog seine Lederjacke enger und schloss das Fenster. Obwohl es Anfang Mai war, war es frisch, am Abend hatte es leicht geregnet, in den Pfützen spiegelten sich die Lichter der Straßenlampen.

Im Spiegel der Sonnenblende sah er seine hellbraunen Haare, die wirr über seine Ohren fielen und nach einem Haarschnitt verlangten. Mit ein paar Fingerstrichen brachte er sie halbwegs in Form, zu geleckt wollte er Lisa auch nicht gegenübertreten. Sein Dreitagebart verstärkte den lässigen Eindruck.

Die Tür des Odeon wurde aufgestoßen, und ein leicht korpulenter Mann trat unsicher ins Freie, sein dunkelblauer Trenchcoat stand offen, ebenso wie sein Jackett. Der Mann riss an seinem Krawattenknoten und an den Knöpfen seiner weißen Hemdbrust, versuchte sich Luft zu verschaffen. Torkelnd lief er auf die Straße zu, vorbei an der Skulptur, und presste die Hände in die Magengegend.

Der muss wohl ein paar Gläser Schampus zu viel getrunken haben, ging es Tom durch den Kopf. Das dunkelrote Gesicht, die weit aufgerissenen Augen, die Speichelfäden am Mund ließen Unheilvolles erahnen. Geradewegs auf den Dacia stakste der Mann zu, ging kurz davor leicht in die Knie, beugte sich mit dem Oberkörper nach vorn und spie im großen Bogen das unverdaute exklusive Abendessen der Gourmetküche auf die Windschutzscheibe. Auf der Motorhaube brach er zusammen.

Wie versteinert saß Tom auf dem Fahrersitz. Adrenalin schoss durch seinen Körper. Er riss die Autotür auf, der Kopf des Mannes, der nun rosa glänzte, lag reglos auf dem Blech des Wagens.

Tom rannte zum Eingang des Odeon, stürzte in das Restaurant und rief einem ergrauten Herren in schwarzem Livree zu, der für den Empfang der Gäste zuständig schien: »Schnell, rufen Sie den Notarzt. Da draußen ist jemand zusammengebrochen!«

»Ben Williams«, stand auf dem Schild, das am Revers der Anzugjacke des Herren befestigt war, und darunter »Chef de la réception«. Er musterte Tom von oben bis unten, legte seine Stirn in Falten und fragte mit starkem amerikanischem Akzent: »Wie schlimm ist es?«

»Der Mann liegt ohnmächtig auf meinem Auto!«

Tom warf einen Blick in den Innenraum des Restaurants. In seiner Jeans und der braunen Lederjacke fühlte er sich nicht adäquat gekleidet. Er schenkte wieder Williams seine Aufmerksamkeit und forderte ihn nachdrücklich auf: »Machen Sie schnell! Der Mann kam aus diesem Restaurant und ist zusammengebrochen. Sieht nicht gut aus!«

»Bitte, erregen Sie kein Aufsehen. Ich kümmere mich sofort!«

Wie durch einen Schleier nahm Tom das Interieur des Zwei-Sterne-Restaurants auf. Obwohl es schon nach 22 Uhr war, war noch die Hälfte der Tische mit schick gekleideten Menschen besetzt, die Bedienungen servierten erlesene Gerichte und Getränke, es herrschte ein heiteres Grundrauschen vor, in das sich immer wieder ein vornehmes Kichern mischte. Die Einrichtung war elegant, Ton in Ton gehalten mit hellbraunen Stühlen vor weiß gedeckten Tischen, die Wände braun marmoriert, der Boden aus dunklem Parkett. Das indirekte Licht sorgte zusammen mit den abgedeckten Kerzen auf den Tischen für eine stimmungsvolle, edle Atmosphäre. Tom nahm sie wahr, aber für ihn war es eine fremde Welt.

»Der Notarzt ist unterwegs, und mein Kollege fragt

gerade einen Herren, der bei der Reservierung auf seinen Doktortitel verwiesen hat, ob er Arzt ist.«

Tom zupfte den »Chef de la réception« am Ärmel: »Kommen Sie, wir müssen dem Mann helfen!«

Während er eilig nach draußen lief, bemerkte er Lisa, die gerade in einer Nische servierte – mit weißen Stoffhandschuhen. Sie erinnerten ihn an die Hände einer Micky-Maus-Figur.

Als die beiden Männer auf die Straße traten, hörten sie in der Ferne die Sirene eines Krankenwagens. Der Ohnmächtige lag unverändert auf der Kühlerhaube. Angewidert blickte Tom auf die erbrochenen Speisen auf seinem Wagen. Sollten sie den Mann auf den Boden legen? In stabile Seitenlage? Eine Herzmassage machen? Oder vielleicht gar eine Mund-zu-Mund-Beatmung? Tom schüttelte es.

»Das Zwei-Sterne-Menü scheint Ihrem Gast nicht wirklich bekommen zu sein«, raunte Tom Mr. Williams zu, der dem Bewusstlosen unter die Achseln griff.

»Reden Sie nicht blöd, helfen Sie mir!«

Tom nahm die Beine des Mannes, und sie legten ihn auf den in Granitoptik gepflasterten Boden. Das Gesicht des Ohnmächtigen war kalkweiß, die Lippen blau, und es stank nach Erbrochenem. Der »Chef de la réception« versuchte die Halsschlagader zu ertasten, dann den Puls am Handgelenk.

Tom ging das alles viel zu langsam. »Wir müssen ihn in stabile Seitenlage drehen, sonst verschluckt er vielleicht seine Zunge.«

»Ich spüre keinen Puls, vielleicht braucht er eine Herzmassage!« Williams zerrte am Hemd des Mannes und riss es auseinander. Fest und rhythmisch drückte er mit beiden Händen auf die Brust des Ohnmächtigen.

Im nächsten Moment kamen zwei Männer aus dem Odeon angelaufen. Tom erkannte den Sternekoch Steineberg sofort – einen gut aussehenden blonden Mann, der häufig charmant aus den Münchner Boulevardzeitungen lächelte. Er hielt eine weiße Serviette über dem Arm, als müsste er ständig und überall Staubflusen und Schmutz abwischen. Der andere Mann trug einen Bleistiftbart auf der Oberlippe und eine silberne Fliege um den Kragen. Sein Gang mit durchgedrücktem Kreuz und geschwellter Brust ließ seine subjektiv empfundene Bedeutung erahnen. Er schien der Arzt zu sein. »Lassen Sie mich da mal ran.«

Er drängte Mr. Williams zur Seite, hob die Lider des Mannes an, versuchte zu hören, ob er atmete, fühlte seinen Puls, dann wandte er sich den Umstehenden mit einem Seufzer zu. »Exitus.«

Tom stutzte. »Ist er tot?« Er spürte sein Herz rasen und seine Haut begann zu prickeln. Aus der Ferne hörte er den Klang des Martinshorns näher kommen.

Sofort schien Steineberg die mögliche gastronomische Katastrophe für das Odeon zu erfassen. Sein Gesicht trat kantig hervor, und seine hellblauen Augen leuchteten stählern. »Es muss wohl ein Herzinfarkt gewesen sein.«

Ein paar Schritte neben ihnen hielten zwei Rettungsfahrzeuge. Als der Lärm der Sirenen verstummt war, hörte Tom Türen-Schlagen, kurze Zurufe, Getrampel.

»Notarzt«, las er auf der roten Jacke, als sich ein stattlicher Mann mit Vollbart über den Bewusstlosen beugte. »Kennt jemand diesen Mann?«, fragte er in die Runde, die sich durch ein paar neugierige Spaziergänger vergrößert hatte.

»Ich denke, er ist ein Franzose. Er hatte als Monsieur Lalonge bei uns reserviert«, sagte Ben Williams.

»Er hat sich über meinem Auto erbrochen«, ergänzte Tom.

»Wurde er angefahren?«, fragte der Notarzt.

»Nein, er kam direkt aus dem Restaurant. Ich stand auf dem Parkplatz, und er torkelte schon auf dem Weg hierher.«

Der Notarzt nickte, zog die Geldbörse aus der hinteren Hosentasche des Bewusstlosen und gab sie einem Kollegen. »Sieh nach, ob du Infos zu Krankheiten und Medikamenten darin findest!«

»Dafür ist es zu spät, der Mann ist tot«, schaltete sich die Person mit dem dünnen Oberlippenbart ein und stemmte die Hände in die Hüften.

Der Notarzt wandte ihm den Kopf zu. »Sind Sie ein Kollege?«

»Nicht direkt, ich bin Zahnarzt.«

Der Notarzt sah ihn mit hochgezogenen Augenbrauen an. »Überlassen Sie bitte uns die Diagnose, mein Herr. Wir schauen, was wir tun können.«

Ungehalten räusperte sich der Zahnarzt und ging eiligen Schrittes zurück ins Restaurant.

Der Notarzt wies seine Kollegen an, die Krankenwagen-Liege zu holen und Monsieur Lalonge in den Rettungswagen zu bringen.

Kurze Zeit danach stand Tom hilflos vor seinem Dacia. Er wusste nicht, ob Monsieur Lalonge nun tot war oder nicht.

Rettungswagen und Notarzt waren abgefahren, ohne dass sich der Arzt noch einmal geäußert hatte. Und eigentlich war Tom wegen Lisa hier. Da kam es sicher nicht so gut, wenn er sie in dem vollgekotzten Auto nach Hause fahren wollte. Aber immerhin hatte er eine gute Geschichte zu erzählen.

Im Odeon ließ sich Tom zwei Eimer mit Wasser geben und schüttete sie über der Motorhaube seines Wagens aus. Mit einem Fensterwischer reinigte er die Scheibe von den verbliebenen Speiseresten. Dabei verspannte sich sein Magen, er würgte, hielt die Hand vor den Mund und konnte gerade noch den Kopf drehen, damit die Fontäne nicht wieder auf dem Dacia landete. Am Boden breitete sich ein Brei aus halb verdauten Burgern und Brötchen aus. Jetzt stank er auch noch selbst nach Kotze.

Genau in diesem Augenblick kam Lisa aus dem Hintereingang des Odeon – gefolgt von einem Typen ganz in Schwarz: schwarz glänzende, nach hinten gekämmte Haare, schwarze Hose aus glattem Leder und schwarzer Kurzmantel über dem Bierbauch. Der Typ war kaum größer als Lisa.

»Hi, Tom. Was machst du denn hier?«

»Ich wasche mein Auto«, sagte er mit einem Zwinkern und deutete er auf die zwei Eimer.

»Mitten in der Nacht – vor dem Odeon?«

»Ich wollte dich abholen, aber dann ist hier was passiert. Hast du die Sirenen nicht gehört?«

Kurz zeigte Lisa eine Reihe weißer Zähne zwischen ihren weinroten Lippen. »Doch, doch, Ben sagte, da wäre ein Gast zusammengebrochen.«

»Der ist direkt auf mein Auto zugelaufen und hat sich dann erbrochen.«

»Und da-hann … hast duu auch ge-gekotzt«, kam es von dem Typen in Schwarz.

»Halt dich zurück, Edgar!«, wies ihn Lisa zurecht. »Ach ja, das ist mein Kollege Edgar aus der Küche, und das ist Tom«, machte sie die Männer bekannt. Händeschütteln wollte keiner von beiden.

»Ich würde noch gerne was trinken gehen«, sagte Tom zu Lisa, wobei er sich mit dem Rücken vor Edgar stellte und ihn mit seinem Blick definitiv ausschloss.

Lisa checkte auf dem Display ihres Handys die Uhrzeit. »Okay, ich bin zwar tierisch müde, aber die Geschichte höre ich mir noch gerne an.«

»Ich mö-möchte sie au-auuch hören«, drängte sich Edgar stotternd zwischen die beiden. In seinen eng stehenden Augen erkannte Tom den Ausdruck eines geprügelten Hundes.

»Lisa erzählt sie dir morgen.« Tom war genervt, packte Lisa am Arm und zog sie zu seinem Wagen.

2

Weit nach Mitternacht hatte Tom Lisa nach Hause gefahren, und sie hatten sich mit Wangenküsschen verabschiedet. Lisa hatte ihm von ihrer Haustür aus noch mal zugewinkt. Mit Flugzeugen im Bauch hatte Tom seinen Dacia Richtung Schopenhauerstraße gelenkt.

Am nächsten Morgen nun sah er Bilder der Momente mit Lisa vor sich, als er auf dem Weg zu seinem Arbeitsplatz war: wie sie lächelte, wie sich ihr Mund beim Sprechen bewegte, welche Gesten sie mit den Händen machte, wie sie aufrecht und mit festem Schritt ging.

Da war eine Parklücke! Ein harter gedanklicher Schnitt. Tom parkte ein.

Es war der dritte Tag seiner Hospitanz beim Fernsehsender TV 1. Gleich nach dem Abschluss der Journalistenschule hatte es geklappt mit der Stelle. Er hatte sich bei mehreren Hörfunk- und Fernsehanstalten beworben und war sehr skeptisch gewesen, ob er eine Zusage bekommen würde.

Sein großes Berufsziel war eine redaktionelle Tätigkeit beim Fernsehen, und er hoffte, mit der Hospitanz diesem Ziel ein Stück näher zu kommen. Ihm war aufgefallen, dass die meisten Typen beim Fernsehen deutlich mehr gestylt waren als er, aber er fühlte sich nicht als Außenseiter. Die gemeinsame Arbeit in der medialen Branche würde gewiss Verbindungen mit den Kollegen entstehen lassen. Eigentlich sah alles nach einer fetten Glückssträhne aus: Er arbeitete beim Fernsehen, und vielleicht hatte er bald eine Freundin.

Stolz zeigte er seinen Dienstausweis dem Pförtner beim Einlass in das Betriebsgelände. Dann machte er sich auf den Weg zur Sitzung der Aktuellen Redaktion von TV 1, die am Standort München für die Berichterstattung aller tagesaktuellen Ereignisse zuständig war, die in Bayern medial von Interesse waren.

Das Redaktionszimmer wirkte kalt und nüchtern, es gab noch nicht einmal Plakate an den weißen Wänden, in einer Ecke stand ein Flipchart auf Rollen.

Um einen einfachen Resopaltisch saßen insgesamt zehn Leute – Redakteure, Planer, eine Sekretärin und ein Studio-Regisseur. Tom stand zwischen zwei Reportern eingekeilt an der Wand. Der Redaktionsleiter Walter Neuwirt, als Einziger in der Runde mit Anzug und Krawatte, zog seine Armbanduhr vom Handgelenk und legte sie vor sich auf den Tisch. In einem kernig gutturalen Bayerisch rief er die tagesaktuellen Storys auf und ließ deren Autoren über den Stand ihrer Recherchen berichten.

»Haben wir heute etwas übersehen?«, fragte Neuwirt mit einem hinterhältigen Lächeln.

Ein rothaariger Planer namens Brandt, der alle Programmentscheidungen eifrig mitgeschrieben hatte, meldete sich zu Wort. »Den Prozessauftakt gegen Steineberg haben wir nicht.«

»Und wieso sagt du das nicht früher? Der steht doch seit Wochen fest. Und die anderen Planer haben das nicht gemerkt? Gratulation zu so viel Übersicht.«

Augenblicklich war es in dem Raum zehn Grad kälter, und es wurde sehr still.

»Was machen wir jetzt? Wer hat Zeit?«

Niemand meldete sich. Die Autoren blätterten in ihren Unterlagen oder guckten ins Leere.

»Also sind alle gut beschäftigt, produzieren für heute, oder? Karen, was ist mit dir?«

Karen warf ihre langen blonden Haare über die Schulter und drückte die Brust gegen ihre weiße Ralph-Lauren-Bluse:

»Wenn jemand für meine morgige Story ins Archiv geht, könnte ich schon.«

Tom war hin- und hergerissen. Einerseits störte ihn der rüde Ton von Neuwirt und die eingeschüchterte Reaktion des gesamten Teams, andererseits sah er es als Chance, um auf sich aufmerksam zu machen. »Ich kann gerne helfen, Herr Neuwirt.«

Die Augenpaare aller Kollegen richteten sich auf ihn, viele mit einem spöttischen Ausdruck im Gesicht. Er kam sich anbiedernd vor und schämte sich.

»Er kann mit mir zum Drehen, die Suche im Archiv sollte lieber jemand übernehmen, der Bescheid weiß«, warf Karen ein.

Tom wurde rot.

»Wer geht für Karen ins Archiv?«, fragte Neuwirt.

Stille im Raum.

»Soll ich selber das alte Filmmaterial im Archiv heraussuchen? Stellt euch nicht so an. Wir müssen alle immer noch etwas mehr arbeiten. Brandt, du darfst dich freuen, hast ja auch den Termin verschusselt.«

Der Planer gab sich kleinlaut. »Verschusselt hab ich ihn nicht, aber ich helfe Karen gerne.«

Als der Name Steineberg gefallen war, war Tom hellhörig geworden. Steineberg war angeklagt, weil der Verdacht bestand, in seinem Restaurant wäre Haschisch in die Sterne-Menüs gemischt worden. Das war ein gefundenes Fressen für die Presse, und die Zeitungen würden sicher am nächsten Tag ausführlich über den Prozess informieren.

Sollte Tom von seinem gestrigen Erlebnis vor dem Odeon berichten? Vielleicht hatte der Franzose auch irgendwelches Rauschgift im Essen gehabt? Oder hatte er etwas mit dem Prozess gegen Steineberg zu tun?

Wenn herauskam, dass es einen kriminellen Hintergrund zu dem Vorfall gab, Tom vor Ort war und davon nichts erzählt hatte, dann stünde er ganz schnell auf der Versagerseite – kein guter Start ins Berufsleben.

Es kam die Frage, auf die Tom gewartet hatte: »Gibt es sonst noch etwas, was wir machen sollten?«

Tom meldete sich.

»Bitte schön, Herr Kollege.« Tom sah die Überheblichkeit im Gesichtsausdruck des Redaktionsleiters.

Er schluckte, räusperte sich und begann: »Einmal weiß ich, dass nächste Woche in Niederbayern ein neues Geothermie-Projekt begonnen wird …«

Neuwirt unterbrach ihn. »Sie sind wohl Umweltaktivist? Schauen auch ein bisschen so aus mit Ihren langen Haaren und der Lederjacke … Über Geothermie-Projekte haben wir doch schon mehrfach berichtet. Was haben Sie noch?«

»Ich weiß, dass gestern ein Mann, der aus Steinebergs Odeon kam, bewusstlos zusammengebrochen ist. Ich weiß nicht, ob das irgendetwas mit Rauschgift zu tun hatte, aber ich wollte das einfach mitteilen.«

»Und woher wissen Sie das?«

»Ich war zufällig vor Ort.«

»Oh, unser Redaktionsneuling ist Umweltaktivist und speist im Zwei-Sterne-Restaurant. Respekt.«

Tom war wieder rot geworden. »Nein, ich habe da nicht gegessen, ich war zufällig dort.«

»Warum haben Sie das nicht gleich gesagt?«

»Ich wusste nicht, ob das wichtig ist.«

Bei diesen Worten sah Neuwirt auf seine Uhr, streifte sie über das Handgelenk und erhob sich.

»Das kann es schon sein. Recherchier das mal, Brandt, und sag mir Bescheid, aber nicht erst heute Nachmittag!«

Damit war die Sitzung beendet, Tom konnte es sich nicht verkneifen, seinem Nachbarn in der Zimmerecke zuzuraunen: »Ist der immer so?«

»Meistens. Aber er hat auch seine netten Tage. – Wir haben uns noch nicht kennengelernt. Ich bin Eike.«

»Ich bin Tom«, sagte er und sah sich Eike genauer an. Der Autor trug hautenge Jeans, rote Sneaker, ein enges weißes T-Shirt und darüber eine kurze graublaue Lederjacke. Seine dunkelbraunen Haare waren exakt gescheitelt, und Tom glaubte, auf den Wangen eine Spur von Rouge zu entdecken.

»Freut mich, Tom. Lass uns in die Kantine gehen und einen Kaffee trinken. Dann kann ich dir was über unser Redaktionsleben erzählen.«

In diesem Moment fuhr Karen dazwischen: »Komm, junger Mann, wir müssen was tun. Mit der Quatschkanone kannst du ein andermal plaudern.«

Sie drehte sich um und verließ das Redaktionszimmer. Tom nickte Eike entschuldigend zu und beeilte sich, Karen zu folgen, die mit vorgestrecktem Kinn energisch in das

Mikro eines In-Ear-Headsets sprechend voranstürmte und dabei einen blumigen Duft hinter sich herzog.

Tom kannte den Justizpalast nur vom Vorbeifahren in der Tram am Stachus oder vom Biergarten des Parkcafés beim Alten Botanischen Garten aus, drinnen war er noch nie gewesen. Bombastisch wie ein absolutistisches Schloss stand das neobarocke Gebäude zwischen dem Münchner Hauptbahnhof und dem Karlsplatz, signalisierte die Macht der Justiz und des Staates, wobei die Staatsformen über die Jahrzehnte variierten. Da der größte Saal im Strafjustizzentrum in der Nymphenburger Straße belegt war und beim Steineberg-Prozess ein Ansturm von Presse- und TV-Journalisten erwartet wurde, hatte man diesen Prozess ausnahmsweise hierher verlegt.

Als der Tonmann, der den Ford Kombi fuhr, endlich in der Nähe des Gerichtsgebäudes eine Lücke zum Parken gefunden hatte, stand schon ein Pulk von Fotografen, Zeitungs- und Hörfunkjournalisten sowie Kamerateams anderer Fernsehsender vor dem Haupteingang. Karen sprach noch immer in ihr Headset, um irgendetwas zu organisieren. Dabei hatte sie sich auf ihrem Schoß eine beträchtliche Anzahl von Notizzetteln nebst Rouge-Döschen und Lippenstift angehäuft, was sie in ihre rostbraune Business-Ledertasche einzuräumen versuchte. Sie wies das Team an, es solle vor dem Hauptportal die Kamera aufbauen, den Aufsager im On würde sie später machen, und Tom solle den Kollegen beim Tragen helfen. Zwischendrin sprach sie wegen der Terminierung ihres Videoschnittes ins Headset, wollte aussteigen, verschätzte sich aber bei der Höhe des Türrahmens und knallte mit der Stirn geräuschvoll gegen die Kante. Ein lauter Schrei. Tom, der bereits draußen auf der Straße stand, sah, wie langsam Blut aus einer Wunde über ihrer rechten Augenbraue zwischen Nase und Wangenknochen nach unten lief und auf die weiße Designerbluse tropfte. Karen war blass geworden und hatte ihre offene Ledertasche auf den Fahrzeugboden fallen lassen. Dorthin hatte sich auch ein Teil des Tascheninhalts ergossen. Tom fischte ein sauberes Papiertaschentuch aus der Hosentasche und drückte es ihr auf die Stirn.

»Ist nur ein kleiner Riss!«, versuchte er sie zu trösten.

Karen atmete heftig, saß aber völlig apathisch auf dem Beifahrersitz.

»Ich hol schnell aus dem Café da drüben etwas Eis, dann schwillt die Wunde nicht so an.«

Als Tom mit zerstoßenem Eis in einem durchsichtigen Plastikbeutel zurückkam, war Karen fast wieder die Alte.

Sie gab dem Team und auch Tom Anweisungen: »Hilf den Kollegen beim Einfangen der O-Töne!«

Dabei presste sie den Eisbeutel auf ihre Stirn.

Toms Pulsschlag wurde schneller, und sein Magen zog sich zusammen. Plötzlich war er ein richtiger Reporter.

Mit seinem Arbeitsgerät auf der Schulter lief der Kameramann Richtung Haupteingang, der übergewichtige Tonmann schnaufte hinterher. Tom versuchte, etwas Platz für sein Team unter den wartenden Journalisten zu schaffen. Bei den Fotografen kam das nicht gut an. Einmal stieß ihm jemand mit dem Ellenbogen in den Rücken.

Unruhe und Hektik entstand unter den Medienleuten, als der Staatsanwalt ganz in Grau gekleidet und mit einer dicken Aktentasche in der Hand auf den Justizpalast zusteuerte. Tom, der den Namen des Mannes nicht kannte, rief: »Herr Staatsanwalt, können Sie fürs Fernsehen ein Statement abgeben?«

Aber der zwängte sich an den Reportern vorbei zum Eingang, und gab nur kopfschüttelnd »Kein Kommentar!« von sich.

Kurz danach erschien Steineberg mit seinem Anwalt. Fotoapparate klickten, Lichter blitzten auf, Hörfunkreporter hielten ihre Mikrofone in die Höhe. Toms Kameramann hievte seine Sony auf die Schulter. Jeder der Journalisten wollte zum Fall eine Erklärung von dem Sternekoch, aber er äußerte sich nicht – wie es alle auch erwartet hatten. Dafür stellte sich sein Anwalt medienerprobt vor die steinerne Pforte: »Wir sind sicher, dass Herr Steineberg freigesprochen und das Gericht als freier Mann verlassen wird.«

Das Team konnte noch ein paar Bilder im Gerichtssaal drehen, danach ließ der Richter keine Aufnahmen mehr zu.

Der Kameramann wollte sein Equipment schon in den Kombi packen, da stutzte er und fragte Karen, ob sie nun den Aufsager noch machen möchte.

»So gehe ich doch nicht vor die Kamera!«, fauchte sie und deutete dabei auf ihre Stirn und ihre Bluse. »Außerdem brummt mir der Schädel. – Was habt ihr denn jetzt? Vielleicht reicht's ja für den Bericht?«

»Leider nicht sehr viel, der Staatsanwalt hat nichts gesagt, und Steineberg natürlich auch nicht. Sein Anwalt hat nur beteuert, dass sein Mandant freigesprochen wird«, berichtete Tom kleinlaut.

»Das hat uns noch gefehlt, dass ihr kaum etwas habt.«

»Dann soll's der Hospitant halt mit dem Aufsager versuchen«, schaltete sich der Kameramann ein.

Karen verzog zweifelnd den Mund und wandte sich ab.

Sollte sein Gesicht am Abend in den Millionen von Fernsehern der gesamten Republik zu sehen sein, wie er den Fall kommentierte? – Genauso wie die Reporter, die in der Tagesschau oder den heute-Sendungen die Zuschauer über die Geschehnisse des Tages informieren?, ging es Tom durch den Kopf.

»Ich probier's!«, sagte er. »Wir haben das auf der Journalistenschule geübt, aber ich brauch etwas Zeit, um mir einen Text zu überlegen.«

Im Schneideraum sah sich Tom das gedrehte Material und seine Versuche an, ein Statement im On zustande zu bringen. Auf dem Chip der Kamera war jede Zuckung in seinem Gesicht, jedes Flackern im Blick und jedes nicht klar artikulierte Wort unveränderbar gespeichert. Tom ahnte, dass die Sache mit seinem ersten Fernsehbericht nicht wirklich gut laufen würde. Er sollte einen 30 Sekunden langen Nachrichtenfilm produzieren sowie einen Zwei-Minüter als Bericht. Für Letzteren reichte aber sein Material kaum, obwohl der Cutter manche Schnittbilder etwas langsamer laufen ließ. Mit ihm hatte er alle Aufsager-Versuche durchgesehen, aber da war nur eine Version dabei, bei der Tom sich nicht versprochen oder die er nicht abgebrochen hatte. Allerdings sah er dabei nicht direkt in die Kamera, weil er von einem Zettel ein Stück unter dem Objektiv abgelesen hatte.

Tom war auf sich allein gestellt, Karen hatten sie auf ihren Wunsch hin ins Schwabinger Krankenhaus gebracht, Eike versorgte ihn ab und an mit Meldungen der Presseagenturen zu dem Fall, aber er musste seinen Bericht alleine stemmen. Immerhin hatte er darauf bestanden, dass das Team noch am Odeon vorbeigefahren und ein paar Schnittbilder gedreht hatte. Er hätte im Text noch viel mehr erzählen können, doch dafür reichten die Aufnahmen nicht aus.

Es folgte die Abnahme durch Neuwirt, der Beitrag sollte in 45 Minuten über den Sender gehen und war noch immer nicht gesprochen.

»So läuft das nicht!«, waren Neuwirts erste Worte, nachdem er Toms Film gesehen und seinen Textvorschlag gehört hatte.

»Das kann man reißerischer erzählen. Wo sind Bilder von Steineberg aus früheren Tagen? Und dass der Richter die Verhandlung mittags noch mal vertagt hat, haben Sie auch nicht im Bericht. Da müssen Sie umschneiden und umtexten, Herr Kollege.«

3

Drei Stunden später saß Tom im Atzinger und wartete auf Lisa. Die Tische des bayerischen Traditionswirtshauses waren alle besetzt – meist mit Studenten, die den Tag nach Vorlesungen in der nahen Universität mit einem oder mehreren Bieren ausklingen ließen. Das Lokal besaß einen zünftigen Charme: Stuck an den Decken, Holzverkleidung an den Wänden, der Rauch in den Pullovern der Gäste erinnerte an den Qualm in Kneipen vor dem Rauchverbot. Der Geräuschpegel lag deutlich über einer akzeptablen Zimmerlautstärke. Tom hörte nichts davon. Er hatte eine Tageszeitung vor sich liegen, starrte auf das Papier, aber er las keine Zeile.

Es war gerade noch gut gegangen, Neuwirt hatte die beiden Filme abgenickt, nachdem Tom sie geändert hatte, und sie waren dann im Programm von TV 1 gelaufen. Kurz vor der Ausstrahlung hatte Tom seine Eltern angerufen, und sie darauf aufmerksam gemacht. Er hatte etwas geleistet, worauf sie stolz sein konnten, das machte ihn zufrieden. Die Geschichte um das Zwei-Sterne-Restaurant, um Steineberg und das Rauschgift war das Thema des Tages in München. Alle Boulevardzeitungen hatten den Prozess in ihrer Abendausgabe auf der ersten Seite. Toms Name stand auf dem Bildschirm, als sein Kopf den Sachverhalt schildernd auf der Mattscheibe erschienen war: »Bericht: Tom Becker«.

Die Einschaltquoten bei den Nachrichtensendungen von TV 1 waren gut. Vielleicht bekamen das auch die

Nachbarn seiner Eltern in Vaterstetten mit. War er für die nun der große Fernsehreporter?

Während er seinen Gedanken nachhing, tauchte plötzlich Lisa auf. »Du strahlst ja über das ganze Gesicht. Hast du im Lotto gewonnen oder was ist los?«

»Ich hab gar nicht gemerkt, dass du reingekommen bist.«

Lisa stand in einem petrolfarbenen Pulli mit einem blauen Schal um den Hals und einer engen Blue Jeans vor ihm, ihr Gesicht war wieder ziemlich hell gepudert, ihr Mund knallrot, aber etwas kleiner geschminkt, als er wirklich war, und in den Ohren trug sie große, silberne Creolen.

»Du siehst umwerfend aus!«

»Danke. Das ist nett«, sagte sie und zwinkerte ihm zu.

Tom grinste, stand auf und küsste sie auf beide Wangen. Mit einer geschmeidigen Bewegung setzte sich Lisa ihm gegenüber an den Tisch. Sie bestellten beide ein helles Bier, Tom noch einen Teller Schinkennudeln. Lisa wollte nichts essen.

»Weißt du was?«, platzte er heraus. »Ich habe heute über das Odeon und deinen Chef im Fernsehen berichtet. Was sagst du dazu?«

Augenblicklich verfinsterte sich Lisas Miene. »Für uns ist das nicht so toll.«

»Wie meinst du das?«

»Na ja, ständig werden wir befragt – von der Polizei, vom Gesundheitsamt, von der Presse, auch von Gästen. Und wenn's richtig blöd läuft, sind meine Kollegen und ich unsere Arbeit los.«

Tom kratzte sich am Kopf. »Irgendjemand muss doch das Haschisch ins Essen geschmuggelt haben?«

Auf Lisas Stirn hatten sich Sorgenfalten gebildet, ein Mundwinkel zuckte. »Jetzt hörst du dich schon an wie alle Anderen.«

»Das fragst du dich doch auch. Hast du keine Vermutung?«

Unwillig rümpfte sie die Nase. »Ich will da drüber nicht reden.«

»Der Steineberg war's doch eher nicht?«

»Das ist Quatsch. Er würde doch nicht den Ruf seines Sterne-Restaurants ruinieren. – Aber nun ist Schluss mit dem Thema«, sagte sie energisch, ihre Hände auf dem Tisch zu Fäusten geballt, und fügte leise hinzu: »Sonst gehe ich.«

»Sorry. Tut mir leid. Bin wohl etwas überdreht von meinem ersten Fernsehbericht.«

Tom hatte begonnen, Bierfilze zu zerpflücken, was ihm einen bösen Kommentar der Bedienung einbrachte. Er prostete Lisa zu, sie wirkte noch immer reserviert. Als seine Schinkennudeln kamen, legte sich langsam die Spannung zwischen ihnen.

»Magst du mal probieren? Ist sicher nicht das Niveau, das du gewöhnt bist.«

»Ich esse nicht jeden Tag Sterne-Menüs, aber manchmal bleibt schon etwas übrig.« Lisa stieg der Geruch der heißen Teigwaren in die Nase. »Einen Bissen nehm ich gerne.«

Tom reichte ihr Teller und Besteck, und Lisa spießte einige Spiralnudeln mit der Gabel auf und führte sie zum Mund.

»Schmeckt ganz gut, wirklich!«

Sie schob das Essen wieder zu Tom zurück.

»Kann man deinen Bericht noch sehen?«

»Er ist sicher in der Mediathek von TV 1. Mehr weiß ich auch nicht.«

»Erzähl mal, wie macht man einen Fernsehbeitrag?«

Tom berichtete von seinem spannenden Tag: wie aufgeregt er war, als er plötzlich einspringen musste, wie angespannt die Atmosphäre bei der Redaktionssitzung gewesen war, wie schwierig es ist, einen guten Aufsager zu machen, weil man im Bild jede mimische Kleinigkeit sieht, und auch wie stolz er auf seinen Erfolg war, als der Bericht im Fernsehen gelaufen war.

Lisa hatte ihm aufmerksam und amüsiert über seine Begeisterung zugehört.

»Klingt doch recht aufregend, was du erlebt hast. Jetzt sind sicher deine Nudeln kalt.«

»Das macht nichts. Ist ein geiler Tag. Und bombig ist es auch, dass du bei mir sitzt.« Tom rückte ein Stückchen näher und nahm ihr Parfum wahr. »Du riechst gut.«

Lisas Teint schimmerte nun rosa unter dem hellen Puder.

4

Man hatte Tom in einem Großraumbüro einen kleinen Schreibtisch mit einem Dienstcomputer zugewiesen. Neonlicht, miese Luft und laute Telefonate sorgten bei ihm für das Gefühl, in einer Legebatterie gelandet zu sein. Er musste sich den PC mit anderen Autoren teilen, und da diese keine Frischlinge mehr waren und in den normalen Arbeitsalltag eingebunden, musste er sich hinten anstellen. Er hatte sich fest vorgenommen, am nächsten Tag sein Laptop mitzubringen. Da hatte er zwar keinen Zugang zu den Presseagenturen, die für die Themenfindung wichtig waren, aber er konnte wenigstens unkompliziert recherchieren und schreiben.

Er saß verloren auf einem Stuhl neben dem kleinen Schreibtisch, Eike benötigte den Computer erst einmal für sich. Bei der morgendlichen Redaktionssitzung war keine Arbeit für Tom abgefallen. Karen war wieder mit im Redaktionsteam – auf der Stirn ein transparentes Pflaster und auf dem Gesicht eine Miene, als würde sie nun zu den hässlichen Entlein gehören und niemand, vor allem kein Vorgesetzter, würde noch ein Auge auf sie werfen.

Als Tom sie fragte, wie es ihr denn ginge, funkelten ihre blauen Augen vernichtend, und sie giftete ihn an: »Wegen dir musste ich mich von Neuwirt beschimpfen lassen. ›Wie kannst du so jemanden vor die Kamera lassen? Das wäre beinahe in die Hose gegangen‹, hat er gesagt. Und von meiner Verletzung wollte er gar nichts wissen.«

Mit diesen Worten warf sie die blonden Haare über die Schulter, drehte sich um, und ließ Tom geknickt zurück.

Während er dem Konflikt mit Karen noch in Gedanken nachhing, hörte er plötzlich von Eike: »Wow! Das ist ja 'n Ding!«

Eike druckte eine Meldung aus dem News-Portal aus.

»Was ist los?«, fragte Tom.

»Der Franzose ist tot, Monsieur Lalonge, der dein Auto vollgekotzt hat. Bei der Obduktion hat man Reste von Liquid Ecstasy gefunden, das für seinen Tod mitverantwortlich sein soll. Das ist doch 'ne Bombe! Und es kommt noch besser! Weißt du, was er von Beruf war? Tester vom Guide Michelin! Ausgerechnet so einer stirbt im Sterne-Restaurant an Rauschgift. Komm, wir gehen zum Chef!«

Neuwirt saß lässig, die Füße auf den Schreibtisch gelegt und mit einem Zahnstocher in Mund, in seinem Büro und sah sich eine Sendung vom Vorabend an. Flapsig fragte er: »Was wollt ihr denn schon wieder von mir?«

Eike setzte sich dem Redaktionsleiter gegenüber auf einen Stuhl, Tom blieb mit einem Sicherheitsabstand dahinter stehen. Als Neuwirt die Geschichte um den Tod des Testers von Eike gehört hatte, stimmte er einem Dreh sofort zu. »Setzt euch dran, bestellt bei der Kameradispo ein Team. Wir brauchen diese Story. Eike, Sie machen den Beitrag!«

Vorsichtig räusperte sich Tom. »Ich hätte da noch eine Idee.«

»Und welche?«

»Ich könnte als Augenzeuge interviewt werden. Ich war der Einzige, der Lalonge beim Verlassen des Lokals gesehen hat, ich habe ihn mit versorgt, und ich habe den Notarzt rufen lassen.«

Neuwirt nahm seine Füße vom Tisch, warf den Zahnstocher in einen Abfalleimer und rieb sich die Hände. »Sie sind wohl auf den Geschmack gekommen.« Er richtete sich in seinem Sessel auf und fixierte Tom. »An einem Tag Reporter im On, am nächsten Augenzeuge in derselben Sache, das ist merkwürdig, da kriegen wir ein Glaubwürdigkeitsproblem, Herr Kollege.«

Tom sah betroffen auf den Boden, Neuwirts Argumentation klang für ihn recht plausibel. Dass er da selbst nicht dran gedacht hatte …

Eike, der den Disput angespannt verfolgt hatte, rettete für ihn die Situation. »Ich könnte Tom aber gut für eine schnelle Recherche brauchen.«

»Natürlich, wenn Sie eine Verwendung für ihn haben.«

Kaum hatten die beiden Neuwirts Büro verlassen, sagte Eike zu Tom: »Ich finde deinen Vorschlag gar nicht schlecht. Sonst suchen wir immer Augenzeugen, jetzt hätten wir einen im Haus, und dann darf man ihn nicht nehmen.«

»Das Glaubwürdigkeitsproblem ist keins, meinst du das?«

»Genau. Du warst ja dort, du bist ein Zeuge.«

»Wahrscheinlich wollte er nach dem gestrigen Bericht nicht, dass ich noch mal im On erscheine.«

Eike klopfte Tom auf die Schulter. »So schlecht war das fürs erste Mal nicht.«

Als Tom und Eike mit dem Teamwagen beim Odeon ankamen, wimmelte es dort von Polizeifahrzeugen. Tom hatte recherchiert, dass der Einsatzleiter im Fall Lalonge autorisiert war, ein Statement abzugeben, und er machte sich auf die Suche nach dem Mann. Zunächst lief ihm Ben Williams über den Weg. Da er mitgeholfen hatte, Lalonge vor zwei Tagen vor dem Restaurant zu versorgen, fragte ihn Tom, ob er bereit wäre, etwas darüber in die Kamera zu sagen, aber das wies der »Chef de la réception« weit von sich: »Gehen Sie zur Polizei, die hat das Sagen.«

»Wo finden wir den Einsatzleiter?«

»Der ist sicher in der Küche. Die durchsuchen dort alles.«

Ben Williams drängte sich übellaunig an Tom vorbei Richtung Restaurant-Büro.

Tom und Eike sahen rund ein Dutzend Männer, die die Küche auf den Kopf stellten. Sie hatten zahlreiche schwarze und blaue Plastikkisten mitgebracht, sortierten Obst, Gemüse, Fleisch und Fisch in kleine Plastikbeutel und beschrifteten sie. Schränke standen offen, auch Kühlschränke, und auf den Tischen lagen Berge von Rhabarber, Heidelbeeren, Salaten, Eiern, Mandeln, Gewürzen, Hummer, Morcheln, Spargel, Bohnen, Blumenkohl- und Wirsing-Köpfen, dazwischen Töpfe und Pfannen jeglicher Größe, Messer, Pfannenwender, Siebe und alle möglichen anderen Kochutensilien.

Als einer der Männer, ein bulliger Typ mit rotem Gesicht, Bierbauch und schwarzer Lederjacke, die beiden Journalisten entdeckte, kam er auf sie zu und sagte unwirsch: »Das ist eine polizeiliche Ermittlung! Was wollen Sie hier? Sie haben hier nichts verloren.«

Eike stellte sich vor und erkundigte sich nach dem Einsatzleiter, aber der Rotgesichtige legte Eike die Pranke auf die Schulter und schob ihn vor sich her. »Gehen Sie jetzt! In den Gastraum! Ich informiere den Kollegen.«

Kokett und auch für den Polizisten gut vernehmbar sagte Eike zu Tom: »Was für ein roher Kerl. Und dann fasst er mich auch noch an …!«

Nach fast einer halben Stunde kam ein kleiner Mann auf die beiden Reporter zu. Er hatte eine sehr große Nase, einen an den Spitzen nach oben gezwirbeltem Schnurrbart, kurz geschnittene graue Haare und steckte in einer zu großen Jeans, bei der Hosenträger das Rutschen verhinderten. Er sagte in breitem Bayerisch: »Ich hab g'hört, Sie woll'n was von mir. Ich bin der Einsatzleiter, Obermeier, Georg.«

»Wir würden gerne für den Sender TV 1 über den Todesfall Lalonge berichten, und die Pressestelle sagte uns, Sie könnten etwas über den Stand der Ermittlungen sagen. In die Kamera, meine ich.«

»Oh, hallo, ja sauber. So viel kann i da gar ned sag'n.«

»Ich verstehe, dass Sie zu den Ergebnissen der Ermittlungen nicht viel sagen können, aber sicher etwas zum Stand der Ermittlungen.« Ein wenig belehrend hatte Eike geklungen, als ob er diesen Satz schon x-mal von sich gegeben hätte.

»Und wo soll das passieren?«, fragte Obermeier.

»Am besten machen wir das Interview vor dem Restaurant. Das steht ja jetzt im Mittelpunkt Ihrer Untersuchungen.«

»Gut, ich überleg mir was.«

Nachdem der Kameramann mit seinem Assistenten einen geeigneten Platz vor dem Odeon für die Aufnahme gefunden und die Kamera aufgebaut hatte, stellten sich Eike und Obermeier in Positur.

»Und wie schau'g i aus?« Obermeier zog an seiner Hose.

»Wir machen nur ein Brustbild. Man sieht Sie nicht ganz.«

»Passt mei Schneizer?«

»Sehr symmetrisch. Alles gut«, antwortete Eike.

Dann kamen die Kommandos – Kamera ab, Kamera läuft, bitte sprechen!

Eike fragte: »Wie ist der Stand der Ermittlungen im Fall Lalonge?«

»Wir sind von der Staatsanwaltschaft in Kenntnis gesetzt worden, dass Herr Lalonge durch einen Herzinfarkt zu Tode gekommen ist, der eventuell durch Zuführung von Liquid Ecstasy mitverursacht wurde. Die Substanz ist normalerweise nur schwer festzustellen, aber bei der Obduktion wurden Reste davon im Urin gefunden. Sie ist ihm möglicherweise hier im Restaurant zugeführt worden, denn Herr Lalonge bekam beim Verlassen des Restaurants einen Herzanfall, der dann zum Herzinfarkt führte. Deshalb müssen wir die Lokalität gründlich durchsuchen. Natürlich wissen wir nicht, wo ihm das Liquid Ecstasy zugeführt wurde oder ob er es vielleicht selber eingenommen hat. In seinem Hotelzimmer haben wir jedenfalls keine Spuren davon gefunden.«

»Haben die Vorwürfe gegen den Sternekoch Steineberg, es gäbe Haschisch in seinen Menüs, etwas mit der heutigen Untersuchung zu tun?«

Obermeier schüttelte den Kopf. »Das ist auszuschließen. Das eine hat mit dem anderen nichts zu tun!«

Eike signalisierte dem Kameramann, dass er die Aufzeichnung stoppen solle. »Wir machen das Ganze noch einmal. Vielleicht können Sie es etwas knapper formulieren.«

Obermeier zog den lippenlosen Mund zu einer Schnute. »War's ned gut? Ich hob mir Mühe gehm, dass i ned zu boarisch sprech.«

»Doch, es war sehr schön, aber wenn es knapper ginge, wäre es besser. Wir sind eng bemessen in unserer Fernsehzeit.«

Tom beobachtete ungeduldig die weiteren Versuche, und schließlich entließ Eike Obermeier in seinen polizeilichen Alltag. Eine bessere Version als die erste hatte der Mann nicht zustande gebracht.

Als der Einsatzleiter verschwunden war, ahmte Eike gefrustet in Obermeiers Tonfall das bürokratische Deutsch des Polizisten nach: »… die Zuführung von Liquid Ecstasy mitverursacht.« Tom lachte und Eike wiederholte die Floskel noch mal. Das Team hatte schon begonnen, die Kamera vom Stativ zu schrauben, da rief Eike plötzlich: »Baut noch nicht ab! Tom, du musst deine Geschichte erzählen. Von Obermeiers Statement kann ich nur einzelne Sätze nehmen.«

»Du weißt, dass Neuwirt das nicht will!«

»Das Material wird nicht reichen. Und die Art, wie sich Zwergnase präsentiert hat, ist auch kein Knüller. Einschläfernd wirkt er – wie ein Beamter auf Urlaub.«

»Eike, das ist offener Widerstand gegen die Heeresleitung – oder?«

»Keine Sorge, ich rede mit Neuwirt.«

»Von mir aus können wir es gerne versuchen, du musst

es ja nicht nehmen.« Tom wollte kein Kollegenschwein sein, und auf dem Bildschirm zu erscheinen, hatte ihm auch sehr gefallen.

Ein paar Stunden später saßen Tom und Eike im Schneideraum und warteten auf die Abnahme durch Neuwirt. Als er energiegeladen mit einem süffisanten Lächeln den Raum betrat, wusste Tom, warum er die ganze Zeit ein schlechtes Gewissen gehabt hatte.

Eike hatte tatsächlich seine Aussage in den Beitrag hineinschneiden lassen, das hatte der Geschichte zu mehr Authentizität verholfen. Mit Bauchgrimmen wartete Tom darauf, wie Eike das Statement erklären würde.

»Herr Neuwirt, ich habe doch zwei Sätze von Tom mit hineingenommen. Ich denke, so ist das Stück besser. Schauen Sie es sich einfach einmal an.«

Augenblicklich verfinsterten sich Neuwirts Gesichtszüge, und als er den Beitrag gesehen hatte, fing er an zu poltern: »Ich habe laut und deutlich gesagt, dass das nicht geht. Schneiden Sie das Zeug wieder raus!« Er musterte Tom finster vom Kopf bis zu den Füßen. »Für einen Neuling in der Redaktion lehnen Sie sich aber ganz schön weit aus dem Fenster.« Eiligen Schrittes verließ er den Schneideraum und warf geräuschvoll die Tür hinter sich zu.

Niedergeschlagen und mit zittrigen Fingern tastete Tom nach seiner Zigarettenschachtel in der Lederjacke. Eike machte sich verlegen mit dem Cutter an die Arbeit.

Missmutig hatte sich Tom die Ausstrahlung des Beitrags noch im Sender angesehen. Als Eikes Stück gelaufen war, packte er seinen Rucksack mit allen Unterlagen, die er zu dem Fall zusammengetragen hatte, und verließ die Redaktion. Er wollte nur nach Hause, duschen und dann Lisa anrufen.

Im Auto steckte er sich eine Zigarette an und ließ auf dem Nachhauseweg seinen Tag nochmals Revue passieren. Ihm machten die Fernseharbeit, die Recherchen, das Drehen, der Schnitt und das Texten Spaß, die Arbeit war einfach fabelhaft. Aber wie sollte er sich durchsetzen gegen einen Mann, der ihm keine Chance ließ, jedoch die Macht auf seiner Seite hatte? Was hätte er dagegen sagen können? Dass Eike die Aufnahmen von ihm gefordert hatte? Er hatte seinen Kollegen nicht bloßstellen wollen. Er grübelte darüber, wie er mit Schlagfertigkeit die Situation hätte entspannen können. Doch ihm fiel nichts ein. Er war auf sich allein gestellt und ein unbeschriebenes Blatt. Er hatte einfach schlechte Karten.

Seine Mutter hatte ihn gestern noch in den höchsten Tönen gelobt. Das war ihm in seinem Leben bisher kaum einmal passiert. Wenn sie wüsste, dass sich schon heute seine Aussichten auf einen Job beim Fernsehen rapide verschlechtert hatten?!

Der Star zu Hause war immer Jan gewesen, der ältere Bruder. Wenn Tom und Jan sich über irgendetwas gestritten hatten, hatte seine Mutter immer Jan recht gegeben. Einmal hatte sein Bruder Zahnpasta an die Türklinken geschmiert und danach behauptet, Tom wäre es gewesen – die Mutter hatte Jan geglaubt. Er war der Liebling, sie war vernarrt in ihren Erstgeborenen, für Tom blieb da nicht mehr so viel Liebe übrig.

Jans Tod hatte sie nie überwunden. Dadurch wurde er überhöht wie ein Heiliger, und keiner durfte eine noch so kleine Kritik an ihm äußern. Zu seinem Grab auf dem Vaterstettner Friedhof ging sie jeden Tag. Tom hatte sie einmal beobachtet. Sie stand vor Jans Ruhestätte mit gefalteten Händen und betete oder sprach mit ihm. Danach richtete sie die Blumen, sammelte heruntergefallene Blätter auf, trug sie zum Kompost, zündete das Grablicht an, das unter dem Bild Jans stand. Sie sprach noch ein Gebet, die gesamte Zeremonie dauerte über eine halbe Stunde. Toms Eindruck war, dass die Trauer und der Kummer seiner Mutter sich zu einem inhaltsleeren Ritual entwickelt hatten. Seine innere Distanz zu ihr war im Laufe der Zeit deutlich gewachsen. Immer freudloser war seine Mutter geworden, weinte öfter still vor sich hin und aß immer weniger. Ihre Gesichtszüge, die früher schon streng gewesen waren, hatten sich verhärtet, die Wangen waren eingefallen und ein Netz von Krähenfüßen spannte sich um ihre Augen. Ihr Mund wirkte verbissen und ihr Rücken war gebeugt. Ihr Mann war ihr keine Stütze gewesen. Tom wusste, dass sein Vater selbst als ein emotionaler Krüppel durchs Leben ging. Musste er sich bei so einer Sozialisation über Selbstzweifel wundern, die ihn immer wieder überkamen?

Tom hatte das Bedürfnis, Lisa anzurufen. Allein ihr Anblick würde genügen, dass er sich wieder über etwas freuen konnte. Weil er nicht wusste, ob sie schon frei hatte, schickte er ihr eine Nachricht über Whatsapp:

»Liebe Lisa, hast du Lust und Zeit, mich zu treffen?«

Darunter setzte er ein Smiley und schickte die Nachricht ab.

Abgearbeitet und mit betrübter Miene saß Lisa Tom gegenüber in einer gut besuchten Bar, die nur wenige

Meter vom Odeon entfernt lag. Lisa hatte ihre Lippen noch einmal nachgezogen, am etwas verschmierten Kajal und dem geröteten Weiß in ihren Augen bemerkte Tom, dass sie geweint hatte. Eine Bedienung mit hochgesteckten roten Haaren und einem hinter das Ohr tätowierten grünen Schmetterling brachte ihnen zwei Bier an den Tisch, fürs Hintergrundrauschen sorgte Mark Forster, der trällernd kundtat, dass er 194 Länder sehen wollte.

»So einen Scheißtag wie heute habe ich schon lange nicht mehr erlebt. Die Polizei hat jedes Salatblatt umgedreht, Proben von allem genommen, was da war, und wir müssen in das Chaos jetzt wieder Ordnung bringen. Der Chef hat eine Laune … Jeden hat er angemotzt. Als mir ein Wirsingkopf auf den Boden fiel, hat er mich angeschrien, ich würde ihn noch seine Sterne kosten.« Lisa hatte ihre Hände zu Fäusten geballt, dann nahm sie sich sichtlich zusammen und machte eine Wischbewegung vor ihrer Stirn. Unsicher legte Tom ihr eine Hand auf den Arm.

Er wusste nicht, wie er sie trösten konnte. Am liebsten hätte er sie in den Arm genommen, aber er spürte, dass sie gerade in ihrer eigenen Welt war.

»Morgen geht's weiter mit dem Aufräumen. – Und wann der Laden wieder öffnen kann, wissen wir auch noch nicht.«

Tom hörte jetzt stärker als sonst ihren fränkischen Dialekt.

Lisa schob mit einer schnellen Bewegung alte Brotkrümel vom Tisch, als wären damit alle Arbeitsprobleme auch wie weggeblasen. Sie richtete sich auf, streckte ihren Busen heraus und nahm ihr Bierglas in die Hand. »Prost! Jetzt habe ich die ganze Zeit gejammert. Wie geht es denn dir?«

Tom verschränkte die Arme, legte die Stirn in Falten und hoffte, dass er Lisa mit seiner Leidensgeschichte ein bisschen Trost spenden könnte. »Auch beschissen. Ich habe mich zu einem Interview überreden lassen, obwohl es der Redaktionsleiter untersagt hatte. Als er mich in dem Beitrag gesehen hat, gab es richtig Knatsch. – Das hat meine Chancen, beim Fernsehen zu bleiben, nicht gerade vergrößert.«

»Hast du einen Plan B?«

»Nicht wirklich. Ich muss mich halt bei anderen Sendern bewerben. Und du?«

»Nein, eigentlich nicht.«

»Und uneigentlich?«

»Na ja, am liebsten würde ich selber ein Restaurant aufmachen.«

»Das ist doch eine gute Idee!«

»Aber eine teure. Man braucht jede Menge Euronen.« Lisa sah in die Ferne und wirkte angespannt, als würde sie den Mietvertrag für ihr neues Restaurant gleich unterschreiben müssen. »Und Leute, die für einen arbeiten und die man bezahlen muss. Ist schwierig.«

»Du müsstest das vielleicht im Team machen, du kennst doch sicher genug Menschen in der Branche.«

»Ich glaub, ich trau mir das noch nicht zu.«

»Du musst auf vegetarische und vegane Gerichte setzen. Da entsteht ein großer Markt.«

»Da hast du recht, inzwischen existieren rund drei Dutzend von guten vegetarischen und veganen Restaurants in München, aber wenn du etwas Besonderes anbieten willst, musst du Seeteufel, Hummer, Wasserschnecken, Täubchen, Kaninchen oder ausgefallene Sachen wie Kalbsbries auf der Speisekarte stehen haben. Ohne Fleisch und Fisch hast du wesentlich weniger Variationsmöglichkeiten für die Gerichte.«

Tom tätschelte ihre Hand. »Du willst gleich einen Stern?«

Lisa zog die Schultern hoch. »Na ja, lassen wir das. Man darf ja träumen.«

Sie war auf ihr Bierglas konzentriert und wischte das Kondenswasser darauf mit einer Serviette weg, während Tom sich verlegen am Kopf kratzte.

»Haschisch im Essen und jetzt offenbar Liquid Ecstasy – das muss doch jemand aus eurer Mannschaft gewesen sein. Kannst du dir nicht vorstellen, wer das war und warum?«

Automatisch verspannte sich Lisas Körper, sie richtete sich auf und erhob Tom gegenüber abwehrend eine Hand. »Wieso fragst du das?«

»Ich denke, wenn wir das wüssten, wäre allen gedient.«

Lisa hatte sich wieder in ihr Schneckenhaus zurückgezogen.

Tom unterbrach das Schweigen. »Warum macht jemand so etwas? Dadurch werden der Koch und das Restaurant diskreditiert. Jemand will Steineberg schaden. Aber ich verstehe nicht warum! Bezahlt er zu schlecht, überfordert er seine Mitarbeiter, hat er Dreck am Stecken? Warum will man seinen Laden ruinieren? Was ist beispielsweise mit diesem Edgar? Das ist doch ein komischer Typ.«

»Ach Edgar, der hätte so einen Plan gar nicht auf dem Schirm. Der ist eher einfach gestrickt.«

»Und wie kommt der in ein Sterne-Restaurant?«

»Unser Chef ist ein Oldtimerfan. Er lässt diese alten

Kisten bei einem Mechaniker in Emmering restaurieren. Der hat ihn wohl gefragt, ob er nicht einen Job für seinen Sohn hätte.«

»Weißt du mehr über ihn?«

»Na ja, er ist sicher nicht der Hellste. Ich glaube, er ist in mich verliebt. Jedenfalls stottert er immer dann, wenn er in meiner Nähe ist.«

Tom lächelte. »Ist das alles, was du über ihn weißt?«

Lisa schwieg, Tom spürte ihr Misstrauen, dennoch fragte er hartnäckig nach.

»Was hat er für Freunde? Hat er Umgang mit Kriminellen? Was macht er in seiner Freizeit? Wo wohnt er?«

»Hör auf, du machst mich zur Quelle für deine Recherche. Das stört mich.«

»Sorry.«

»Er wohnt irgendwo beim Goetheplatz … im Schlachthofviertel. So, und ich gehe jetzt nach Hause.« Lisa winkte der Kellnerin, um zu zahlen.

»Ich fahre dich gerne heim. Liegt ja fast auf meinem Weg.«

»Einverstanden, aber reden wir nicht mehr über unsere persönlichen Dramen. Erzähl mal was Lustiges!«

In diesem Moment ging die Tür auf und Edgar betrat das Lokal.

Lisa stieß Tom an. »Lass uns schnell aufbrechen.«

Aber Edgar hatte Lisa schon entdeckt. Während er auf sie zu lief, hellte sich sein Gesicht auf. »Das ist ja 'ne Ü-Ü-Überraschung!«, brachte er euphorisch hervor.

»Sorry, Edgar, wir gehen gerade. Bis morgen.«

Lisa stand bereits, Edgar fletschte wütend die Zähne, als der frech grinsende Tom sich von seinem Stuhl erhob und an seinem Widersacher mit einer geschmeidigen Bewegung vorbeischob.

»Los, komm endlich!«, rief Lisa unwirsch an der Ausgangstür.

Tom hatte Lisa vor ihrer Wohnung abgesetzt und sich auf den Heimweg gemacht, da bemerkte er im Rückspiegel ein Motorrad. Mal ließ es sich ein Stück weit zurückfallen, dann klebte es fast an Toms Stoßstange. Als er in eine Nebenstraße einbog, tat es der Motorradfahrer auch.

Werde ich verfolgt? Wer kann das denn sein? Warum fährt jemand hinter mir her? Habe ich etwas angestellt?

Tom fand einen Parkplatz in der Nähe seiner Wohnung. Der Motorradfahrer war ebenfalls stehen geblieben. Er trug einen schwarzen Helm mit einem verspiegelten Visier, sodass Tom das Gesicht nicht erkennen konnte. Er beschloss, den Mann zu täuschen; er wollte ihn nicht wissen lassen, in welchem Haus er wohnte, ging auf ein gegenüberliegendes zu und versteckte sich hinter einem Müllhäuschen. Alles blieb ruhig. Der Motorradfahrer wartete immer noch mit laufendem Motor, das Licht hatte er ausgeschaltet. Angriff ist die beste Verteidigung, dachte Tom, packte eine Schaufel, die neben dem Müllhäuschen stand, und rannte auf den Motorradfahrer zu. Dieser ließ sofort seine Maschine aufheulen, zeigte Tom den Mittelfinger und fuhr mit Karacho davon.

Tom konnte sich nur Teile des Nummernschildes merken, das M für München und die letzten Ziffern waren acht und sieben, aber er war sich sicher, der Motorradfahrer war Edgar.

5

Redaktionssitzung am nächsten Morgen. Tom hatte sich wieder neben Eike gestellt und hoffte, einen Auftrag zu erhalten. Zahlenmäßig schien das Personaltableau in der Redaktion nicht übermäßig groß zu sein. Er versuchte, Blickkontakt mit dem Planer aufzunehmen, doch das war kein Erfolg versprechendes Unterfangen. Die meisten Kollegen traten Tom sehr reserviert gegenüber auf. Haben die Angst, dass ich ihnen Arbeit wegnehme? Eike war bisher der Einzige, der nett zu ihm war und ihm ab und an etwas über das Redaktionsleben erzählte.

Als Neuwirt mit Verspätung das Zimmer betrat, legte sich der Geräuschpegel schnell. Nach einer kurzen Begrüßung blätterte er in den Unterlagen und formulierte zögerlich, wobei nach ein paar Worten immer wieder eine Pause entstand. »Bevor wir mit der Besprechung der heutigen Stücke beginnen, möchte ich noch etwas zur Angelegenheit Steineberg in Auftrag geben. Eike, Sie können das machen als Spezialist in dieser Sache. Fahren Sie in ein anderes Sterne-Restaurant, am besten zum Wissler, und fragen Sie nach den Abläufen in der Küche. Wie kann es überhaupt sein, dass etwas in die Menüs gemischt wird, ohne dass der Chefkoch das bemerkt. Das ist die Story.«

Eike freute sich offensichtlich. »In welcher Länge soll ich das machen?«

»Ist der Autor noch so fleißig, es sind immer nur 1,30.« Neuwirt unterstrich diese alte Wahrheit des aktuellen

Fernsehjournalismus, indem er mit den Fingerknöcheln auf den Tisch klopfte.

Zaghaft streckte Tom den Arm nach oben, er hatte den Rüffel vom Vortag nicht vergessen.

»Was gibt es, Herr Kollege?«

»Ich würde gerne bei dem Dreh mitmachen, wenn es Ihnen recht ist.«

Neuwirt zuckte geringschätzig mit den Schultern. »Wenn Sie Eike brauchen kann, ist es mir recht. Sie müssen hier ja irgendetwas tun. Aber ich will Sie heute Abend weder als Zeugen noch in einem Aufsager sehen, ist das klar? Da haben Sie wohl auf der Journalistenschule gefehlt, als der Aufsager durchgenommen wurde. Uns wurde früher beigebracht, wie man das macht.«

Toms Gesicht glühte, und er brachte nur ein Nicken mit einem leisen »Okay« zustande. Karen huschte ein verräterisches Lächeln über die rosa geschminkten Lippen.

Eilig verließ Tom mit Eike das Redaktionszimmer.

Das Restaurant Wisslers lag im noblen Münchner Stadtteil Bogenhausen. Es befand sich in einem grauen, dreistöckigen Jugendstil-Haus und war derzeit noch geschlossen. Eike klingelte, und es öffnete ihnen ein sehr gut aussehender junger Mann Mitte 20 mit hellbrauner Haut, glatt rasiert, modisch geschnittenen, dunklen Haaren in einer sehr engen schwarzen Versace-Hose aus dünnem, leicht schimmerndem Stoff. Sein muskulöser Oberkörper steckte in einem weißen T-Shirt, auf dem im Graffiti-Style »Carpe Diem« zu lesen war. In seinen Ohrläppchen trug er runde, schwarze Stecker, in denen mit Diamantsplittern ein Pik As angedeutet war.

Mit hoher Stimme und starkem spanischem oder portugiesischem Akzent bat er das Fernsehteam in das Restaurant. Eike konnte den Blick nicht von dem jungen Mann lassen, der ihnen das Kommen von Marc Wissler ankündigte. Mit wiegenden Hüften zog er sich aus dem Restaurant zurück.

Stilistisch entsprach die Einrichtung dem Alter des Gebäudes. An weiß gedeckten Tischen standen gepolsterte Jugendstil-Stühle aus poliertem braunem Holz. An den Wänden sah man Stuckapplikationen und Halterungen mit elektrischen Kerzen, dazwischen hingen impressionistische Gemälde, die Kassettendecke aus Nussbaumholz verringerte optisch die Höhe des Raumes. Über den Fenstern waren Bordüren aus rotbraunem Stoff angebracht. Die Einrichtung wirkte edel, aber schwer wie ein Zimmer des englischen Königshauses.

Eine Tür ging auf, und Wissler schritt in den Raum. Er war Mitte 30, Tom schien er sehr jung zu sein für einen Sternekoch. Wissler hatte eine weiße, zweireihige Chefkochjacke an, die ihm auf den ersten Blick die Aura eines Admirals verlieh. Seine hellblond gefärbten Haare, die er nach oben gegelt hatte, korrigierten diesen Eindruck ein Stück weit. Tom blickte in schiefergraue Augen in einem Gesicht, das glattrasiert war und nach einem herben Aftershave roch. Charmant stellte sich Wissler Eike, Tom und dem Team vor und schüttelte jedem die Hand. »Schön, dass mal wieder jemand von TV 1 bei uns vorbeischaut.«

»Unser Chef, Herr Neuwirt, hat gleich Sie und Ihr Restaurant für unsere Fragen vorgeschlagen.«

»Das ist sehr freundlich. Richten Sie ihm bitte einen schönen Gruß aus. Er soll uns bald mal wieder beehren.«

Eike deutete auf die impressionistischen Bilder an der Wand. »Sind das alles Originale?«

Geschmeichelt lächelte Wissler. »Wie Sie wissen, liebe ich die Kunst und die Malerei.«

Eike nickte eifrig.

»Es freut mich, dass Sie sich dafür interessieren. Ihre Vermutung stimmt, es sind Originale, darunter zwei Bilder des dänischen Malers Peder Severin Krøyer. Ich bin sehr stolz, dass sie in meinem Besitz sind.«

Nach einem kurzen Vorgespräch über den Inhalt der Fragen sah der Kameramann vor dem Restaurant nach dem Licht. Es war Mittag, die Sonne schien, dadurch verstärkten sich die Kontraste im Bild deutlich. Als er den richtigen Standort gefunden hatte, mit dem Logo des Restaurants und in einem Winkel, der die Fensterscheiben nicht spiegeln ließ, baute er mit dem Tonmann die Kamera auf.

Tom hatte nichts zu tun, ihm war aber vor lauter Nervosität so warm geworden, dass er seine Jacke auszog, und er steckte sich eine Gauloise an.

Eike nahm das Mikro, stellte sich und Wissler in Position und fragte nach ein paar einleitenden Sätzen: »Wie muss man sich die Abläufe in einem Sterne-Restaurant vorstellen? Kann es sein, dass jemand unbemerkt Haschisch oder andere Substanzen in einer Profiküche in das exquisite Essen mischt?«

Wissler blickte auf seine schwarzen Valentino-Schuhe, überlegte kurz und sagte sehr souverän: »In einem Sterne-Restaurant kommt es zunächst auf die Größe an, wie viele Köche arbeiten da. Bei 80 Gästen haben wir etwa 12 bis 15 Köche. Jeder macht da sein Ding, hat seinen Bereich und arbeitet unter Zeitdruck. Wenn man jemandem etwas unterschieben wollte, ginge das vielleicht schon. Aber ein aufmerksamer Chefkoch oder auch der Sous Chef müsste das merken. Die haben den Überblick. Und die schmecken auch ab.« Wissler wirkte gelassen, als wäre für ihn ein Fernsehinterview eine alltägliche Sache.

»Glauben Sie, dass bei Steineberg etwas übersehen wurde?«, fragte Eike.

»Das kann und will ich natürlich nicht unterstellen. Aber ich bin froh, dass nicht wir in dieser misslichen Lage sind.«

Damit hatten Tom und Eike ihr Statement. Während das Kamerateam noch einige Schnittbilder drehte, nahm Tom Eike auf die Seite und flüsterte ihm zu: »Ist der Wissler schwul?«

»Das darfst du glauben, der ist stockschwul.«

»Und der Latino ist sein Lustknabe – oder?«

»Davon kannst du ausgehen. Wieso fragst du das eigentlich mich?«

»Ich kenn mich da nicht so aus, ich bin hetero.«

»Und was glaubst du, was ich bin?«

Tom sah zur Seite. »Sorry, ich wollte dir nicht zu nahe treten.«

Eike grinste feixend.

Als er das Kommando gab, zurück zum Sender zu fahren, mischte sich Tom ein: »Lass uns noch beim Odeon vorbeifahren, wir können Steineberg befragen. Ich bin sicher, dass er sich äußert, wenn er hört, was Wissler gesagt hat.«

Eike ließ sich überzeugen. Es wäre die erste Stellungnahme des Odeon-Chefkochs in dieser Angelegenheit.

Das zählte eine Menge im journalistischen Geschäft, und dafür konnte man natürlich einen kleinen Umweg machen.

Reglos und still wie der steinerne Epikur wirkte das Sterne-Restaurant bei der Ankunft des Teamwagens. Wenn man aber durch die großen Glasflächen der Fenster schaute, sah man Männer und Frauen in hektischer Betriebsamkeit hin und her laufen.

Eike und Tom läuteten an der Eingangstür. Nach einer Weile öffnete Williams und fragte sie etwas ungehalten, was sie wollten.

»Wir würden gerne kurz mit Herrn Steineberg sprechen.«

»Und in welcher Angelegenheit?«

»Sagen Sie ihm bitte, wir möchten ihm ein Statement von Wissler vorspielen.«

Der Amerikaner grummelte, drehte sich um und schloss die Tür hinter sich.

Nach wenigen Minuten kam Steineberg. Er sah bedrückt aus, sein blondes Haar schien einen grauen Schimmer bekommen zu haben, und es wirkte unfrisiert. Mit einem müden Ausdruck in den Augen fragte er: »Wie kann ich Ihnen behilflich sein?«

»Wir haben Herrn Wissler zu den Arbeitsabläufen in einer Sterneküche befragt. Er hat sich dazu geäußert, man kann seine Bemerkung als eine unterschwellige Kritik an Ihnen verstehen. Wir können Ihnen das Interview über das Kameradisplay vorspielen, wenn Sie wollen.«

Steineberg nickte, der Kameramann suchte die Stelle im Rückwärtslauf, dann bekam der Sternekoch einen Kopfhörer aufgesetzt und vernahm, was Wissler zu sagen hatte.

»Wie verstehen Sie diese Äußerung?«, fragte Eike, als Steineberg den Kopfhörer wieder absetzte.

»Ein aufmerksamer Chefkoch«, wiederholte er in Wisslers Tonfall, »dass ich nicht lache … Ein widerlicher Arsch!« Nach einer Weile fügte er hinzu: »Das ist nicht zitabel, meine Herren!«

»Sind Sie zu einem Statement vor der Kamera bereit?«

Steineberg nickte.

Nach einigen Minuten stand er frisch frisiert vor dem Eingang des Odeon und sagte in die Kamera: »Natürlich wird in meinem Restaurant jedes Gericht fein säuberlich abgeschmeckt, der Chefkoch hat den Überblick und garantiert für das Essen. Mehr möchte ich hierzu nicht sagen. Grundsätzlich möchte ich aber festhalten, dass im Odeon keine verbotenen Rauschmittel gefunden worden sind – weder im Zusammenhang mit dem Prozess gegen mich noch mit dem Fall des Guide-Michelin-Testers. Aber der Ruf wird ruiniert, den sich das Odeon in vielen Jahren mühsam erworben hat. Und es wird sicher lange dauern, bis diese Rufschädigung wieder aus der Welt geschafft ist.«

Die halbe Belegschaft des Sterne-Restaurants war aufgetaucht, um sich die Aufnahmen nicht entgehen zu lassen; auch Williams und Edgar waren darunter, nur Lisa konnte Tom nicht entdecken.

»Aber wieso wurden Sie dann überhaupt angeklagt, wenn in Ihrem Lokal keine Rauschmittel gefunden worden sind?«, fragte Eike nach.

»In Absprache mit meinem Rechtsanwalt möchte ich mich zu dem Prozess nicht öffentlich äußern.«

6

Sechs Stunden später warteten Eike und Tom im Schneideraum auf die Abnahme durch Neuwirt. Die Cutterin nutzte die Pause für ein von zu Hause mitgebrachtes Käsebrot und einen Schluck Tee aus der Thermoskanne. Eike hatte damit begonnen, für eine Story zu recherchieren, die er für den nächsten Tag realisieren sollte. Tom saß herum, sah auf seinem Laptop die Meldungen auf Spiegel Online und anderen Nachrichtenwebsites durch und freute sich auf seine Taekwondo-Stunde, bei der er hoffte, Lisa zu treffen. Endlich erschien Neuwirt gut gelaunt, als hätte er gerade eine Gehaltserhöhung erhalten.

Eike trug ihm den Text zu seinem Filmbericht vor, und Neuwirt hatte nichts auszusetzen. Tom war richtig überrascht, dass er den Beitrag uneingeschränkt lobte: »Dass Sie ein Statement von Steineberg bekommen haben, ist schon richtig gut!«

»Die Idee dazu kam von Tom«, bemerkte Eike.

Neuwirt hob den Daumen und sagte spitz: »Sehr gut, Herr Umweltaktivist!«

Kaum hatte Neuwirt den Schneideraum verlassen, begann Tom zu strahlen. »Vielen Dank für den Support. Jetzt hab ich endlich mal etwas richtig gemacht.«

»Heute hat er einen seiner besseren Tage.«

»Aber ich verstehe immer noch nicht, warum er mich als Umweltaktivist bezeichnet; einmal einen Vorschlag gemacht aus dem Bereich der Ökologie …«

»Mach dir nichts draus«, meinte Eike, »das sagt er auch zu anderen Kollegen. Ich glaube, da hat er ein Trauma. Als Student hatte er sich einmal beim ›Bund für Umwelt und Naturschutz‹ engagiert. Das sieht er heute offenbar als Jugendsünde. – Die Kollegen haben das rausgefunden.«

»Ha, das kann ich mir gar nicht vorstellen.«

»Leute ändern sich, vor allem, wenn sie in solche Positionen kommen. Durch ein ökologisches Engagement wurde man lange Zeit auf der linken Seite der Gesellschaft eingeordnet, und das führte bei den Regierenden eher zu einem Punktabzug. Diese Scharte aus der Vergangenheit wollte und will Neuwirt wohl auswetzen, aber vielleicht ändert er sein Verhalten auch bald wieder, nachdem das Thema ›Klimawandel‹ sogar bei den Neoliberalen angekommen ist.«

»Das klingt nach einer Menge Lebenserfahrung«, neckte ihn Tom, der seinen politischen Einsatz für den Klimaschutz während des Studiums lieber nicht preisgeben wollte.

»Pass auf, du Grünschnabel, dass du dir keinen Satz heiße Ohren holst.«

Die Taekwondo-Stunde leitete ein 70-jähriger Koreaner, der als Koryphäe in dieser Sportart galt. Er hatte den Trainingsraum in einem Hinterhof der Hohenzollernstraße mit einem ganzen Panoptikum von skurrilen Gegenständen ausstaffiert – an den Wänden hingen neben Hirschgeweihen Lebensweisheiten auf Chinesisch, in einer Ecke stand ein metergroßer Wolpertinger aus Stoff mit Fuchskopf und Adlerflügeln. Es roch nach altem Schweiß, und nach dem Training musste man sich an den zwei verfügbaren Duschen anstellen. Billigend nahmen die Schüler diese einfachen Umstände angesichts des Renommees des Großmeisters in Kauf.

Tom hatte Glück gehabt, Lisa war auch gekommen, und sie beschlossen, nach den schweißtreibenden Übungen in einem Wirtshaus einzukehren.

Sie schlenderten die Einkaufsstraße zwischen Kurfürstenplatz und Leopoldstraße entlang, vorbei an hippen Klamottenläden, Supermärkten, Friseurgeschäften, Cafés und chicen Restaurants. Tom hatte vor allem Augen für Lisa, freute sich an ihrem ebenmäßigen Profil und ihren Brüsten, die straff unter ihrem graublauen Pullover hervortraten.

Dabei erzählte er ihr von seinem erfolgreichen Tag.

Auch Lisa war wieder zuversichtlicher als bei ihrem letzten Treffen. Steineberg hatte eine einstweilige Verfügung gegen die Schließung seines Restaurants erwirkt, und nun konnte das Odeon seine Tore wieder öffnen. Lisa berichtete, sie hätten schon einen Großteil des Chaos beseitigt, das durch den Polizeieinsatz entstanden war, und bald könnten sie wieder normal arbeiten. Zumindest erst einmal war das Gespenst einer drohenden Arbeitslosigkeit abgewendet.

Endlich standen sie vor dem Weinbauer, einem der urbayerischen Wirtshäuser, die in Schwabing immer seltener wurden. Eine Bedienung in bayerischer Tracht wies ihnen in dem gut besuchten Lokal einen Platz an einem Tisch zu, an dem schon ein anderes Paar saß, und fragte nach ihren Wünschen. Auf der Speisekarte standen vornehmlich bayerische Gerichte wie Jungschweinebraten, Tellerfleisch oder Rahmschwammerl. Tom bestellte eine

Ochsensuppe mit Nudeln und Rindfleisch, Lisa einen gemischten Salat mit Hähnchenbrustfilet. Ihren Durst löschten sie mit je einem leichten Weißbier.

Tom plagte noch ein Problem, bei dem er sich von Lisa Hilfe erhoffte, aber er hatte Gewissensbisse, da er wusste, wie gereizt und zurückhaltend sie reagierte, wenn es um ihre Arbeit ging.

Nach den ersten Schlucken Bier fragte er sie: »Dieser Edgar war doch heute auch im Odeon, als wir mit Steineberg gedreht haben?«

»Ja, schon. Warum?«

»Fährt der Motorrad?«

»Ja. – Wieso willst du das wissen?«

»Weil mich jemand mit einem Motorrad gestern Nacht verfolgt hat, und ich bin mir sicher, dass er das war.«

»Warum sollte er das tun?«

»Keine Ahnung.«

Lisa zuckte mit den Schultern. »Wenn er dich wirklich verfolgt hat, war es vielleicht Eifersucht? Ich glaube, er mag mich, und es stört ihn, dass ich mit dir ausgehe.«

»Vielleicht stört ihn, dass ich beim Fernsehen arbeite und an einer Geschichte recherchiere, bei der Drogen eine Rolle spielen? Der Typ ist doch nicht wirklich koscher!«

»Na ja, die ersten Artikel in den Boulevardzeitungen waren schon ein Schock für uns.«

»Wie fing das denn eigentlich an?«

Lisa seufzte, rückte näher zu Tom und sprach leise, damit die anderen Gäste sie nicht verstehen konnten. »Vor etwa vier Monaten gab es bei uns als Dessert eine Schokoladenterrine mit leicht gerösteten Hanfsamen.«

Tom zog die Augenbrauen hoch. »Dann stimmt es doch: Dope in der Sterneküche!«

»Das dachten viele, und Steineberg hat sicher auch ein wenig auf so eine Reaktion gehofft und wollte dem Odeon damit einen medialen Kick verpassen. Hanfsamen sind ausgesprochen gesund, schmecken nussig und enthalten kein THC, sind also kein Haschisch.«

»Oh!« Tom war beinahe enttäuscht.

»Wir hatten einen Schauspieler zu Gast, der so reagierte wie du, und ihm wurde das gesagt, was ich dir gerade gesagt habe. Er aß seine Schoko-Hanf-Terrine und etwa eine viertel Stunde später hatte er einen Lachanfall. Alle Gäste bekamen das mit. Schließlich zahlte er und ging.«

»Wer war der Schauspieler? Und wie ging's weiter?«, fragte Tom gespannt.

»Das war Baldur Kröninger, der mal im Tatort, mal in ›Hubert und Staller‹ kleinere Rollen spielte. Er behauptete, noch nie gekifft zu haben. Auf seinem Nachhauseweg ist er mit einem Radler zusammengestoßen, weil er bei Rot über die Ampel gelatscht war. Der Radler hatte sich aufgeschürft, und unser Schauspieler hatte sich eine Platzwunde am Kopf zugezogen, mit der er in die Klinik ging. Dort hatte man den Verdacht, dass er stoned war. Man hat ihm – wohlgemerkt mit seinem Einverständnis – Blut abgenommen, und fand eine ziemlich große Menge von THC. Daraufhin nutzte er seine Chance auf Publicity, ging zur Boulevardpresse, und sprach über Berufsausfall wegen der Verletzung im Gesicht und solche Dinge. Er zeigte Steineberg an.«

»Nun weiß man nicht, ob das THC bei euch im Restaurant in sein Essen gelangte oder ob der Schauspieler sich irgendwo einen Joint durchgezogen hat?«

»Die Zeitspanne zwischen dem Verlassen des Odeon und dem Unfall war nicht sehr groß.«

»Also ist es doch bei euch passiert?«

»Wir vermuten, dass es Haschischöl war. Da kann man sich leicht mit der Menge vertun.«

»War das Haschischöl also im Essen?«, fragte Tom ungeduldig.

Lisa rückte noch ein Stück näher an Tom heran und flüsterte: »Ich glaube, dass er es sich selbst ins Essen getan hat. Wahrscheinlich hat ihn jemand dazu angestiftet, aber wir wissen es nicht. Ein krummes Ding, das zum Himmel stinkt! – Jedenfalls hatte die Presse jetzt ein Thema, man konnte ständig von Hanfsamen, Haschischöl und vielen anderen Rauschgiften lesen, immer war das Odeon mit dabei im Gerede. Außerdem wurden schon damals Ermittlungen und Untersuchungen angestellt, aber man fand nichts bei uns. Steineberg behielt die Schoko-Hanf-Terrine auch weiter auf der Speisekarte – wie als trotzigen Beleg für seine Unschuld.«

Lisa presste die Lippen fest zusammen, als hätte sie zu viel erzählt. Tom schien plötzlich einer anderen Person gegenüberzusitzen, einer, aus der alle Energie gewichen war.

Er war sehr unsicher geworden, wie er sich nun verhalten sollte. Hatte Lisa vielleicht vor etwas Angst? Hatte sie ein dienstliches Redeverbot von Steineberg erhalten? Tom wusste, dass sie ihre Erzählung große Überwindung gekostet hatte.

»Deine Mundwinkel hängen ganz schön runter. Sieht aus, als müsste man dich auf den Kopf stellen, damit du wieder lachst«, versuchte er sie aufzumuntern.

Während Lisa Tom fest am Jackenärmel packte, sagte sie eindringlich: »Das sind Interna, Tom, die sind nicht fürs Fernsehen gedacht – ist das klar?«

»Okay, ich verstehe.«

Draußen hatte es zu regnen begonnen. Tom schulterte seine Sporttasche und versuchte Lisa in den Arm zu nehmen, aber sie wehrte ihn ab. »Das geht jetzt nicht. Lass uns nach Hause fahren. Aber jeder zu sich«, fügte sie mit schelmischer Miene hinzu.

Tom ließ enttäuscht von ihr ab. Eigentlich war doch alles so gut gelaufen an diesem Tag. Nun hatte er noch eine Kerbe erhalten. War wohl nicht der richtige Augenblick. Was sie wohl bedrückte? Schweigend, aber schnellen Schrittes gingen beide zur nächsten U-Bahn-Station.

MENÜ SURPRISE

1

Tom war in Gedanken, als er sich auf dem Heimweg befand. Von den meist dreistöckigen Häusern aus den 50er- und 60er-Jahren waren um diese Uhrzeit nur noch wenige Wohnungen beleuchtet, durch manche Fenster flackerte graublaues Fernsehlicht. Für die nächtliche Orientierung sorgten ein paar Straßenlaternen, Tom hätte den Weg auch im Schlaf gefunden. Als er vor seinem Wohnhaus ankam, stand da eine schwere schwarze Harley-Davidson mit glänzend polierten Chromteilen am Randstein. Das war ungewöhnlich.

Gerade als er seinen Schlüssel aus der Jackentasche zog und die Haustür aufsperren wollte, kam plötzlich ein Typ mit der Figur eines alten Eichenschrankes hinter einem Gebüsch hervor. Der Kerl war mindestens 1,90 Meter groß, 130 Kilogramm schwer, Ende 40. Er trug eine schwarze Lederjacke, einen dunkelbraunen Vollbart mit einigen grauen Stellen, auf dem Kopf hatte er keine Haare. Ein Rocker – mit einer Miene, die besagte, dass mit ihm nicht gut Kirschen essen war. Bei Tom schrillten alle Alarmglocken. Ob er es noch ins Haus schaffte? Aber da hatte ihn der Rocker schon am Arm gepackt.

»Hier geblieben!«, rief er mit einer überraschend hohen Stimme.

Tom ließ seine Tasche fallen, er wusste vom Taekwondo, wie man sich mit Körperdrehungen aus Griffen befreien konnte. Er versuchte einen Fußtritt mit Drehung gegen das rechte Knie des Angreifers, aber er stand zu nah an dem Mann, sodass der Tritt, den er im Training so gut beherrschte, ins Leere ging. Der Riese nahm Toms Kopf mit einem Arm in den Schwitzkasten, mit der anderen Faust hieb er ihm auf den Schädel. Schmerz durchzuckte ihn blitzartig. Die nächste Faust schlug auf der Kieferhöhle ein. Er roch den nach Bier stinkenden Atem des Angreifers, der ihn fest im Griff hatte. Tom wurde übel, und seine Beine gaben nach.

»Kennst du den Film Chinatown?«, hörte Tom in unverkennbar norddeutschem Dialekt.

Tom schnappte nach Luft.

»Da wird Jack Nicholson die Nase geschlitzt. Und weißt du, warum?«

Tom trieb es die Augen aus den Höhlen.

»Weil er sie in Sachen steckt, die ihn nichts angehen. Das wird dir auch passieren, wenn du herumschnüffelst!«

Der Koloss ließ Tom los, schob ihn ein Stück von sich weg, und knallte ihm mit Wucht eine Faust in den Magen. Tom klappte zusammen, der Riese donnerte ihm von rechts und von links die Fäuste ins Gesicht. Ohnmächtig blieb Tom auf dem Fußweg liegen.

2

Ein hohes surrendes Geräusch wie von einem Zahnarztbohrer hatte sich in seinem Kopf festgesetzt. Dann kam der Schmerz – da arbeitete nicht nur ein Zahnarzt, sondern eine ganze zahnklinische Abteilung. Tom öffnete langsam die Augen und sah durch rötliche Nebelschwaden auf die dämonische Maske an der Wand, die er von einem Bali-Urlaub mitgebracht hatte. Er schloss seine Augen gleich wieder, der surrende Bohrer hörte nicht auf. In seinem Mund schmeckte er Galle, er musste gekotzt haben.

Stück für Stück fiel ihm wieder ein, was in der Nacht passiert war: der Rocker – die hohe Stimme – wie chancenlos er beim Kampf war! Die Nachbarin, die Geräusche gehört hatte. Sie hatte ihm geholfen, in seine Wohnung und ins Bett zu kommen. Er tastete nach seinen Wangen. Sie waren geschwollen, als hätte er halbe Äpfel darin stecken. Auf der Stirn hatte sich eine Beule von der Größe eines halben Kartoffelknödels gebildet.

Tom sah auf sein Handy – die Uhr zeigte 9:03. Gerade begann die Redaktionskonferenz. Scheiße. Mühsam stemmte er sich aus dem Bett, stellte die Füße auf den Boden. Auf wackeligen Beinen ging er ins Bad, um sich ein Schmerzmittel zu holen. Im Spiegel erblickte er sein Gesicht. Es sah so übel aus, wie es sich anfühlte. Mit der Zunge tastete er seine Zähne ab, da war kein Schaden entstanden. Dann steckte er sich zwei Ibuprofen 400 in den Mund und spülte sie mit Wasser hinunter.

Tom rief in der Redaktion an und entschuldigte sich. Er sagte, dass er wegen eines Unfalls später kommen würde. Beim Sprechen brachte er die Lippen nur mühsam auseinander und musste seine Sätze oft dreimal wiederholen, weil die Sekretärin ihn nicht richtig verstand. Zum Sender wollte er in jedem Fall gehen, das war er seinem Ehrgeiz schuldig.

Was würde Neuwirt sagen, wenn er von dem Überfall erfuhr? Wahrscheinlich interessierte ihn das gar nicht.

Und seine Mutter? »Was hast du denn angestellt? Wegen nichts wird man nicht so verprügelt.« Das war ihr Denken, das wusste er.

Duschen war Tom zu anstrengend, vorsichtig wusch er mit einem Frottee-Waschlappen Reste von Blut und Dreck aus seinem Gesicht. Anschließend sprühte er sich ein herb duftendes Deo unter die Arme und zog behutsam ein T-Shirt über seinen ramponierten Kopf.

Nachdem er sich einen Kaffee gemacht hatte, rief er Lisa an und berichtete ihr von seinem Erlebnis. »Meine Nachbarin wollte sogar den Rettungsdienst rufen, doch ich war dagegen.«

»Du tust mir leid, aber markiere jetzt nicht den starken Mann. Geh zu einem Arzt! Du kannst auch eine Gehirnerschütterung haben. Damit ist nicht zu spaßen.«

Tom schnaufte tief, nach einer Pause sagte er: »Es geht schon, hab' auch ein Schmerzmittel genommen. Ich muss noch zum Sender.«

»Tom, leg dich ins Bett. Bei TV 1 wird jeder verstehen, dass du in deinem Zustand nicht zur Arbeit kommen kannst.«

Tom wechselte das Thema. »Das Schwein hat sich mich ganz bewusst ausgeguckt, hat auf mich gewartet und mich als Schnüffler bezeichnet. Wo schnüffle ich denn? Ich recherchiere in genau einer Geschichte, und das ist die in eurem Restaurant, sonst mache ich gerade nichts. Der Schläger muss irgendeine Verbindung zum Odeon haben!«

»Aber Tom, das kann ich mir nicht vorstellen! Der Steineberg schickt doch keinen Rocker los und lässt Journalisten verprügeln, das ist Blödsinn.«

»Überleg mal, Lisa, an einem Tag fährt mir jemand auf einem Motorrad hinterher, vermutlich Edgar. Am nächsten passt mich ein Typ mit Motorrad zu Hause ab. Da gibt es eine Verbindung, nicht nur wegen der Motorräder. Der eine hat meine Adresse ausgekundschaftet, und der andere hat mich dann zusammengeschlagen. Der Edgar ist nicht sauber.«

Tom merkte, wie Lisa unsicher wurde und dass sie nicht wusste, was sie sagen sollte.

»Genau, der muss dahinterstecken«, bekräftigte Tom. »Gib mir bitte mal seine Adresse.«

»Und wenn er doch nicht dahintersteckt?«

»Da geht's auch nicht um Eifersucht!« Tom spürte wieder den Zahnarztbohrer, und sein Mund war vom vielen Reden ganz trocken.

»Sorry. Das kann ich nicht machen.« Lisa legte auf.

Tom stutzte, spürte Wut in seinem Körper. »Die krieg ich schon noch raus«, murmelte er säuerlich zu sich selbst. Was war mit Lisa los? Verschwieg sie ihm etwas?

Draußen war ein Gewitter aufgezogen. Ein gewaltiger Sturm fegte durch das nördliche München und die Schopenhauerstraße. Der heftige Wind rüttelte an Rollläden, brachte Fahrräder zum Umfallen, ließ Bäume um ihre Äste zittern, Plastiktüten und Zeitungen fegten durch die Gegend. Dann goss es in Strömen, und Hagelkörner begannen, an die Fenster zu trommeln.

Tom hatte sich nochmals hingelegt, konnte aber nicht schlafen. Das Krachen der Donnerschläge schien immer näher zu kommen, aber Tom störte sich nicht am Wetter, sondern es gingen ihm abwechselnd zwei Gedanken im Kopf herum:

Erstens: Was steckte hinter der Verbindung von Edgar zu dem Rocker? Versuchten die vielleicht Steineberg zu erpressen? Und zweitens: Warum verhielt sich Lisa so merkwürdig?

Er beschloss, Eike anzurufen. »Ich glaube, ich weiß, wer mit dieser Geschichte in Verbindung steht.«

»Ich kann dich ganz schlecht verstehen! Du sprichst so leise, hast du den Mund voll? Und außerdem scheint draußen ein Gewitter zu toben.«

Tom bemühte sich, seinen Satz nochmals deutlicher zu wiederholen.

»Was meinst du?«

»Das Odeon und das Rauschgift. Schon vergessen?«

»Was weißt du da?«

»Ich bin sicher, dieser Edgar ist nicht koscher.«

»Edgar, der Kochgehilfe?«

»Genau der. Er muss irgendwie Kontakt zu Drogendealern haben.«

»Wie kommst du darauf?«

»Das erzähl ich dir, wenn ich in der Redaktion bin. Ist ein bisschen kompliziert. Aber kannst du mir einen Gefallen tun? Kannst du herausfinden, wo dieser Edgar

Sturm wohnt? Irgendwo im Schlachthofviertel muss das sein.«

»Und wieso machst du das nicht selber?«

Tom versuchte zu erklären, dass es besser sei, bei Ämtern vom Fernsehen aus anzurufen, und dass er nicht so gut reden könne. Schließlich willigte Eike ein, aber Tom spürte eine deutliche Reserviertheit. War er wieder zu forsch gewesen? Vermutlich ja. Er hatte gerade als Neuling einem Reporter in einem geregelten Arbeitsverhältnis einen Rechercheauftrag erteilt.

3

Tom stellte seinen Wagen auf einem Parkplatz in der Kapuzinerstraße ab. Eike hatte ihm dort ein Rückgebäude als Edgars Wohnsitz genannt. Die Gegend um das Schlachthofviertel zeichnet sich durch morbiden Charme aus, wirkt wie ein Stiefkind in der expandierenden Stadt und verfügt doch über einige Adressen für kulinarische Genießer.

Der Sturm am Morgen hatte auf dem Areal große Pfützen hinterlassen. Über die Parkfläche vor einem stillgelegten Möbelhaus pfiff der Wind und trieb Getränkedosen und kaputte Regenschirme über den Asphalt. Menschen waren nicht zu sehen.

Das Haus machte keinen gepflegten Eindruck, Putz war von den Wänden abgeblättert, an einer Ecke stand in einer Graffitischrift: »Too old to Rock'n'Roll – too young to die«. Die Rahmen der Fenster verlangten nach einem neuen Anstrich, hinter einigen waren die Vorhänge zugezogen, andere starrten schwarz wie riesige finstere Fischaugen nach draußen. Irgendwann würden Immobilienhaie anrücken, um es zu entmieten, abzureißen und als Neubau für Eigentumswohnungen des gehobenen Bürgertums wieder aufzubauen.

An das Haus schlossen sich in rechtem Winkel Garagen mit zum Teil offen stehenden, verwitterten Holztüren an. In alten Regalen lag Gerümpel, verrostete Fahrräder lehnten an den Wänden, und in einer Garage stand ein Motorrad.

Tom sah es sich genauer an. Es war eine Kawasaki Zephyr 550, deren Nummernschild unter der Gepäckhalterung montiert war. Die letzten zwei Ziffern zeigten eine Acht und eine Sieben.

An der Klingelanlage des Hauses waren mit Papier überklebte und mit Kugelschreiber beschriftete Schilder befestigt. An einer Klingel stand der Name E. Sturm. Tom überlegte, ob er sich in dem stillgelegten Möbelhaus verstecken und von dort aus den Eingang beobachten sollte. Wenn Edgar das Haus verließ, könnte er ihm folgen und womöglich die Spur zu dem Rocker ausfindig machen.

Plötzlich wurde die Haustür geöffnet, und Edgar stand vor ihm. »Was ma-ma-machst du denn hier?«, kam es aus seinem Mund.

Toms Gesicht begann wieder zu schmerzen, die Haut spannte über den Schwellungen, die er zu Hause noch mit Eis gekühlt hatte. »Ich wollte mich für die Observierung und den Stinkefinger bedanken, du Arschloch.«

Edgar griente. »Du siehst aus, als hä-hä-hättest du einen Sa-ha-tz heiße O-O-Ohren bekommen.«

»Wo ist dein Rockerkumpel, der Feigling?«

»Ich w-w-weiß nicht, was du meinst! Du spinnst ei-einfach ein bisschen. La-l-ass dich mal untersuchen – du verstehst schon – von den Psy-psychotypen.«

Mit diesen Worten versuchte Edgar Tom zur Seite zu stoßen. Wut stieg in Tom hoch, er mochte sich nicht mehr herumschubsen lassen, er holte mit einem Bein aus und trat Edgar seitlich gegen den rechten Oberschenkel. Der knickte ein, griff mit einer Hand an die verletzte Stelle und hielt plötzlich in der anderen ein Messer mit einer langen Klinge.

Tom blieb ruhig. Die Abwehr hatte er tausendmal geübt. Das Messer kam von oben. Er wehrte den Angriff mit gekreuzten Unterarmen ab, fasste mit seiner Rechten nach dem Handgelenk des Gegners, drehte sich um 180 Grad und zog dabei dessen Arm über die eigene Schulter. Edgar ließ das Messer fallen, Tom überlegte kurz, ob er ihm den Arm über seinem Knie brechen sollte, unterließ es aber. Stattdessen versetzte er Edgar einen kräftigen Tritt gegen sein Steißbein. Der Widersacher landete auf allen vieren in einer Pfütze.

Tom hob das Messer auf. »Das behalt ich als Andenken. Und schönen Gruß an deinen Freund.«

Er machte sich auf den Weg zu seinem Auto, dabei ließ er Edgar nicht aus den Augen. Er stieg in den Dacia, und schon begannen wieder die Grübeleien. War es nicht unter seiner Würde, sich mit einem Idioten wie Edgar zu prügeln? Aber er spürte auch Genugtuung nach dem, was der Rocker ihm angetan hatte. Wie in Trance fuhr Tom vom Parkplatz auf die Straße, im Rückspiegel sah er, wie Edgar, der mit der Faust drohte, immer kleiner wurde.

Wenn es wirklich so ist, dass dieser halbstarke Stotterer und der Rocker unter einer Decke steckten, dann war seine Auseinandersetzung mit Edgar für ihn nicht ungefährlich. Wenn der Rocker wusste, dass sich Tom nicht so leicht einschüchtern ließ, was sollte ihn daran hindern, nun schwereres Geschütz aufzufahren? Tom war es mulmig zumute. Es wurde ihm immer klarer, dass er jemandem seine Gedanken und Überlegungen mitteilen musste. Aber wem? Eigentlich kam nur Eike infrage. Lisa verbarg Dinge vor ihm, und mit seinen Kumpeln aus der Journalistenschule hatte sich nie ein wirkliches Vertrauensverhältnis entwickelt. Eike war kollegial, legte da und dort ein Wort für ihn ein – er war kein Freund, aber jemand, dem Tom vertraute.

Er beschloss, in die Redaktion zu fahren.

Als er dort ankam, war Karen die Erste, der er begegnete.

»Was ist denn mit dir passiert? Hat dich jemand für einen Punchingball gehalten?«

Tom berichtete ihr mit knappen Worten, dass er Opfer eines Rockerüberfalls geworden war.

»Warum legst du dich denn nicht zu Hause hin und gibst Ruhe?«

»Es geht schon. Hab ein Schmerzmittel genommen.«

Diese Geschichte musste er noch ein Dutzend Mal erzählen. Als Tom Eike schließlich gefunden hatte, bat er ihn um fünf Minuten für ein Gespräch unter vier Augen. Eike zeigte sich zugeknöpft und zögerlich. Er stand wohl unter Zeitdruck, um einen Beitrag fertigzustellen. Oder hatte er noch eine Rechnung mit Tom offen?

Schließlich gingen sie zusammen in eine Mitarbeiterküche, in der sich ungewaschene Teller und Kaffeetassen in und neben der Spüle stapelten.

Eike musterte Tom, schnaubte einmal und sagte mitfühlend: »Schlimm siehst du aus. Wie ein Boxer nach einem verlorenen Kampf.« Eikes Gesichtsausdruck änderte sich, er zwinkerte ihm zu und säuselte aufreizend: »Dabei bist du doch eigentlich ein ganz Süßer, ein richtiges Sahneschnittchen.«

Tom stutzte. Was sollte das jetzt? Wollte Eike ihn anmachen? »Lass das mal.« Tom ging instinktiv einen Schritt zurück.

Eike zog die Stirn in Falten. »Hab ich dich erschreckt.«

Tom merkte, dass Eike ihn absichtlich irritiert hatte. War da ein Bruch in ihrer Beziehung entstanden? Warum? Wegen des Telefonats heute Morgen? Wie konnte er das wieder ins Reine bringen?

»Entschuldige, dass ich die Recherche, wo Edgar wohnt, heute Morgen nicht selbst gemacht habe. Aber sieh mich an – das ist der Grund, mir ging es nicht gut.«

Eike schaute an Tom vorbei in die Ferne. »Ich habe keine Zeit für große Diskussionen. Was wolltest du mir sagen?«

»Ich bin hierher gekommen, damit du weißt, dass ich nicht nur eine Auseinandersetzung mit dem Rocker hatte, sondern jetzt auch mit Edgar. Der wollte mit dem Messer auf mich los, aber ich habe ihn ruhiggestellt – zumindest vorübergehend. Weißt du, das sind beides Kriminelle, Edgar und der Rocker, – die arbeiten zusammen, da bin ich mir sicher. Ich glaube, dass es dabei um Rauschgift geht. Da spielt das Odeon eine Rolle, und denk daran, wir haben beide darüber berichtet. Wenn wir in ein Wespennest gestochen haben, kann die Sache auch für dich noch gefährlich werden.«

»Warum gehst du nicht zur Polizei?«

»Ich hab doch letztlich keine Beweise!«

»Und was ist mit den dunkelroten Flecken in deinem Gesicht?«

»Für die Schlägerei schon, aber nicht dafür, dass Edgar und der Rocker Kompagnons sind.«

»Ich würde trotzdem zur Polizei gehen. Dort äußerst du deinen Verdacht, und Obermeier wird schon etwas damit anzufangen wissen.«

Bekümmert wendete sich Tom mit hängenden Schultern ab. »Jedenfalls weißt du Bescheid, sollte noch etwas passieren.«

So richtig weitergekommen war er nicht durch das Gespräch, immerhin müsste Eike die Gefährlichkeit der Situation deutlich geworden sein. Er war müde, sein Kopf pochte, und eine Idee, wie er zur Aufklärung des Falles beitragen könnte, hatte er nicht bekommen. Auch die Kommentare, die er von den Redaktionskollegen zu seinen Blessuren gehört hatte, nervten ihn, da sie letztlich nur der Befriedigung ihrer Neugierde dienten.

Frustriert und deprimiert meldete er sich für den Rest des Tages im Sekretariat ab.

4

Zwei Coolpacks hatte sich Tom mit einem Schal auf seine Wangen gebunden. Mit der Schleife oben auf dem Kopf sah er aus wie eine von Zahnschmerzen geplagte Figur in einem Comic. Nebenher schrieb er gefühlt 200 Whatsapp-Nachrichten an Lisa, erhielt aber keine Antwort. Der Schmerz durchfuhr ihn immer wieder in Wellen, er war nervös und ärgerte sich darüber, dass ihm das geradlinige Denken scheinbar abhandengekommen war. Um sich abzulenken, kochte er sich am Abend eine Kartoffelsuppe aus der Tüte, die für ihn allemal besser zu essen war als feste Nahrung.

Es war schon nach 22 Uhr, da rief Lisa endlich zurück. Tom fiel es noch immer schwer, sich deutlich zu artikulieren.

Als er sie um ein Treffen bat, reagierte sie reserviert. Er vermutete, dass sie ihm die Frage nach Edgars Adresse nach wie vor übel nahm. Tom druckste eine Zeitlang herum, als Lisa sich verabschieden wollte, platzte er heraus: »Ich habe die Adresse von Edgar herausbekommen, die du mir nicht nennen wolltest. War gar kein Problem.«

Lisa schluckte. »Ich kann doch meinen Arbeitskollegen nicht in die Bredouille bringen, indem ich jemandem, der etwas gegen ihn im Schilde führt, seine Adresse nenne. Verstehst du das nicht?«

»Er ist doch der Gangster!«

»Tom, das ist Blödsinn, er versucht mal, jemanden zu bescheißen, aber er ist doch kein Verbrecher.«

Hastig erzählte Tom die Geschichte, die er in der Kapuzinerstraße erlebt hatte. »Der geht mit dem Messer auf mich los und du sagst, er ist kein Gangster? Wieso verteidigst du ihn so vehement?«

Lisa war sehr kleinlaut geworden. »Er ist ein Arbeitskollege, und ich komme mit ihm gut klar. Aber wenn es so war, wie du es gerade geschildert hast, tut es mir leid.«

Tom empfand ihre Worte als einen kleinen Triumph. Edgars Messer hatte die fest verschlossene Auster einen winzigen Spalt weit geöffnet.

Tom ging zum Kühlschrank, öffnete eine Bierflasche und kühlte seinen Mund mit dem herben Getränk auch von innen.

5

Als Tom am nächsten Morgen in die Redaktion kam, herrschte die übliche Hektik im Großraumbüro. Die Reporter telefonierten, riefen sich kurze Informationen zu und schrieben in ihre Computer. Eike schaute vom

Bildschirm hoch, als er Tom hereinkommen sah. »Und … warst du bei der Polizei?«

Tom schüttelte den Kopf.

»Irgendwann machen die dich richtig fertig!«

Tom zuckte unbeholfen mit den Achseln und sagte etwas zu bekümmert: »Wir müssen halt schneller sein.«

Eike riss seine Augen weit auf und begann zu lachen. »Unser Jungspund und die Mafia – ist ja nicht zu glauben. Du bist schon ein Traumtänzer?!«

»Ach, lass gut sein.«

Tom hatte das Gefühl, als würde ihm langsam alles über den Kopf wachsen. Traumtänzer – vielleicht hatte Eike da sogar recht. Nichts war so richtig für ihn greifbar, der Fernsehjob, Lisa, und dann wurde er auch noch von einem Rocker verprügelt.

»Jetzt schau nicht so belämmert! – Ich hatte eine Idee. Wie du sicher weißt, wird von TV 1 die Kochshow ›Sterneküche für zu Hause‹ produziert. Franz Fuchs ist der Redaktionsleiter. Ich hab mir einen Termin bei ihm geben lassen. Magst du mitkommen?«

Tom war begeistert. »Der kennt sich sicher in der Szene aus.«

»Natürlich. Könnte sein, dass wir etwas Neues von ihm erfahren. Sag mal im Sekretariat Bescheid, dass wir für ’ne Stunde im Haus unterwegs sind.«

Tom erledigte es sofort, und sie machten sich auf den Weg.

Sie gingen an einem langen grau gestrichenen Betonbau entlang, in dem sich hinter geschlossenen Fenstern Angestellte und freie Mitarbeiter des Senders an ihren Aufgaben abarbeiteten. Das Redaktionsbüro von Franz Fuchs lag in einem anderen Gebäude, gut 100 Meter entfernt von dem der Aktuellen Redaktion.

Er war gerade mit dem Sichten von Aufzeichnungen beschäftigt, als die beiden das Zimmer betraten. Fuchs stoppte die DVD, nahm seine rechteckige braune Brille ab und schüttelte Eike und Tom die Hände. »Hab mich schon gewundert, dass die Aktuellen hier nicht schon früher aufgeschlagen sind.«

Eikes Handy klingelte, aber er drückte den Anruf weg. »Bei Mord und Totschlag denkt man halt nicht gleich an die Unterhaltung.«

»Ich weiß schon, wir sind nur die soften Fernsehmacher, die sich um den Publikumsgeschmack kümmern, und ihr seid die Hardcore-Journalisten, die die Welt retten.« Bei diesen Worten zwinkerte Fuchs Eike zu.

Tom musterte den Chef der Kochsendungen neugierig aus der Distanz. Er war Mitte 50, hatte dicke Backen, und sein weinrotes Sakko spannte über dem Bauch. Grau melierte Haare standen über die Ohren. Er wirkte wie ein freundlicher Genussmensch, passte zum Kochstudio – ein ganz anderer Typ als Neuwirt.

Während Fuchs den beiden anbot, auf den ledernen Besuchersesseln Platz zu nehmen, sagte Eike: »Jedenfalls ist es sehr nett, dass Sie uns empfangen.«

Franz Fuchs lehnte sich in seinem Schreibtischstuhl zurück und faltete die Hände über der Brust. »Womit kann ich dienen?«

Eike erzählte mit ein paar Sätzen den Stand der Dinge im Fall Steineberg und ließ auch nicht die Erlebnisse von Tom mit Edgar und dem Rocker aus.

Fuchs bedauerte Tom und wurde nachdenklich. »Rauschgift im Sterne-Restaurant – das hatten wir schon Anfang der 90er-Jahre in München bei Witzigmann, aber dass Steineberg selbst damit zu tun hat, kann ich mir wirklich nicht vorstellen. Er ist sehr ehrgeizig, aber auch seriös. Er will den dritten Stern. Vielleicht hat er mal einen krummen Hund in der Küche, das kann passieren, aber sonst? Nein, meine Herren.«

»Und was halten Sie von Wissler?«, fragte Eike.

»Der will auch den dritten Stern. Wissler hat einen ganz anderen Hintergrund als Steineberg. Da war immer Geld da, der Vater im Vorstand der ›Münchener Rück‹, die Mutter Schauspielerin, Wissler liebt die Malerei, und ich weiß, dass er sich auch selber als Maler versucht hat. Er gehört zu den oberen Zehntausend. Steineberg hat sich hochgearbeitet. Seine Familie stammt aus Murnau. Da hat er sehr gute Kontakte zu den regionalen Erzeugern von Lebensmitteln.« Fuchs winkte ab. »Aber das ist eine andere Welt.«

Tom räusperte sich. »Der Wissler hat auf mich sehr, sehr glatt gewirkt.«

»Da war Ihre Empfindung richtig, junger Mann. Er präsentiert sich glatt wie eine frisch polierte Aubergine. Aber in den Sendungen kommt er gut beim Publikum an. Da kann er sich auch jovial geben. Er ist ein schwieriger Mensch.«

Tom war unruhig geworden. »Wie stehen Steineberg und Wissler zueinander?«

Franz Fuchs griff nach einem großen hölzernen Kochlöffel, der auf seinem Schreibtisch lag. Auf dem Stiel war in breiten goldfarbenen Buchstaben zu lesen: ›The Golden Cooking Spoon‹. »Natürlich sind sie Konkurrenten, und wenn ein Koch vom Steineberg zu Wissler geht, dann kann er nicht mehr zurück. Das ist nicht wie in der Fußball-Bundesliga, wo Claudio Pizarro eine Saison für Werder Bremen spielt, die nächste für den FC Bayern und dann wieder für Werder. Das Betriebsgeheimnis steht bei beiden Köchen an erster Stelle. Beide wollen sicher auch nicht nur den dritten Stern, sondern sie wollen ganz hinauf, die Nummer eins in Deutschland sein – wie früher Witzigmann. Beide lassen sich ständig Neues in der Küche einfallen. Sie sind sehr kreativ. Aber dass einer beim anderen einen Gast vergiften lässt«, Fuchs setzte eine skeptische Miene auf, »das können Sie sich aus dem Kopf schlagen.«

Eike schaltete sich wieder ins Gespräch ein: »Wo hat der Wissler eigentlich das Kochen gelernt?«

Fuchs zeigte auf den Kochlöffel. »Den hat er mir nach einer Show geschenkt. Er ist von seiner ersten internationalen Station, dem Hotel Lancaster in Paris. Danach lernte Marc im Oriental in Bangkok, und schließlich in New York bei Eric Ripert. Aus der Stadt hat er sich auch seinen Lustknaben mitgebracht.«

Eike bemerkte: »Ist ein hübscher Kerl; den haben wir auch schon kennengelernt.«

Franz Fuchs grinste, und Tom begutachtete verlegen die weiße Kochschürze, die an einem Bücherregal hing.

In diesem Moment klopfte es, und die Sekretärin von Fuchs steckte den Kopf zur Tür herein. »Herr Fuchs, der Produktionschef wartet im Studio auf Sie.«

»Ja, sagen Sie ihm, ich komme gleich. Meine Herren, ich muss weiter. Wir produzieren morgen und übermorgen eine Show – wissen Sie mit wem?«

Tom platzte heraus: »Mit Steineberg?«

Fuchs lächelte. »Das hatten wir vor. Leider mussten wir ihn wieder ausladen. Aus aktuellen Gründen – versteht sich. Wir hätten zu viel ansprechen müssen, das wollte ich nicht und Steineberg auch nicht. Nein, es ist Marc Wissler.«

Tom stutzte. »Darf ich mal bei der Produktion dabei sein?«

Fuchs freute sich sichtlich über das Interesse an seiner Show. »Gerne, kommen Sie einfach vorbei. Wir sind im Studio 1.«

6

Die Schwellungen in Toms Gesicht waren schon etwas zurückgegangen, aber er spürte den dumpf schmerzenden Druck jedes Mal, wenn er es berührte. Auf das Rasieren verzichtete er lieber noch.

Er hatte sich für den Abend mit Lisa in einer griechischen Taverne verabredet, die in der Nähe ihrer Wohnung lag.

Schon beim Betreten des Lokals schallten ihm die Klänge von Rembetiko-Musik entgegen. Die Wände waren mit Hafen- und Fischer-Motiven bemalt, die rustikalen Stühle aus blau gestrichenem Holz wirkten unbequem und die Sitzflächen aus Bastgeflecht zu klein für ausgewachsene Mitteleuropäer. In einer Nische hingen Plastiktrauben von einem Bord herunter, darunter saß Lisa auf einer Bank und blätterte in einem Reisekatalog. Ein kupferfarbener Aluminiumkrug und zwei Gläser gefüllt mit Retsina standen auf dem Tisch.

Lisa stand nicht auf und streckte Tom nur die Hand entgegen. Ihm war klar, dass er sich langsam wieder an sie herantasten musste.

Er setzte sich, und erst jetzt schien Lisa sein ramponiertes Gesicht wahrzunehmen.

»Das sieht ziemlich übel aus. Hast du Schmerzen?«

»Mir geht es viel besser als gestern.«

Sanft strich Lisa ihm über eine Wange. »Tut das weh?«

»Kein bisschen, wenn du das machst.«

»Du meinst, der Rocker, der dich verprügelt hat, kennt Edgar?«

»Ich denke schon. War er heute bei euch in der Arbeit?«

Nachdrücklich schüttelte sie den Kopf. »Hast du ihn verletzt?«

»Nein, ich hab Gnade vor Recht ergehen lassen.«

Lisas Gesicht hellte sich auf. »Weil ich ihn in Schutz genommen habe?«

»Könnte sein.«

Sie rutschte ein Stück näher zu Tom hin.

Er legte den Arm um ihre Schultern, spürte die Unruhe in ihrem Körper. Er hielt sie immer fester, als wolle er ihre

Erregung zur Ruhe bringen. Lisa wandte sich ab, hatte plötzlich eine Träne im Auge, tupfte sie sich mit einer Papierserviette aus dem Gesicht. Es war, als wäre sie innerlich zerrissen, als wüsste sie nicht, ob sie sich auf Toms Annäherungsversuch einlassen sollte oder nicht. Er gab nicht auf, streichelte ihren Kopf, nahm sie in beide Arme. Langsam fühlte er, wie ihre Anspannung nachließ.

Unbeholfen küsste er sie auf den Mund, Lisa ließ es geschehen. Tom legte zärtlicher nach, versuchte ihre Lippen zu öffnen, die fest aufeinander lagen. Ganz langsam gab sie nach, schloss die Lider und erwiderte den Kuss. Tom roch ihr Parfüm, spürte ihrem Mund nach, hielt sie fest in den Armen.

»Ich liebe dich!«

»Red keinen Unsinn«, erwiderte Lisa.

»Du bist so schön.«

»Ich glaube, du warst schon lange nicht mehr mit einer Frau zusammen.«

»Sei nicht so nüchtern.«

Tom trank einen Schluck Retsina und strahlte sie an. In ihren Augen glaubte er, ein Glitzern zu erkennen. Er wollte sie mit all ihren Merkmalen und Besonderheiten in seinem Kopf aufnehmen, den schwarzen Haaren, dem roten Mund, bei dem der Lippenstift nun verschmiert war, ihre grünen Augen unter den langen Wimpern. Lisa zeigte ihre weißen Zähne, strich ihm über seine dicke Backe und drückte absichtlich einmal fest darauf. Tom spürte den Schmerz nicht.

Nach einer Weile stand er auf, zog sie zu sich hoch, griff nach ihrer Hand und führte sie aus dem Lokal. Einen Zehneuroschein hatte er noch schnell auf den Tisch gelegt.

Als Tom vor Lisas Wohnung anhielt, hatte er immer noch den eigentümlichen, orientalisch geprägten Rembetiko-Rhythmus in den Ohren. Er sah sie fragend an und Lisa forderte ihn auf, mit nach oben zu kommen.

Ob sie mit ihm schlafen würde? Am liebsten würde er direkt mit ihr im Schlafzimmer verschwinden.

»Zieh bitte die Schuhe aus«, sagte sie leise vor ihrer Wohnung. Als Tom eintrat, war er von seinem eigentlichen Ziel erst einmal abgelenkt.

Ein roter Lampion mit schwarzen Schriftzeichen baumelte in der Diele von der Decke herab, an einer Wand hing ein Druck der »Großen Welle vor Kanagawa« von dem berühmten japanischen Maler Hokusai.

»Alles Japanisch?!«, fragte er unsicher.

»Ich liebe den Stil, die Ästhetik.«

Tom hängte seine Jacke an einen Garderobenständer.

»Komm mit in die Küche. Magst du ein Bier?«

Tom folgte Lisa in einen dezent gestalteten Wohnbereich, in den eine Küche integriert war.

Sie holte Bier aus dem Kühlschrank und Gläser aus einem Regal, Tom sah sich um und nahm auf einer Couch Platz. Auch hier hatte sich Lisa ganz dem japanischen Styling verschrieben: groß aufgezogene Fotos von sehr exzentrisch gekleideten Leuten, so wie er sie vom Japanfest im Englischen Garten kannte.

Auf einem Foto glaubte er, Lisa zu entdecken – mit einer rosa Perücke, über einem Auge eine schwarze Piratenklappe, das andere grün bis hin zur Schläfe geschminkt. Tom verglich ihre reale Erscheinung mit dem Foto. »Bist du das?«

Lisa setzte sich zu ihm auf die Couch. »Gefällt es dir?«

»Wirkt sehr punkig, vor allem dein Gesicht. Aber auch der Rock. Trägst du einen Unterrock über dem richtigen?«

Lisa lachte. »Das war viel Arbeit, so etwas aus Tüll und Stoff zu nähen. Na los, trink was!«

Sie prosteten sich mit zwei Gläsern Bier zu.

»Läufst du öfter so rum?«

»Nein, das war bei einem Visual-Kei-Treffen. Da sind alle abgefahren angezogen, jeder so, wie er es mag.«

»So solltest du mal im Odeon servieren.«

»Das wär ein Spaß.«

Tom rückte näher an Lisa heran und streichelte ihre Hand. »Und diese Visual-Kei-Szene ... ist die harmlos?«

»Völlig harmlos. Die Leute legen Wert auf ein besonders schönes und kunstvoll gestaltetes Aussehen und orientieren sich an den Musikern der japanischen Rock- und Pop-Musik. Ich fühle mich wohl dort. Da sind alle ein bisschen so wie ich – leben in einer anderen Welt.«

Toms Hand wanderte zu Lisas Oberschenkel. »Muss ich mir die Haare grün färben, um bei dir zu landen?«

»Ich denke, du bist ganz okay, so wie du bist.«

Er umarmte Lisa und küsste sie. Sie erwiderte den Kuss. Ihre Küsse wurden intensiver, er streichelte ihr Haar, den Rücken, die Arme, dann wanderte seine Hand zu ihrem Busen.

Lisa löste sich von Tom, stand auf, nahm ihn an der Hand und führte ihn in ihr Schlafzimmer. Die Tatami-Matten, den Futon und die Kalligrafien an den Wänden nahm Tom nur noch am Rande wahr. Lisa schaltete eine asiatische Steinlampe ein, ließ das Rollo herunter und begann, ihm das Hemd auszuziehen. Tom erwiderte die Geste und knöpfte ihre Bluse auf. Zärtlich fuhr er mit den Fingerspitzen über Lisas Körper, tastete nach ihrem Busen, spürte, wie sie heftiger zu atmen begann, da fühlte er Linien auf ihrem Rücken. Neugierig geworden blickte er über ihre Schulter und erstarrte: Ihr gesamter Rücken war bedeckt mit einem asiatischen Tattoo.

»Was ist das denn?!«

Lisa lachte ihn an. »Was wird's wohl sein?«

Er drehte sie ein Stück von sich weg. Ihm schaute ein graugelber Drache entgegen, sein geöffnetes Maul gab den Blick auf zahlreiche weiße Zähne und eine rote Zunge frei. Der Drache trieb Wellen mit tosender Gischt vor sich her.

Tom streichelte Lisa vorsichtig den Rücken, ganz langsam folgten seine Fingerspitzen den Konturen des Tattoos, dem stachelig wirkenden Drachenkörper, den Beinen mit den drei Klauen, dem gelben und dem roten Auge. Er begann, Lisa die Jeans auszuziehen. Wellen in einem Meer von Blau, Schwarz und Weiß endeten direkt über ihrem Po.

Tom atmete heftig. Er spürte die Schwellung in seiner Hose. Er umarmte Lisa intensiver, knabberte an einem Ohrläppchen und küsste Hals und Nacken.

Eine halbe Stunde später lagen Tom und Lisa zufrieden, erschöpft und leicht verschwitzt nebeneinander auf dem Futon. Der Sex war hingebungsvoll und intensiv gewesen. Eigentlich hätte er sie gerne von hinten genommen, aber dann hatte er Skrupel bekommen, dass Lisa denken könnte, er fände weniger sie aufreizend als das Tattoo. Er roch den Duft ihrer Haare und spürte das Pochen ihres Herzens. Mit einer Hand fuhr er die Wasserstrudel nach. Lisas Haut war weich, nur an einigen Stellen spürte er die Erhebungen. »Wieso hast du dir so ein Bild auf den Rücken tätowieren lassen?«

»Er beschützt mich – der Drache.«

»Das ist doch ein böses Fabelwesen, oder?«

»Es ist ein japanischer Drache. In Asien hat der Drache auch positive Eigenschaften. Er steht für Fruchtbarkeit und sorgt dafür, dass die Menschen das Wasser bekommen, das sie brauchen – auch wenn ihre Häuser brennen, hilft er ihnen.«

Erstaunt legte Tom die Stirn in Falten. »Okay. Sieht schön aus. Aber das war doch eine Riesenprozedur?«

»Es waren acht Sitzungen, und es hat mich ein kleines Vermögen gekostet. Ich hab das in London von einem richtig guten japanischen Tätowierer stechen lassen.«

Tom schwieg. Dann drehte er sich vom Bauch auf die Seite. »Du bist eine sehr geheimnisvolle Frau.«

»So?« Sie stupste ihm mit ihrem dunkelrot lackierten Zeigefinger auf die Nase.

»Und ich wette, Visual-Kei- und Rückentattoo sind nicht deine einzigen Geheimnisse?«

Lisa wandte sich von ihm ab.

Tom fasste sie sanft am Arm. »Hallo, bist du beleidigt? War nicht böse gemeint. Eine geheimnisvolle Frau ist doch etwas Interessantes.«

Lisa seufzte und zog die Bettdecke über ihren Körper. »Ich denke, es ist besser, wenn du jetzt gehst. – Sei nicht sauer! Ich will einfach allein sein.«

Tom stutzte. »Hey, das war doch so schön mit uns.«

Lisa nickte. »Ja, war sehr schön. Hatte ich schon lange nicht mehr.« Sie drehte sich von ihm weg. »Aber lass mich jetzt bitte allein.«

Tom räusperte sich, er kam sich plötzlich vor, als wäre er ein Eindringling in einer fremden Welt, dabei fühlte er noch die Nähe von Lisas Körper, spürte ihre Brüste auf seiner Brust und den Geschmack ihrer Haut in seinem Mund. Langsam stand er auf, zog Slip, Jeans und sein Hemd an, er suchte seine Socken unter einem Zaisu-Bodenstuhl und fand sie schließlich ein Stück weit unter den Futon gerutscht.

Lisa lag apathisch auf dem Bett, er beugte sich zu ihr und gab ihr einen Kuss auf die Wange. »Schlaf gut und träum von mir.«

Sie schlang die Arme um seinen Hals und küsste ihn fest auf den Mund.

7

Im Studio 1 herrschte am folgenden Nachmittag geschäftiges Treiben. Bühnenarbeiter bauten eine mobile Küche auf, überprüften die elektrischen Anschlüsse und klebten die Kabel ab. Der lichtsetzende Chefkameramann war mit den

Klappen der Scheinwerfer beschäftigt, die in großer Zahl von der Decke herunterhingen. Noch unbesetzt standen fünf große Studiokameras herum, die auf fahrbaren Vinten-Stativen fixiert waren. In eine Ecke des Studios hatten sich Kabelträger zurückgezogen und spielten Karten. Weißgekleidete Angestellte mit dem gestickten Wisslers-Logo am Revers brachten unzählige vorbereitete Speisen aus einem Lieferwagen herbei.

Tom staunte über die Art des Fernsehmachens im Studio, die völlig anders war, als er sie bei dem aktuellen Bericht über den Steineberg-Prozess kennengelernt hatte. Da musste man den Menschen hinterherlaufen, um von ihnen eine verwendbare Aussage zu bekommen. Hier im Studio war alles exakt und minutiös geplant.

Er hörte das Scheppern von Geschirr auf einem verchromten Beistellwagen, der zu seiner Überraschung von einem Bekannten mit geschmeidigen Bewegungen geschoben wurde. Es war der Latino, der ihnen beim Besuch von Wisslers Restaurant die Tür geöffnet hatte. Tom hätte nicht gedacht, dass der Freund des berühmten Sternekochs überhaupt arbeiten musste. Als er lächelte, wusste Tom, dass er ihn auch erkannt hatte.

Auf einem Wagen standen neben Geschirr und Kochbesteck abgedeckte Schüsselchen mit geschnittenen Zwiebeln, Gelben Rüben, Staudensellerie, Tomaten und verschiedenen Kräutern. Der Latino entfernte die Frischhaltefolien und räumte die Lebensmittel in einen schon angeschlossenen Kühlschrank.

Tom ging auf ihn zu und fragte nach Wissler.

»Der ist im Gästeraum«, antwortete er freundlich. »Du kannst ›Sugarboy‹ zu mir sagen, das ist mein Name.«

Nach einem kurzen Zögern sagte Tom. »So heißt du aber nicht wirklich.«

Gelassen antwortete der Latino: »Alle sagen ›Sugarboy‹ zu mir, das ist okay. Mein Familienname lautet Azúcar, übersetzt heißt das ›sugar‹, also bin ich Sugarboy.« Dabei schlug er sich aus voller Überzeugung mit der Faust auf die Brust.

Tom streckte ihm die Hand entgegen. »Ich bin Tom. Kannst du mir sagen, wo der Gästeraum ist?«

»Ist ganz einfach.« Sugarboy wies auf die Studiotür. »Da raus und immer geradeaus. Am Ende des Ganges ist links eine Tür, da steht ›Garderobe‹, da musst du rein.«

Tom bedankte sich, nickte Sugarboy zu und machte sich auf den Weg.

Als er die Tür zum Gästeraum öffnete, sah er, wie sich Marc Wissler und Franz Fuchs intensiv unterhielten. Aus den Gesprächsfetzen wurde ihm klar, dass ihr Thema offenbar der Kunstmarkt war. Tom kam der Moment ungelegen vor und er wollte schon wieder den Raum verlassen, da wurde Fuchs auf ihn aufmerksam, begrüßte ihn und lud ihn ein, in einem der Sessel Platz zu nehmen.

»Marc, das ist Herr Becker, einer unserer aufstrebenden Nachwuchsautoren. Das Gesicht musst du dir gut merken, der wird sicher etwas Großes im politischen Fernsehen.« Dabei zwinkerte er Tom zu.

Er wäre am liebsten im Erdboden versunken, aber Wissler nahm das überspitzte Kompliment bereitwillig als rhetorische Vorlage auf. »Ich durfte schon die Bekanntschaft machen, als ich zum Fall Steineberg interviewt wurde. Und was mich besonders gefreut hat, die Journalisten kennen sich tatsächlich auch in der Kunst aus.«

Fuchs rieb sich lachend die Hände. »Ich sag's doch, die Jungen sind so gebildet. Warte noch ein paar Jahre, und sie werden uns Alte in die Mottenkiste der Fernsehunterhaltung stecken, nicht wahr, Herr Becker?«

Tom fühlte sich immer unwohler und wusste nicht, was er antworten sollte. Nach einer Pause, die ihm vorkam wie ein ganzes Jahr, sagte er schließlich: »Die Gefahr sehe ich nicht, Herr Fuchs, da müssen Sie sich keine Gedanken machen.«

Fuchs rieb sich wieder die Hände, und Wissler sagte zu Tom: »Was glauben Sie, wohin geht die Reise der Kunst nach der Postmoderne? Junge Leute sind doch da hautnah dran: Popkultur, Subkultur, die Lichtkunst – oder werden bald nur noch Schimpansen Kunstwerke erstellen?«

Fuchs jubelte in den höchsten Tönen, während Wissler sich in seinem Sessel bequem zurücklehnte und seine Hände hinter dem Kopf faltete.

Tom suchte nach einer stärkeren Antwort als die, die er gerade gegeben hatte, und da fiel ihm Lisas Liebe zu Visual-Kei ein. »Ich meine, der Mensch wird zum Gesamtkunstwerk. Denken Sie doch einfach einmal an Comics und Mangas: Im Visual-Kei werden diese Gestalten lebendig, und jeder Mensch findet eine Figur, die er gerne wäre.«

Fuchs war plötzlich still geworden.

Wissler machte ein erstauntes Gesicht. »Nun, ich glaube das zwar nicht, aber immerhin ist das eine bemerkenswerte Meinung, nicht wahr, Franz?«

Fuchs schüttelte den Kopf, dabei wackelten seine Hängebacken. »Ich denke auch, dass man das so nicht sehen kann. Aber darf ich dir und Ihnen ein Gläschen Sekt anbieten. Dann wird unser netter Diskurs sicher noch fantasievoller?«

»Lieber Franz, tu mir bitte einen Gefallen und verschone mich mit eurem alkoholisierten Sprudelwasser. Ich habe wohl wissend Champagner mitgenommen, und davon sollten wir ein Gläschen trinken.« Wissler drehte seinen Kopf nach links und rechts, als würde er jemanden suchen. »Wo ist denn dieser Lahmarsch Sugarboy? Nie ist der da, wenn man ihn braucht.«

»Ich sag's der Aufnahmeleitung«, fiel Fuchs ein, »die soll ihn herschicken.«

Er drückte den Knopf auf einer Sprechanlage und gab seine Anweisung. Wissler fuhr sich ungeduldig mit dem Daumennagel über seine Oberlippe.

Kurz darauf brachte eine gebieterisch auftretende Aufnahmeleiterin mit kurzen hellblonden Haaren den Latino in die Garderobe, der neben der Tür stehen blieb.

»Wo treibst du dich eigentlich herum?«, fuhr ihn Wissler an. »Hol uns den Champagner, und zwar den, der in der Kühltasche ist. Ein bisschen plötzlich, wir wollen ihn noch kalt trinken. Und vergiss die Champagnerkelche nicht. Kannst du dir das merken?« Entnervt verschränkte er seine Arme vor der Brust.

Sugarboy fletschte kurz die weißen Zähne, nickte der Runde zu und verschwand.

Wie auf Knopfdruck hellten sich Wisslers Gesichtszüge wieder auf. »Die Latinos sind fast so wie die Afrikaner – faul, frech und hinterhältig. Die sollte man nicht im Team haben. Aber er sieht halt einfach verdammt gut aus.«

Tom war schockiert, hatte er da gerade richtig gehört? Ratlos kratzte er sich am Kopf, da ihm nicht gleich eine adäquate Entgegnung einfiel. Auch Fuchs war ernst geworden und kraulte seinen Siebentagebart. »Marc, so etwas darfst du aber in der Sendung nicht sagen, das weißt du schon. Da heißt es gleich: Der Wissler ist ein Rassist.«

Tom nickte eifrig bei diesen Worten, doch Wissler wiegelte ab: »Das weiß ich, aber es stimmt einfach, das kann man hier im Gästeraum durchaus einmal sagen. Das Küchenpersonal besteht zu über 50 Prozent aus Ausländern und Migranten, und die meisten machen ihre Arbeit gut. Aber Schwarze nehme ich gar nicht mehr, die muss man zum Jagen tragen. Und die Latinos … Wo bleibt er denn jetzt wieder, unser Sugarboy? Das meine ich!«

»Aber Sie können das nicht so verallgemeinern«, mischte sich Tom noch immer schockiert ein.

»Das ist einfach meine Erfahrung, junger Mann.«

Dabei legte Wissler Tom herrisch die Hand auf den Arm.

»Ich rede nur von der Arbeit. Als Gäste sind mir Farbige selbstverständlich willkommen.«

Die Garderobentür ging auf, und Sugarboy kam mit einer Flasche Champagner herein, gefolgt von der Aufnahmeleiterin, die ein Tablett mit vier Champagnerkelchen trug.

»Sugarboy, du musst nicht andere Leute belästigen, wenn du ein paar Gläser und eine Flasche bringen sollst. Die Dame hat sicher Wichtigeres zu erledigen«, raunzte Wissler ihn an.

»Nein, nein«, fiel Fuchs vermittelnd ein, »die Aufnahmeleiterin ist auch für solche Dinge wie Getränke bringen da. Das passt schon so.«

Sugarboy reichte seinem Chef die Flasche, und über Wisslers Gesicht huschte ein versonnener Schimmer. Er zeigte Fuchs und Tom das Etikett. »Dieser ›Taittinger Comtes de Champagne‹ wird aus Chardonnay-Trauben gemacht, die nur in den Grand-Cru-Lagen in der Côte de Blancs gelesen werden. Er hat ein wunderbares Aroma.« Wissler öffnete die Flasche und goss das edle Getränk in die Gläser.

»Wieso stehen da vier Kelche?«, fragte er Sugarboy, der sich gerade in einen Sessel gesetzt hatte.

»Dachte, einer ist für mich.«

»Hast du draußen nichts mehr zu tun?«

»Dachte, ich soll bei dir sein.«

»Wenn du deine Arbeit erledigt hast, dann kommst du zu mir!« Wissler ließ den vierten Kelch leer, nahm sich ein Glas und prostete Fuchs und Tom zu. »Riecht ihr das Aroma? Zitrone, Ananas, Bienenwachs – wunderbar.«

Alle drei probierten vorsichtig einen kleinen Schluck, darauf folgte ein mehrstimmiges »Ah« und »Oh«. Tom genoss die Leichtigkeit des trockenen Getränks und das Prickeln im Mund. In der Zwischenzeit schnappte sich Sugarboy die Flasche, füllte den vierten Kelch und setzte sich wieder. »Cheers!«

Wissler schlug mit der geballten Faust auf die Armlehne seines Sessels. »Das hat ein Nachspiel!«

Sugarboy trank einen Schluck, und Wissler wandte sich wieder Fuchs und Tom zu: »Faul und frech, das habe ich vorhin gemeint. Und vermiesen einem die Laune.«

Franz Fuchs hatte sich erhoben. »Marc, lass uns mal ins Studio gehen und checken, wie weit die Mannschaft mit dem Aufbau ist.«

Wissler schenkte allen nochmals nach, bis auf Sugarboy, dem er zuraunte: »Mach dich heute Abend auf etwas gefasst!«

Mit ihren Champagnerkelchen in den Händen verließen der Sternekoch und Franz Fuchs den Gästeraum.

Tom hoffte, die Spannung, die sich in den letzten Minuten aufgebaut hatte und die er in allen Poren spürte, würde bald von ihm abfallen. Mit gedrückter Stimmung prostete er Sugarboy zu: »Cheers.«

Der Angesprochene erhob ebenfalls sein Glas und lächelte ihn an: »Salud!«

Tom wusste nicht, wie er eine Unterhaltung mit Sugarboy anfangen sollte, aber es dauerte nicht lange, bis dieser von selbst zu sprechen begann: »Marc ist ein schwieriger Mensch, muss immer den Chef herausstellen.«

»Wie hast du ihn denn kennengelernt?«

»In New York, in der Rockbar an der Christopher Street. Das war vor vier Jahren. Marc sagte, er hätte in Deutschland einen Job für mich in einem Sterne-Restaurant. Und jetzt bin ich hier.«

Tom staunte über das gute Deutsch Sugarboys, auch wenn er immer wieder im Erzählfluss stockte. »Was hast du in New York gemacht?«

Sugarboy trank einen Schluck Champagner, setzte sich gerade in den Sessel und begann zu erzählen. »Ich war in der Modebranche. Weißt du, eigentlich bin ich aus Medellín, Kolumbien. Diese Stadt ist für zwei Dinge berühmt: Sie hat eine bedeutende Textilindustrie, und sie ist sehr gefährlich, da gibt es jedes Jahr viele Morde. Ich habe Amerikaner aus dem Garment District in Manhattan kennengelernt, die haben mir geholfen, nach New York zu gehen. Ich wollte nicht in Medellín bleiben.«

»Okay, ich verstehe.«

»Es war eine sehr schöne Zeit in New York.«

Sugarboy wirkte geradezu erfüllt von den Geschichten aus seinem Leben, und er hatte in Tom offenbar den guten Zuhörer gefunden, den er dafür brauchte.

»In New York war das Leben leicht. Da gab es für Gay-section no problem. Da konnte man sein, wie man war. Auch in Kolumbien dürfen jetzt Männer Männer heiraten, aber früher war das Leben nicht leicht.« Sugarboy hielt sich die Hand vor den Mund. »In Deutschland tuscheln sie. Hi, hi, hi – das ist ein Gay.«

»Ist Wissler immer so herrisch zu dir?«

»Ja, oft, er will, dass ich alles mache: mit zum Einkaufen fahren, in der Küche arbeiten, auch manchmal beim Servieren helfen, und dann soll ich bei ihm sein. Ist oft schwierig, aber ich liebe ihn.«

Tom hörte dem jungen Kolumbianer nachdenklich zu, der nun entspannt mit einem Glas Schampus im Sessel saß und versonnen über seinen bewegten Lebensweg reflektierte.

Sugarboy zwinkerte ihm zu. »Bist du auch verliebt?«

»Ich glaube schon.«

»Aber in ein Mädchen?«

»Ja! Natürlich.«

Sugarboy kicherte und wurde im nächsten Moment wieder ernst, als Tom fragte: »Was machst du eigentlich, wenn du mal alleine sein willst, ich meine, wenn du nicht ständig deinem Chef Gesellschaft leisten willst?«

»Ich verrate dir ein Geheimnis: Ich gehe in die

St. Michaelskirche in der Fußgängerzone. Da gibt es eine Gruft, in der liegt der Bayernkönig Ludwig II. Ein toller Mann mit vielen Ideen. Was der alles hat bauen lassen, großartige Schlösser, Tischlein-deck-dich … Außerdem hat er die Musik geliebt – er war für die Kunst da. Und er plante noch viele wunderbare Bauten. Ich finde diesen Mann großartig.« Sugarboy hatte seinen Champagnerkelch auf dem Tisch abgestellt und zeichnete Schlösser und Tischlein-deck-dich mit seinen Händen nach. »Ich spreche mit dem König, erzähle ihm, was mich bewegt, von Marc und was ich denke. Und er hilft mir, sagt mir, was ich tun soll.«

Tom stutzte und sah Sugarboy verwundert und fragend an.

Der Kolumbianer hielt die Hand hinter seine Ohrmuschel. »Ich muss nur tief in ihn hineinhören.«

Er hatte sich in einen Rausch geredet, Tom schien er nur noch am Rande wahrgenommen zu haben, nun wandte er ihm seine ganze Aufmerksamkeit zu. »Ich habe viel von mir erzählt.«

»Danke. Das war sehr eindrucksvoll«, sagte Tom, runzelte dabei aber zweifelnd wegen der Geschichte mit König Ludwig die Stirn.

»Was treibst du?«, fragte Sugarboy.

»In meiner Freizeit – Taekwondo, dieser Kampfsport gibt mir körperliche Sicherheit. Mit dem Fernsehen habe ich gerade erst angefangen. Es ist zurzeit mein Leben. Leider ist es sehr schwierig, da fest einen Fuß in die Tür zu bekommen.«

»Mich würde das auch interessieren. Ich möchte gerne bei einer Show mitmachen, wo man tanzen kann.

›Deutschland sucht den Superstar‹ oder so etwas. Ich glaube, ich würde gewinnen.«

»Kannst du so gut tanzen?«

»Ja … Salsa, Merengue, Cumbia … ist alles so schön!«

Bei diesen Worten stand Sugarboy auf, machte Tanzschritte und ließ seine Hüften kreisen. »Du musst mir helfen, im Fernsehen aufzutreten.«

In diesem Moment stürzte Wissler ins Zimmer und lief erbost auf Sugarboy zu. »Du solltest doch das Gemüse mit der Frischhaltefolie abgedeckt in den Kühlschrank stellen. Offenbar muss ich immer dabei sein, damit du deine Aufgaben richtig erledigst. Ruf im Restaurant an, die müssen das gesamte Gemüse nochmals schneiden und du holst es dann ab. Aber ein bisschen plötzlich!«

Sugarboys Miene verfinsterte sich. Er atmete tief durch und stand vor Wissler wie ein kleiner Junge bei einer Gardinenpredigt seines Vaters. »Marc, entschuldige, aber das ist doch nicht schlimm, wenn Lauch und Gelbe Rüben mal eine viertel Stunde so im Kühlschrank stehen. Das kommt doch im Restaurant auch vor.«

Mit heruntergezogenen Mundwinkeln funkelte Wissler Sugarboy böse an und sagte scharf: »Du machst das so, wie ich es gesagt habe, oder du fliegst sehr schnell wieder nach Kolumbien.« Eilig stapfte Wissler aus dem Raum.

Sugarboy stand einsam und verlassen da. Er steckte beide Fäuste in die Hosentaschen und sagte: »Es ist schwer, ihn zu lieben, oder wie sagt man: zu mögen. – Gib mir deine Telefonnummer. Ich rufe dich an – wegen der Show.«

Nach dem Austausch der Nummern verließ Sugarboy zerknirscht das Zimmer. Tom trank den letzten Rest seines Champagners aus, da ging die Tür auf, und zu seiner großen Überraschung trat Neuwirt in die Garderobe.

»Was machen Sie denn hier? Sekt trinken am Nachmittag? Haben Sie die Redaktion gewechselt? Das hätten Sie mir aber sagen müssen!«, blaffte er Tom an.

Neuwirt begutachtete das Etikett der Flasche genauer. »Champagner, unser Hospitant mag also die besonders guten Dinge im Leben. Sitzt hier und lässt eben mal eine Flasche Taittinger durch die Kehle laufen. Und wir suchen drüben in der Aktuellen Redaktion dringend jemanden, der ein paar Bilder von dem Kran macht, der in Sendling auf ein Haus gefallen ist!«

Tom bemühte sich, ruhig zu bleiben. »Herr Neuwirt, ich habe mich im Sekretariat abgemeldet und ich hatte die ganze Zeit mein Handy bei mir. Mich hat niemand angerufen.«

Neuwirt ging nicht weiter auf das Argument ein. »Und was machen Sie hier?«

»Eike und ich waren gestern bei Franz Fuchs wegen der Steineberg-Sache. Dabei ist die Idee entstanden, dass ich mir einmal eine Studioproduktion ansehen kann.«

»Da müssen Sie mir Bescheid sagen, junger Mann. Ich bin derjenige, der für Sie bei TV 1 zuständig ist.«

Tom mimte Reue. »Entschuldigen Sie, Herr Neuwirt. Tut mir leid.«

»Wo ist Wissler? Sie wissen doch alles?«

»Der ist im Studio und kümmert sich ums Gemüse.« Bei diesen Worten zuckte ein Grinsen über Toms Gesicht. Er versuchte, es zu verbergen, und biss sich auf die Unterlippe. Neuwirt sollte nicht glauben, er lache über ihn.

»Was schneiden Sie denn für Grimassen? Vielleicht sollten Sie es mal beim Spielfilm versuchen. Unglaublich.«

Die Zwischentür zur nebenan gelegenen Maske wurde geöffnet, und eine junge Dame fragte gutgelaunt: »Werden die Herren beide geschminkt?«

Schnellen Schrittes verließ Neuwirt wortlos den Raum, und Tom winkte der Visagistin mit einer kräftigen Handbewegung ab. Verstimmt machte er sich auf den Weg zur Aktuellen Redaktion. Er wollte erst später nochmals zur Aufzeichnung der Kochshow zurückkommen.

8

Als Tom die Tür zu seinem mit Latten verkleideten Kellerabteil öffnete und die lichtschwache Lampe einschaltete, sah er eine Maus. Blitzschnell brachte sie sich unter einem Metallregal in Sicherheit. Er stampfte mit dem Fuß laut auf, die Maus rauschte wie von einem Wirbelwind getrieben ab in den Nachbarkeller.

Tom wollte seine Wanderschuhe holen, um mit Lisa

einen Ausflug in die Ammergauer Gegend zu machen. Er kämpfte sich durch bizarre Gebilde von Spinnweben, die in großer Zahl von der Decke hingen, und fand die Schuhe voller Staub zwischen Langlaufskiern, Snowboard und diversen Kisten. Er schlug die Schuhe gegeneinander und musste niesen. Ein Monopoly-Spiel im Regal fiel ihm ins Auge, das er früher häufig mit seinem Bruder gespielt hatte. Meist hatte Jan gewonnen. Er wollte ständig Geld scheffeln, Häuser und Straßen kaufen. Als Sieger hatte er sich toll gefühlt, wenn er verloren hatte, konnte er stinksauer werden. Einmal hatte Tom gewonnen, und die Eltern waren nicht zu Hause, da wurde er von Jan in die stinkende Besenkammer gesperrt. Als Tom sagte, er würde es den Eltern petzen, antwortete Jan, das nächste Mal, wenn die Eltern ausgegangen waren, würde er ihn fesseln und ihm ins Gesicht pissen. Jan wollte immer der Gewinner sein, und ihre Mutter bewunderte das und war stolz auf ihn.

Tom verschloss die Kellertür und dachte an Lisa, ihre japanische Wohnungseinrichtung und ihre gemeinsame Nacht.

Schon im Treppenhaus hörte er sein Handy in der Wohnung klingeln. Das musste Lisa sein. Er schloss schnell die Wohnungstür auf, stellte die Wanderschuhe auf die Ablage, stürzte an der Garderobe vorbei in sein Wohn- und Schlafzimmer. Er konnte das Telefon nicht orten. Hatte er es noch im Bett gehabt oder am Schreibtisch? Tom richtete sein Gehör auf das fortwährend läutende Handy aus. Da war es – in der Jackentasche über der Stuhllehne. Er hob ab, es war seine Auserwählte. »Hi, Lisa, wie geht's? Gut geschlafen?«

Sie räusperte sich, als hätte sie schon lange kein Wort mehr gesprochen.

»Ich bin gleich so weit. Muss noch fertig packen, dann hole ich dich ab.«

»Tom, sorry, mir geht es gar nicht gut.«

Er bemerkte die fehlende Energie in ihrer Stimme. »Oh, willst du absagen?«

»Meine Mutter hatte heute Morgen einen Herzinfarkt. Ich muss zu ihr fahren.«

»Wie schrecklich, das tut mir leid. Verstehe.« Er schnaufte erst einmal durch. So sehr hatte er sich auf diesen Ausflug gefreut. »Wo musst du da hin?«

»Meine Mutter lebt in Bamberg.«

Tom überlegte kurz. »Was hältst du davon, wenn wir zusammen mit dem Auto nach Bamberg fahren?«

»Tom, das musst du nicht. Ich habe mich bereits informiert, es fährt fast jede halbe Stunde ein Zug. Aber vielen Dank für das Angebot.«

»Ich denke, es ist gut, wenn du nicht alleine bist.«

Lisa schien zu überlegen, Tom sah die Gesprächspause als Aufforderung dafür, nochmals nachzulegen. »Für mich ist es nicht so wichtig, ob ich in den Süden oder in den Norden fahre.«

»Ich weiß gar nicht, ob ich so viel reden will.«

»Musst du nicht, wenn du nicht willst. Ich hol dich jetzt ab, kann mir ja die Stadt anschauen, wenn du bei deiner Mutter bist. Bamberg soll schön sein.« Tom merkte, wie bei Lisa der Widerstand bröckelte.

Eine halbe Stunde später öffnete eine müde wirkende Lisa mit bekümmertem Gesichtsausdruck ihre Wohnungstür. Sie hatte versucht, ihre verheulten Augen zu überschminken. Das Weiß in ihrem Augapfel war gerötet ebenso wie die Nasenflügel. Tom nahm sie in die Arme und hielt sie fest, ohne etwas zu sagen.

Sie fuhren auf der A9 Richtung Nürnberg. Es schien, als hätte das regnerische Wetter der letzten Tage sowie das Versprechen der Wettervorhersage auf ein sonniges Wochenende die Menschen in Scharen auf die Straßen getrieben. Beinahe gemütlich fuhr Tom an einsamen Feldern, dunklen Nadelholzwäldern, überfüllten Autobahnraststätten vorbei auf den nächsten Stau zu.

Er wollte Lisa nicht mit all den schwierigen emotionalen Fragen belasten, die ihn eigentlich interessierten – Liebe, Hass, Schuldgefühle, Nähe im Verhältnis von Mutter und Tochter. Stattdessen redete er von Quentin Tarantino, Ethan und Joel Coen, vom Krieg in Syrien und den vielen Flüchtlingen aus Afrika, die sich ein besseres Leben im Westen versprachen. Lisa saß auf dem Beifahrersitz mit gesenktem Kopf, und er wusste nicht, ob sie ihm überhaupt zuhörte. Er wechselte zum Thema Taekwondo und erzählte, dass er gerne endlich für den grünen Gürtel die Prüfung ablegen möchte, aber er hätte Schwierigkeiten mit der Poomse, den choreografisch festgelegten Bewegungsabläufen.

Da reagierte Lisa, die schon den blauen Gürtel tragen durfte. »Das ist im Grunde wie beim Tanzen. Da tun sich die Männer schwerer.«

»Kannst du etwa Standardtänze?«

»Ich kannte mal einen Tanzlehrer, der hat mir einige beigebracht. Und einen Salsakurs habe ich auch mal absolviert. Ich habe immer gerne getanzt.«

In Lisas Gesicht schien wieder Leben zu kommen, sie sah Tom von der Seite an und fing plötzlich an zu erzählen: »Ich habe zu meiner Mutter schon seit Jahren keinen Kontakt mehr. Als ich 18 war, hat sie mich rausgeschmissen. Das ist jetzt fast zehn Jahre her, und die ganze Zeit über gab es keinen Brief, keine Urlaubskarte, geschweige denn ein Gespräch zwischen uns. Deshalb ist mir der Besuch heute auf den Magen geschlagen. Wie wird sie reagieren? Vielleicht erschrickt sie ja zu Tode, wenn sie mich sieht. Ich freue mich nicht wirklich auf das Wiedersehen.«

»Was ist mit deinem Vater?«

»Den habe ich nie kennengelernt. Das werfe ich meiner Mutter auch vor.«

»War sie sehr streng?«

»Sie ist absolut bigott, rennt täglich in die Kirche, als wollte sie sich von einer großen Schuld befreien. Ich weiß nicht, ob das heute noch der Fall ist, aber wahrscheinlich schon.« Sie wischte unsichtbare Staubflusen von ihrer dunkelgrauen Lederhose.

»Wie hast du von ihrem Herzinfarkt erfahren?«

»Eine Nachbarin hat mich angerufen. Die wollte wohl etwas für uns tun.«

»Wie ging es weiter mit dir, nachdem du zu Hause rausgeschmissen wurdest?«

»Ich hatte ja glücklicherweise die mittlere Reife, also verließ ich das Gymnasium und begann eine Kochlehre bei einem Sternekoch in Wernberg.«

»Warum arbeitest du dann als Bedienung?«

»Das hat sich beim Steineberg so ergeben, da gab's mal einen Ausfall, und ich bin eingesprungen. Servieren ist mir im Grunde lieber, da stehe nicht so unter der Fuchtel vom Chef.«

Als Tom den steilen Kindinger Berg hinunterfuhr und sich das Altmühltal in seiner Schönheit präsentierte, entfuhr Lisa ein erstaunter Ausruf. »Herrlich!« Tom schien es, als würde sie Felder und Wälder, die in frischen Frühlingsfarben am Fenster vorbeizogen, erst jetzt wahrnehmen. Er war auf der Überholspur langsam geworden, der Fahrer eines dicken schwarzen BMW hing fast an der Stoßstange des Dacia, blendete wie wild auf und hupte dröhnend. Als Tom nach rechts zog, zeigte ihm der BMW-Fahrer in Anzug, Krawatte und mit Ray-Ban-Sonnenbrille beim Überholen noch den Vogel. Tom konterte mit dem Stinkefinger.

»Überall Arschlöcher! Die Leute haben nur Geld, schnelle Autos und schicke Kleidung im Kopf. Für Gefühle haben die keine Zeit.« Mühsam schluckte er seinen Zorn hinunter und wandte sich wieder Lisa zu, die wegen seines emotionalen Ausbruches verwundert schien. »Du hast dich durchgeschlagen, das finde ich toll.«

Zustimmend erwiderte Lisa: »Mich der Situation zu stellen – das war wichtig, das hat mich gerettet.«

Tom setzte sie vor dem Klinikum Bamberg ab und machte sich daran, die Stadt zu Fuß zu erkunden. Lisa hatte Toms Interesse für Rauchbier, fränkische Bratwürste und das schweinerne Gericht Schäufala geweckt. Sie wollten sich später in der Traditionswirtschaft Schlenkerla treffen, die mitten in der Altstadt lag.

Tom besorgte sich im Tourismusbüro einen kleinen Stadtführer und mischte sich unter die wissensdurstigen Besucher. Er lief zum Domberg hinauf, besichtigte den romanischen Kaiserdom mit dem Bamberger Reiter, danach das historische Rathaus auf der Regnitzbrücke und die alte Schiffer- und Fischer-Siedlung »Klein Venedig«. Die putzigen Fachwerkhäuschen mit festlich geschmückten Balkonen am Flussufer sahen aus, als wären sie einem zu groß geratenen Kinderspielzeugkasten entsprungen. Die Stadt, die so stolz auf die Auszeichnung ihrer Altstadt als UNESCO-Weltkulturerbe war, wirkte auf ihn schön und beschaulich, sie roch nach Weihrauch und Bier. Tom fragte sich, wo die Bewohner auf der Skala zwischen den Polen Weltoffenheit und Provinzialität wohl anzusiedeln wären.

Unterhalb des Domberges fand Tom das Schlenkerla in einer der engen, mit Kopfstein gepflasterten Gassen der Altstadt. Vor dem Fachwerkhaus mit dunkelgrünen Fensterläden standen mehrere Touristen und studierten die Speisekarte. Tom wusste nicht, wann Lisa kommen würde. Er hatte Hunger und Lust auf ein fränkisches Essen und ein Rauchbier. Das alte Lokal wirkte düster, als er es betrat. Eine niedrige Holzdecke und dunkle Verschalungen an den Wänden nahmen dem Raum das Licht. Doch die lauten Gespräche und das fröhliche Gelächter darin ließen die historische Brauereigaststätte heimelig erscheinen.

Tom fand einen kleinen Tisch in dem gut besuchten Lokal. Er bestellte Schäufala mit Rauchbier. Der erste Schluck dieses Märzen-Biers schmeckte ihm nicht besonders, es war sehr würzig und ließ ihn an geräucherte Wurstwaren denken. Doch als eine Bedienung das Schäufala mit Kloß brachte und er von der kross gebratenen Kruste und dem zarten Fleisch aß, gewöhnte er sich Schluck für

Schluck an das Gebräu und bestellte bald noch eine zweite Halbe. Aus der Speisekarte erfuhr er, dass das Bier sein besonderes Aroma durch das Verbrennen von Buchenholz während des Herstellungsprozesses erhält.

Als er von der Karte aufblickte, trat Lisa mit verweintem Gesicht und schniefender Nase in die Wirtsstube.

Tom ging ihr entgegen und nahm sie lang und fest in den Arm. Der Geräuschpegel im Lokal nahm deutlich ab, die Gäste am Stammtisch unterbrachen ihre Diskussionen und reckten neugierig die Hälse nach dem Paar. Erst nachdem sich die beiden gesetzt hatten, wurde es in dem Gasthaus wieder lauter.

Tom nahm Lisas Hand und drückte sie fest. »Was war so schlimm?«

»Als sie mich gesehen hat, hat sie nur gesagt: ›Geh!‹ Dann hat sie sich weggedreht.« Lisa liefen Tränen über die Wangen.

Tom rutschte etwas näher zu ihr. »Hast du mit den Ärzten gesprochen?«

»Die sagen, sie kommt durch. Sie war relativ schnell in der Klinik. Mehrere Koronararterien waren verschlossen, die Ärzte haben ihr vier Stents gesetzt.«

»Und wie ist es passiert?«

»Sie hatte am Morgen nach dem Aufstehen Schmerzen im Oberbauch und Atemnot. Da rief sie ihre Nachbarin an, und die holte den Notarzt. Das war ihre Rettung. Aber von mir will sie nichts wissen.« Lisa holte ein Papiertaschentuch aus dem Ärmel ihres Pullovers und schnäuzte sich. »Das hat mir einen Stich in der Magengrube versetzt, das ›Geh!‹. Was ist das für ein Mensch, der von der eigenen Tochter nichts mehr wissen will? –

Sie ist alt geworden, hat graue Haare und eingefallene Gesichtszüge.«

Beide schwiegen.

Eine Kellnerin trat an den Tisch und fragte Lisa nach ihren Wünschen. Sie bestellte eine Leberknödelsuppe und ebenfalls ein Rauchbier. »Am liebsten würde ich mich jetzt besaufen.«

»Ich bin bereits dabei, trink gerade das zweite.« Tom versuchte Lisa aufzuheitern, aber sie war in Gedanken bei ihrer Mutter.

»Du hast dich doch sicher schon gefragt, warum mich meine Mutter hinausgeworfen hat, oder?«

Tom nickte.

Sie räusperte sich. »Ich war schwanger und habe das Embryo wegmachen lassen. Das war der Grund. Für meine Mutter war die Abtreibung nicht mit ihrer christlichen Lehre vereinbar. Wer ungeborenes Leben tötet, ist ein Mörder, und meine Mutter kennt da keine Gnade. Wenn sie früher so gehandelt hätte, wäre ich auch nicht auf der Welt. Das hat sie mir nachdrücklich gesagt.«

Lisa saß mit hängenden Schultern da, sie tat Tom leid.

»Sie konnte ihrer Tochter nicht vergeben! Und so ein Verhalten nennen sie und ihre Kirche dann christlich?!« Trotz blitzte in ihren Zügen auf. »Bald darauf bin ich aus der katholischen Kirche ausgetreten.«

»Und … wer war der Vater des Embryos?«

»Das war ein Betriebsunfall. Ein Junge aus dem Abijahrgang an meiner Schule. Ich hab ihn nie mehr gesehen.«

Peinlich berührt lächelte sie Tom an. »Hat gleich beim ersten Mal geklappt.«

Als die Kellnerin Suppe und Bier servierte, wurde Lisa

ruhiger. »Ich muss noch mit der Nachbarin sprechen. Können wir hier übernachten? Was meinst du?«

Tom zeigte sich jetzt ganz cool. »Das hatten wir ja eh schon angedacht.«

»Ich kenne eine nette Pension in der Altstadt. Ist nicht weit weg von hier.« Ihre kleinen Hände schlossen sich und bildeten Fäuste. »Das ist vielleicht die letzte Nacht in meiner Heimatstadt.«

Tom legte seine Hand auf ihre Faust und sagte beschwichtigend: »Komm, iss, und dann schauen wir uns diese Pension an.«

Lisa ergriff den Löffel, teilte den Leberknödel in mundgerechte Stückchen und schlürfte bedächtig ihre Suppe.

Die Pension Rösslein sah von außen und von innen gemütlich aus. Zu Toms Enttäuschung bestand Lisa auf einem Einzelzimmer. Sie wollte die Nacht allein verbringen. Sie stiegen eine verwinkelte Treppe nach oben und fanden Räume mit Dachschrägen und alten Bauernbetten vor.

Am Nachmittag ging Lisa zur Nachbarin ihrer Mutter, Tom ruhte sich in der Pension auf einer ziemlich durchgelegenen Matratze aus, später zog er los, um mit seiner Stadtbesichtigung weiterzumachen.

Er schlenderte durch die Straßen, über den Grünen Markt und über Brücken auf die andere Seite des Flusses. Wolken spiegelten sich auf der behäbig fließenden Regnitz. Ein leichter Wind rauschte durch die blühenden Kastanien und Ahornbäume. Die Sonne blinzelte ab und an zwischen den Wolken hervor. Tom genoss den Ausflug, atmete die frische Luft in der Natur, die nicht von Autos verpestet wurde.

Als er eine Pause in einem schicken Café einlegen wollte, das mit Tischen im Freien lockte, klingelte sein Handy.

Er erklärte Lisa, wo er war, und zündete sich eine Zigarette an.

»Ich glaube, du könntest einen Cocktail vertragen. Und ich leiste dir gerne Gesellschaft dabei.«

Mit zerzausten Haaren saß Lisa neben ihm an einem Tisch im Garten des Cafés. Sie fummelte mit nervösen Fingern an ihrer Handtasche herum und ließ sich von Tom eine Zigarette geben. Sie rauchte das erste Mal, seitdem Tom sie kannte.

»Grauenvoll – dieser Trip in die Vergangenheit.«

Ein paar chinesische Touristen fotografierten sich vor dem stimmungsvollen Café und gingen weiter.

Tom bestellte bei einem jungen Mann mit langen blonden Haaren zwei Mai Tai und fragte anschließend Lisa: »Magst du reden?«

»Die Nachbarin, Frau Kellner, war wirklich nett zu mir. Aber sie hat mir auch ein paar komische Dinge über meine Mutter erzählt.«

Tom fragte nicht nach. Lisa schien sich überwinden zu müssen, um weiterzureden. Der langhaarige Kellner stellte die Cocktails auf das Tischchen, nach einem ersten tiefen Schluck sagte Lisa: »Sie hat in der Klinik nach einem Priester verlangt. Ganz intensiv.«

Tom zog erstaunt die Augenbrauen hoch. »So ernst hat sie ihre Lage eingeschätzt?«

»Sie wollte einen bestimmten Priester, Josef Galuschka.«

»Kennst du den?«

»Nein, Frau Kellner sagte mir auch, dass meine Mutter kaum Bekannte hat. Nach ihrer Arbeit in der Gärtnerei ist sie regelmäßig in die Kirche gegangen. Der Priester hat sie auch manchmal zu Hause aufgesucht.«

»Dass sie bigott ist, wusstest du doch schon.«

»Wieso führt jemand freiwillig so ein Leben? So freudlos! Fürchterlich.«

Tom rückte näher und nahm ihre Hand.

»Ich wüsste zu gerne, wer mein Vater ist. Sie war jedes Mal abweisend, wenn ich sie danach gefragt habe. ›Du bist ein Kind Gottes – wie alle Menschen‹, hat sie zu mir gesagt. Alle Menschen haben einen Vater. Wenn ein Vater noch vor der Geburt des Kindes stirbt, dann erfährt man etwas über ihn: Was er gemacht hat, wie er war. Da bekommt das Kind ein Foto, dann kann es sich ihn vorstellen. Aber bei meiner Mutter existierte kein Foto, kein Schriftstück, nichts. Sie hat einfach ein Geheimnis daraus gemacht.«

Tom versuchte, sie in den Arm zu nehmen, um sie zu trösten, aber Lisa wollte erzählen.

Sie sog heftig an ihrem Strohhalm und fuhr fort: »Früher bekam ich mittags meistens Pfannkuchen zum Essen. Meine Mutter war arbeiten in der Gärtnerei und hatte mir am Morgen Pfannkuchen gebacken. Die standen im Kühlschrank, wenn ich von der Schule nach Hause kam. Mal habe ich sie mit Marmelade gegessen, mal hatte sie eine Zwiebelsoße vorbereitet, die ich mir aufgewärmt habe. Ich hab das allein in der Küche gefuttert und danach meine Hausaufgaben erledigt.«

»Während deiner Lehre hast du aber nicht nur Pfannkuchen gegessen?«

»Da habe ich erst kennengelernt, wie viele wunderbare Geschmacksrichtungen es gibt. Das war ein neues Leben. Ich habe gemerkt, dass alles auch anders sein kann.«

Tom nickte.

Sie sah ihm in die Augen. »Mit dir kann man gut reden.«

Tom umarmte sie, Lisa ließ es nun zu und gab ihm einen festen Kuss auf den Mund.

Als die beiden am nächsten Morgen gemeinsam beim Frühstück saßen, spürte Tom von ihrer Verletzlichkeit nichts mehr. Es schien, als hätte sich der Drache von ihrem Rücken schützend um sie gelegt und ihr das Ganzkörper-Korsett verliehen, das er von Lisa zu gut kannte.

Am Abend zuvor hatte er sie überreden können, sich in einem Club Modern Jazz anzuhören. Die Musik und die Begeisterung des Publikums in dem alten Gewölbekeller hatten Lisa von ihren Problemen abgelenkt. Als Tom sie vor ihrer Zimmertür geküsst hatte, spürte er wieder ihre Stärke.

HAUSMANNSKOST UND SCHARFE MESSER

1

Die Sonne glitzerte in den Glasfronten der Hochhäuser, als sie an diesem Sonntag von der A9 auf den Mittleren Ring in München fuhren. Ein wunderbarer Frühlingstag, der zu einem Spaziergang im Englischen Garten oder zum Besuch eines Biergartens einlud.

Tom war aber müde, er hatte eine unruhige Nacht hinter sich und wollte sich einfach ins Bett legen und Schlaf nachholen. Auf der Fahrt nach München schwieg Lisa die meiste Zeit und hing in Gedanken wohl dem Geschehen um ihre Mutter nach. Später musste sie zur Arbeit ins Odeon. Tom setzte sie in der Düsseldorfer Straße ab, küsste sie, was sie so hinnahm, und fuhr dann zu sich.

Er parkte den Wagen, nahm seine Reisetasche aus dem Kofferraum und ging auf sein Wohnhaus zu. Da fiel es ihm ins Auge: Die Zahl 666 stand in fettem Schwarz auf dem Schild mit der Hausnummer. Hatte das etwas mit ihm zu tun? Er trat in das Wohnhaus und ging mit einem mulmigen Gefühl die Stufen zu seiner Wohnung hinauf. Es hatte etwas mit ihm zu tun! Quer über seiner Wohnungstür stand in fetter schwarzer Schrift geschrieben: »Expect no mercy«. Darunter waren ein Galgen mit einem baumelnden Strichmännchen und die Worte »schwule Sau« gesprüht.

Augenblicklich bekam Tom ein flaues Gefühl in der Magengegend, seine Knie begannen zu zittern und sein Kopf wieder zu schmerzen. Was stand ihm da bevor? Wollte ihn dieser Hells Angel wirklich umbringen? Der

Kerl drohte ihm jetzt schon über seine Wohnungstür, wahrscheinlich hatte Tom großes Glück gehabt, dass er verreist gewesen war. Eigentlich war er nur durch ein paar Zufälle in diese Situation geraten – ein eifersüchtiger Kollege Lisas, berufliche Recherchen und schon wurde er als Opfer für irgendwelche Gewalttaten ausgeguckt. Tom fürchtete auch die Reaktionen seiner Nachbarn. Was würden sie denken, wenn sie diese Schmierereien lasen? Was hat Tom Becker für einen Bekanntenkreis? Was hat er Grässliches angestellt, wenn seine Feinde so heftig reagieren? Bekanntlich hat doch das Opfer eine Teilschuld!?

Seine Wohnungstür sah ordnungsgemäß versperrt aus, so wie er sie am Vortag verlassen hatte. War jemand dennoch in der Wohnung gewesen? Gab es da vielleicht auch Schäden? Vorsichtig sperrte er die Tür auf und nahm einen modrigen Geruch wahr. Er lauschte, hörte aber nichts. Schnell inspizierte er sein kombiniertes Wohn- und Schlafzimmer, das Bad und die Küche – doch alles war unverändert, wie vor seinem Ausflug. In der Küche stank es aus dem Mülleimer. Er hatte vergessen, den Abfall wegzubringen.

Tom öffnete eine Bierflasche und steckte sich eine Gauloise an. Er spürte noch immer die Anspannung, seine Hand mit der Zigarette huschte fahrig hin und her. Offenbar spielte er nun die Hauptrolle in einer Auseinandersetzung mit gnadenlosen Drogendealern. Tom wusste, er musste bei der Polizei anrufen, allein kam er mit der Situation nicht mehr zurecht. Doch das war ihm unangenehm, denn er lehnte uniformierte Autoritäten ab. Er hatte den martialischen Auftritt von Polizisten bei Großaktionen für Klimagerechtigkeit erlebt und mitbekommen, wie Mit-Demonstranten mit Schlagstöcken verprügelt oder mit dem gewaltigen Strahl der Wasserwerfer aus dem Weg gespült wurden. Er selbst war nie verhaftet worden, aber diese Erlebnisse hatten ihn zum Gegner polizeilicher Aktionen werden lassen. Deshalb wollte er persönlich nichts mit der Polizei zu tun haben. Außerdem war es ihm grundsätzlich wichtig, dass er ohne die Hilfe von Anderen klarkam und sich durchs Leben schlug.

Als die Polizeistreife vor seinem Wohnhaus eintraf, versuchte er, seine Aversionen gegen die Staatsgewalt erst einmal auf Eis zu legen. Die Streife kam in Gestalt einer jungen, blauäugigen Frau, deren blonder Pferdeschwanz unter der Polizistenmütze eifrig wippte, und einem etwa 40-jährigen Mann mit Neurodermitisflecken um Mund und Nase. Der Polizist stellte sich als Heinz Kuhlmann vor und begann sogleich, Fotos von den beschmierten Stellen am und im Haus zu machen. Seiner Kollegin Claudia Weiner erzählte Tom die ganze Geschichte: von seiner Auseinandersetzung mit Edgar, von der Abreibung, die er von dem Rocker erhalten hatte, und von seiner Vermutung, Edgar und der Rocker hätten etwas mit dem Tod von Monsieur Lalonge vor dem Odeon zu tun.

»Warum sind Sie bei so viel Gewalt nicht schon früher zur Polizei gegangen?«, fragte ihn die junge Frau skeptisch.

»Ich weiß auch nicht so genau, ich habe gedacht, man glaubt mir nicht, weil ich keine Beweise habe.«

Stirnrunzelnd stellte Claudia Weiner fest: »Na ja, kompliziert ist das, was Sie mir erzählt haben, schon: Ein Koch aus dem Odeon soll mit einem Rocker verbandelt sein, und die haben mittels Drogen einen Franzosen auf dem

Gewissen, der als Tester in dem Restaurant gegessen hat. Sie haben keine Beweise für Ihre Theorie, aber Sie wurden geschlagen und bedroht. Habe ich das richtig verstanden?«

Tom zuckte mit den Schultern. »So in etwa könnte man es zusammenfassen.«

Die Polizistin machte sich nun Notizen zu der Geschichte, und Tom musste ständig Details wiederholen.

Nach einiger Zeit gesellte sich Heinz Kuhlmann mit der Kamera in der Hand zu den beiden. »Die Zahl 666 wird häufig von Rockern benutzt«, stellte er fest.

»Na bitte, sehen Sie, ich erzähle keinen Mist!«, entfuhr es Tom angesichts der Reserviertheit der Polizistin.

»Und was soll das bedeuten?«

»Das ist ein Code für den Antichristen, für den Teufel. Ursprünglich taucht die Zahl schon im Evangelium des Johannes in der Bibel auf.«

Die Erklärung des Polizisten bestärkte Tom in seinen Vermutungen und ließ die Gefahr für ihn immer deutlicher werden. Erschrocken fragte er: »Aber was heißt das in Bezug auf mich?«

»Das ist eine Warnung. Sie sind der Macht des Teufels ausgesetzt. Rocker tragen diese Zahl oft auf ihren Kutten als Engel der Hölle. Und die Botschaft auf Ihrer Wohnungstür ist ja eindeutig.«

»Was machen wir jetzt?«

»Haben Ihre Nachbarn irgendetwas gesehen?«, fragte die Polizistin.

»Das weiß ich nicht. Ich bin eben erst von einem Ausflug zurückgekommen.«

»Claudia, frag mal die Hausbewohner, ich komme dann gleich nach.«

»Aber wirklich. Du weißt, vier Ohren hören mehr als zwei.«

Die Polizistin stand auf, wobei ihr Pferdeschwanz wippte, und ging ins Treppenhaus. Tom musste nun seine Erlebnisse haarklein nochmals Heinz Kuhlmann berichten.

Die meisten Hausbewohner hatten das schöne Wetter offenbar für einen Ausflug genutzt. Ein Mann – erzählte die Polizistin – hatte mitten in der Nacht das laute Aufheulen eines Motorrads gehört. Weitere Angaben zu dem Vorfall hatten die Polizisten nicht erhalten. Sie verabschiedeten sich von Tom und teilten ihm mit, dass sie der Sache nachgehen wollten, aber es könne dauern, bis sie etwas in Erfahrung gebracht hätten.

»Suchen Sie sich für die nächsten Tage eine andere Übernachtungsmöglichkeit!«, riet Heinz Kuhlmann Tom.

Er überlegte angestrengt: Mit Lisa würde das nicht klappen, seine Freunde aus der Journalistenschule hatten alle nur Zimmer in Wohngemeinschaften, manche wohnten noch zu Hause. In München war es schwierig, auf die Schnelle ein Zimmer zu finden, und außerdem hatte er kein Geld für eine Studentenbude. Es blieben nur seine Eltern in Vaterstetten. Und dort wieder einzuziehen, auch nur vorübergehend, konnte er sich nicht wirklich vorstellen.

2

Tom bog in die Fasanenstraße in Vaterstetten ein und parkte vor der Doppelhaushälfte seiner Eltern. »Dipl.-Ing. Horst Becker«, stand auf dem Klingelschild, als ob seine Mutter hier gar nicht existieren würde. Das Haus stand fast am Rande der Gemeinde, nicht weit weg von einem Wäldchen und von Wiesen, deren Grün mit dem hellblauen Himmel und dem Rot der Dächer eine fürs oberbayerische Land so typische Farbkomposition ergab. Zweifellos ein idyllischer Platz für Menschen, die Ruhe haben und jeglichem Trubel aus dem Weg gehen wollten. Gestört wurde die Idylle, wenn der Nachbar zur Unzeit Löcher in Wände bohrte und hämmerte, oder wenn er grillte, man selbst aber nicht eingeladen war und sich über den Qualm ärgerte. Tom konnte den gesamten Katalog von Verhaltensweisen, wie sie bei halbwegs begüterten Menschen in solchen Siedlungen an der Tagesordnung sind, sofort wieder abrufen. Er wusste auch, wenn man nach Streitigkeiten mit dem Nachbarn die Tür hinter sich schloss, dass diese Konflikte in anderer Form schnell in der eigenen Familie wieder auftauchen konnten. Er spürte die Beklemmung, es war, als ob er sich aus der liebgewonnenen Freiheit zurück in ein Gefängnis begeben müsste. Sobald er das Haus betrat, herrschten andere Gesetze für ihn. Bestimmte Dinge durfte er nicht ansprechen oder es war zumindest pragmatischer, wenn er es nicht tat. Das war während seiner Schulzeit und seines Studiums schon so gewesen.

Jetzt war es passender, die Prügel durch den Rocker, die beschmierte Wohnungstür und seine Anzeige bei der Polizei nicht zur Sprache zu bringen. Seine Mutter würde ihn für einen kompletten Versager halten, der den Widrigkeiten des selbstständigen Lebens, gerade in der Großstadt, nicht gewachsen wäre.

Tom schüttelte sich und griff sich seine Reisetasche, dann schloss er die Tür auf.

»Hallo, ich bin's!«, rief er laut.

»Ich bin in der Küche«, antwortete seine Mutter.

Tom roch die angebratenen Zwiebeln und den Speck. Er musste sofort an Tiroler Gröstl denken, das er als Kind so gerne gegessen hatte.

In der Küche stand seine Mutter mit hochgesteckten, grauen Haaren, in einer Blümchenschürze und mit einem Pfannenwender in der Hand. Sie briet Kartoffeln, Rindfleisch mit Speck, Zwiebeln und Spiegelei.

Tom stellte die Tasche auf einen Stuhl, ging auf seine Mutter zu und umarmte sie. Sie drückte ihn – den Pfannenwender noch in der Hand – fest an sich. Dabei fühlte sie sich steif und knochig an. »Das Bett in deinem Zimmer habe ich schon überzogen.«

Tom bedankte sich.

»Dein Vater ist im Keller.«

Tom ging zur Kellertür, hörte die Bayern-1-Musik, wusste, dass sein Vater dort unten an seinen Flaschenschiffen bastelte, und hatte sogleich wieder den Geruch von vor sich hinfaulenden Äpfeln in der Nase, da das Obst im Herbst immer dort unten eingelagert wurde.

»Hi, Dad«, rief er nach unten, und bekam ein müdes »Hallo, Thomas« zur Antwort.

»Sag deinem Vater, dass das Essen gleich fertig ist.«

»He, Dad, komm rauf, wir essen.«

Diesmal erhielt er keine Reaktion.

»Lass dich mal anschauen … Hast du geschwollene Backen? Was ist denn passiert?«

»Ach, Mom, das ist nicht so schlimm, ich hab beim Taekwondo etwas abgekriegt. Habe mich nicht richtig verteidigt.«

»Das sieht aber nicht gut aus, dein Gesicht ist blau und geschwollen. Vielleicht solltest du dir eine ungefährlichere Sportart suchen?«

»Nein, ich mach das gerne, muss das nächste Mal einfach besser aufpassen.«

»Deine Wohnung steht unter Wasser?«, fragte seine Mutter Toms nächsten Lebensbereich ab.

»Die Wohnung nicht, nur der Keller. Aber da ist von mir eigentlich nichts gelagert. Die Feuerwehr hat den Keller schon ausgepumpt.«

»Und es gibt überhaupt kein fließendes Wasser. Mussten die anderen Leute sich auch eine neue Bleibe suchen?«

»Die Wasserzufuhr im Haus ist abgedreht. Also duschen ist nicht möglich. Wasser zum Trinken oder Kochen muss man im Laden holen. Ich weiß nur nicht, wie lange es dauert, bis das Rohr repariert ist.«

Mit unstetem Blick sah Tom auf Obstschale, Kaffeemaschine und Brotkasten in der Küche, um seine Lügen zu kaschieren.

Während seine Mutter das Gröstl pfefferte und salzte, sagte sie: »Du kannst so lange hier bleiben, wie du magst, das ist doch klar. Von mir aus kannst du wieder ganz einziehen. Es fahren viele Menschen von Vaterstetten nach München zum Arbeiten; das dauert mit dem Auto nur eine halbe Stunde.«

Tom kratzte sich am Kopf. Sollte er sich auf diese Diskussion einlassen?

Da kam sein Vater zur Küchentür herein. Er trug seine braune Lieblingsstrickweste und hatte seine graumelierten Haare streng nach hinten gekämmt. Mit einem Handschlag und einem kurzen Kopfnicken begrüßte er seinen Sohn. Reste von Klebstoff pappten noch an seinen Fingern.

Beim gemeinsamen Abendessen in der Küche erzählte Tom von seiner Tätigkeit beim Fernsehen, von der Hektik, den spannenden Momenten vor der Kamera, der Konkurrenz unter den Mitarbeitern und dem miesepetrigen Chef. Während er redete, hatte er Sätze seiner Mutter im Kopf, wie er sie so ähnlich schon hundertfach gehört hatte:

»Jan wäre jetzt wahrscheinlich schon Chefredakteur.«

»Jan würde nicht in so einer einfachen Wohnung in Milbertshofen leben, wo es einen Wasserrohrbruch gibt.«

»Jan hätte ein BMW-Cabrio und nicht einen etwas klapprigen Dacia.«

Sätze dieser Art über das Potenzial des toten Bruders waren immer nur mit einer einzigen Bedeutung belegt: dessen Überlegenheit. Sie waberte aus allen Ecken und Nischen des Hauses.

Tom berichtete von seinem Ausflug nach Bamberg und ein wenig von Lisa. Seine Mutter bemerkte dazu nur, dass sie Jans letzte Freundin seit dessen Tod nicht mehr gesehen hatte. »Die hat sicher irgendeinen Proleten gefunden, der eher zu ihr passt, als Jan es getan hat.«

Resigniert schaute Tom auf seinen Teller. Geändert hatte sich seit seinem Auszug überhaupt nichts. Die eingefahrenen Denk- und Verhaltensmuster seiner Eltern waren in Stein gemeißelt und nochmals fest zementiert. Ob Tom und Lisa ein Paar waren, schien seine Mutter nicht zu interessieren. Aber er war froh, dass er sich nicht erklären musste. Lisa, die Kellnerin, die Köchin mit dem riesigen Tattoo auf dem Rücken, Tochter einer alleinerziehenden Mutter, die ihr Kind verstoßen hatte, – so eine Person wäre seiner Mutter als mögliche Schwiegertochter in spe sicher nicht recht.

Sein Vater hörte sich die Monologe der beiden emotionslos an. Nachdem er seine Portion Tiroler Gröstl aufgegessen hatte, sagte er: »Ich geh jetzt wieder runter«, stand auf und verließ die Küche.

Tom half seiner Mutter, das Geschirr in die Spülmaschine zu räumen, dann lief er die Treppe hinauf in den ersten Stock – vorbei an Vitrinen und Kommoden, in und auf denen Fossilien und Mineralien dekorativ angeordnet waren. Er öffnete die Tür zu seinem ehemaligen Zimmer und erschrak. An der Wand hing ein großes schwarz umrandetes Porträt von Jan.

Was sollte das Bild seines Bruders in seinem Zimmer?

Als er einen Blick in seinen alten Schrank warf, stellte er fest, dass seine Mutter Jans Kleidung hineingeräumt hatte. Tom fühlte sich, als hätte er noch einmal einen Schlag auf den Kopf erhalten. Am liebsten hätte er gleich kehrtgemacht und das Haus wieder verlassen. Er stellte seine

Reisetasche ab, nahm das Porträt seines Bruders von der Wand und legte es unter die Kleider.

Er hastete nach unten. »Wieso hast du denn Jans Klamotten in meinen Schrank geräumt?«

Seine Mutter, die gerade die Wärmeplatten auf dem Herd polierte, unterbrach diese Tätigkeit und schob ihre große braune Brille zurück auf die Nasenwurzel. »Ich dachte, du hast jetzt langsam seine Statur und kannst sie tragen.«

»Das Zeug ist mir zu groß. Außerdem zieht man heute andere Sachen an als vor ein paar Jahren.«

Vorwurfsvoll entgegnete seine Mutter: »Ich hab's doch nur gut gemeint. Lass es halt, wenn du seine Sachen nicht magst. Aber sie sind noch in einem guten Zustand.«

Sie wandte sich ihrem Spültisch zu. »Jan hätte es sicher gefallen, wenn du sie anziehen würdest«, murmelte sie gerade noch verständlich.

Die Luft war dick und zäh geworden wie Grießbrei, den Tom als Kind so gerne gegessen hatte. Auf ihn wirkte die Küche wie ein Relikt aus einer längst vergangenen Zeit. Das braune Buffet, in dem die bemalten Rosenthal-Teller seiner Großmutter gestapelt waren, das alte Röhrenradio mit den weißen Plastiktasten auf der Fensterbank, die hellbeige Einbauküche – jedes Möbelstück, jeder Gegenstand erzählte eine Geschichte. Tom hatte genug von der Vergangenheit, er sehnte sich nach etwas Neuem.

Er ging zum Kühlschrank. »Darf ich mir ein Augustiner nehmen?«

»Ja … Trinkst du noch so viel?«

»Ich trinke nicht viel, Mutter. Mal zwei, drei Bier. Das ist doch nicht schlimm.«

»Na, wer weiß. Mit 0,5 Promille bist du schon deinen Führerschein los. Jan hat kaum Alkohol getrunken.«

Tom öffnete eine Flasche, schenkte das Getränk in ein Glas und setzte sich an den Tisch. »Da machst du dir etwas vor. Und immer deine Vergleiche, Jan hat das so gemacht und dies so – das kotzt mich an.«

Sofort hörte seine Mutter mit dem Putzen auf und drehte sich empört zu Tom um. »Wie redest du denn mit mir?!« Ihre Entrüstung schlug in Niedergeschlagenheit um, und sie sagte schluchzend: »Jan war auch mein Sohn!«

Tom wandte sich ab, trank einen Schluck und schmeckte die bittere Frische kaum.

»Es ist so schlimm, dass er nicht mehr da ist!« Sie wischte sich mit ihrer Schürze über die feuchten Augen, Toms Griff um das Glas ließ seine Knöchel weiß werden.

»Kannst du nicht verstehen, Tom, dass es für eine Mutter unglaublich schwer ist, wenn ihr Kind stirbt?«

Tom hatte seinen Kopf auf die Hände gestützt, mit einem Mal straffte sich sein Körper, und er schien ein Stück größer zu werden. »Mutter, Jan war mein Bruder. Er war auch mir sehr wichtig, und wir hatten gute und nicht so gute Zeiten. Doch du machst ihn zu einem überirdischen Wesen, das immer für alle da war, sich geopfert hat und nur Gutes tat. Ich bin mir bewusst, wie erfolgreich er war, aber ich kannte auch seine nicht so guten Seiten.«

»Nicht so gute Seiten – was meinst du denn damit?«

»Er hat gekifft und auch gekokst, das ist kein Geheimnis. Oder hast du vergessen, wie er zu Tode kam?«

»Warum willst du unbedingt deinen toten Bruder schlecht machen? Ich verstehe das nicht. Was bist du nur für ein Mensch?«

Tom verschränkte die Arme und seine Miene verriet düstere Entschlossenheit. »Ich bin auch dein Sohn! Du betrachtest die Dinge nur aus deiner Warte, und da gibt es nur den Verlust deines Ältesten.«

Tom hatte nun die Hand zur Faust geballt und spürte ein Gefühl der Stärke. Endlich hatte er dieser alten Frau gesagt, was in seinem Inneren seit Jahren brodelte. Sie stand da, verzweifelt, mit eingezogenem Kopf und müden, wässrigen Augen. Irgendwie tat sie ihm leid.

»Du bist unverschämt!« Sie begann wieder zu schluchzen und setzte sich an den Tisch. »Ich liebe euch beide!« Sie griff nach Toms Hand und drückte sie. Tom ertrug ihren Versuch, Nähe zwischen Mutter und Sohn herzustellen für ein paar Momente. Es kam ihm vor, als wollte sie etwas festhalten, das nicht mehr festzuhalten war. Er zuckte mit den Schultern, stand auf, ging aufrecht an seiner Mutter vorbei und sagte wie in früheren Zeiten: »Ich bin in meinem Zimmer.«

Im Flur hörte er die Bayern-1-Musik aus dem Keller, lief die knarzende Treppe hinauf und legte sich aufs Bett. Alles war genau wie zu der Zeit, als er noch hier gewohnt hatte – steif, trostlos, voller Trauer. Seine Eltern und er lebten in Welten, die nicht mehr zusammenpassten.

Ein piepsendes Geräusch. Was war das? Der Ton für ankommende Whatsapp-Nachrichten von seinem Handy!

»Komm zur Stephanskirche beim alten Südfriedhof. Ich bin um 22 Uhr dort. Kuss, Lisa.«

Tom empfand die Nachricht wie ein Geschenk des Himmels.

»Werde da sein. Ich freue mich auf dich. Tom.«

Er gab noch ein Emoji mit einem Kussmund ein, und schickte die Nachricht ab.

Tom stieg langsam die Treppe hinab, steuerte auf die Küche zu und rief durch die angelehnte Tür: »Ich muss nochmals weg, treffe mich mit Lisa.«

Im Türrahmen erschien seine Mutter, eine graue Strähne hatte sich selbstständig gemacht und hing ihr über der Wange. Sie sagte leise, aber nachdrücklich: »Du bist gerade mal zwei Stunden hier und verdrückst dich schon wieder?«

»Weißt du, ich mag Lisa, und wir kennen uns noch nicht so gut.«

»Dann hau halt ab! Bist du beleidigt? Ich glaube schon.«

Tom schüttelte genervt den Kopf. Er drehte sich um und machte ein paar schnelle Schritte auf die Haustür zu. »Tschüss, bis später, Mutter.«

3

Am Stephansplatz stoßen mehrere Sektoren des Münchner Stadtlebens aufeinander. Er liegt am Rande der Innenstadt, unweit vom Sendlinger Tor, einem Stadttor der historischen Altstadt. Ein paar Ecken entfernt tobt das Nachtleben im mal mehr, mal weniger hippen Glockenbachviertel. An den Stephansplatz grenzt zudem der alte Südfriedhof mit seinen prominenten Bewohnern, und in der Thalkirchner Straße, dem Südfriedhof gegenüber, steht eine Reihe von Krankenhäusern sowie das Pathologische Institut der Ludwig-Maximilian-Universität. Der Platz selbst hinterlässt einen sehr ruhigen Eindruck. Auf Bänken sitzen tagsüber Mütter, die ihren Kindern beim Schlafen oder Spielen zuschauen, oder ältere Herrschaften, die einmal durchschnaufen wollen. Jetzt waren ein paar Nachtschwärmer unterwegs.

Tom wunderte sich, warum Lisa ihn hierher bestellt hatte und nicht nach Schwabing, wo sie arbeitete und wohnte. In der Nähe des Platzes gab es zahllose Cafés und Kneipen, wo man sich in angenehmer Atmosphäre hätte treffen können. Warum der Platz vor dem Friedhof?

Tom hatte noch fast eine halbe Stunde bis zum verabredeten Zeitpunkt. Er fand eine nette Bar, bestellte ein Bier und wischte sich durch seine Lieblingsapps.

Als er auf die Uhr blickte, war es schon kurz nach 22.00 Uhr. Tom steckte das Handy weg, zahlte und trat nach draußen.

Inzwischen war es noch ruhiger geworden. Eine Frau lief mit klappernden Stöckelschuhen an ihm vorbei und entfernte sich in Richtung Sendlinger Tor. Aus einer Kneipe dröhnte lautes Lachen, ein Motor heulte beim Start auf.

Am Stephansplatz war von Lisa nichts zu sehen. Ein weißer Lieferwagen stand jetzt am Rand des Platzes auf dem Gehweg.

Tom setzte sich auf eine Bank und zog sein Handy wieder aus der Tasche. Er überlegte sich, ob er Lisa eine Nachricht schicken solle, kam aber davon ab. Er wollte nicht aufdringlich sein, und ein paar Minuten Verspätung konnte es allemal geben, wenn man so spät noch arbeiten musste.

Plötzlich hörte Tom hinter sich ein Geräusch. Als er sich umdrehen wollte, spürte er, wie sein linker Arm nach hinten gerissen wurde, dann hatte er einen feuchten Lappen im Gesicht. Er nahm einen unangenehm süßlichen Geruch wahr. Toms Gehirn machte sich auf die Suche, ratterte die Möglichkeiten durch, was mit ihm geschah, aber er konnte auf keine Idee und keine Erfahrung zurückgreifen, die ihm Aufschluss gab. Sehr schnell versanken seine Gedanken im finsteren Nebel seines Unterbewusstseins.

4

Der süßliche Geruch war das Erste, was Tom wahrnahm, als er langsam aufwachte. Überlagert wurde diese Ausdünstung vom Gestank nach saurer Milch und altem Käse.

Tom öffnete die Augen und sah ein Stück unverputzte Wand in Großaufnahme. Als er sich umdrehen wollte, spürte er, dass seine Hände auf dem Rücken zusammengebunden waren. Er versuchte, die Beine zu bewegen, aber auch die waren gefesselt. Panik machte sich in ihm breit, er wollte schreien, doch ein Klebeband verschloss seine Lippen und er brachte nur ein heißeres Ächzen zustande. Er schmeckte Blut – in seinem Mund spürte er eine offene Stelle.

Pochend heiß nahm er unvermittelt Schmerzen wahr: in den Schultern, den Handgelenken, dem Rücken und in seinem Kopf. Langsam dämmerte ihm, was geschehen war – der Südfriedhof, Lisa sollte kommen, doch stattdessen hatte jemand ihm von hinten ein stinkendes Tuch vor die Nase gehalten. – War er entführt worden?! Warum sollte jemand das tun? Seine Familie hatte nicht so viel Geld, dass sich eine Entführung finanziell lohnen würde. Aber die Nachricht mit dem Treffpunkt kam von Lisas Handy! Mehr und mehr arbeitete sein Gehirn wieder im normalen Rhythmus. War der Entführer dieser Rocker? Anders konnte das gar nicht sein. Steckte Lisa etwa mit den Entführern unter einer Decke?

Plötzlich schnitten die Fesseln viel stärker in seine Haut ein. Sein Atem ging schwer und geräuschvoll. Mit Schwung drehte er sich auf die andere Schulter. Schmerz durchfuhr seinen Oberkörper, aber endlich sah er, wo er sich befand. Er lag in einem schmutzigen alten Keller – rußige Spinnweben hingen von der Decke, eine dunkle Kommode mit abgesplittertem Furnier stand in einer Ecke, ein hölzerner Wirtshausstuhl mit gebrochener Lehne in einer anderen und ein Fahrrad mit einem Gesundheitslenker lehnte an der Wand. Am Boden lagen umgefallene Pappkartons mit verstaubten Illustrierten darin. Durch ein verdrecktes schmales Kellerfenster drang Licht. Verdammt, wenn es draußen hell war, musste er schon lange hier liegen! Hände, Füße und auch sein restlicher Körper waren kalt und steif. Es kostete ihn große Mühe, sich aufzurichten.

Das Handy!?

Angestrengt tastete er mit den gefesselten Händen Zentimeter für Zentimeter nach seiner Jackentasche. Doch sie war leer. Wäre auch ein Wunder gewesen, wenn man es ihm gelassen hätte. Wie sollte er sich befreien? Er sah sich um. In einer Kommodenschublade steckte ein Schlüssel. War da eine scharfe Kante am Fahrradschutzblech oder eine defekte Speiche? Er musste es schaffen, ein Loch in die Fesseln aus Kunststoff-Tape zu machen, dann könnte er es auseinanderreißen und sich befreien.

Tom rutschte Pobacke für Pobacke Richtung Fahrrad. Er drehte seinen Körper so, dass Rücken und Hände zur unteren Kante des Schutzbleches am eingeschlagenen Lenker zeigten. Seinen Oberkörper beugte er tief nach vorne, um mit seinen Händen an die Unterkante zu kommen. Er hob die Arme, traf dabei den Rahmen des Rades, das geriet ins Wanken und fiel mit Geschepper und Gebimmel auf Toms Rücken.

Verdammter Mist! Hatte das jemand gehört? Ein Entführer? Tom lauschte, er hörte ein Rascheln, eine Ratte huschte unter die Kommode. Dann wurde es still. Er versuchte, sich vom Rad wegzuschieben, doch stattdessen zog er es mit sich.

Plötzlich hörte er quietschende Schritte. Sie kamen eine

steinerne Treppe herunter. Toms Herz raste. Er begann zu zittern.

Das Schloss wurde aufgesperrt, die Tür aufgestoßen, Edgar stand im Keller mit einer Taschenlampe in der Hand. Seine eng stehenden Augen musterten Tom, er leckte mit der Zunge über seine dünnen Lippen. »Ha! Unser Fernsehmann wollte eine Radtour machen. Nicht einfach, wenn die Hände gefesselt sind und die Tür verschlossen ist.«

Der stottert ja gar nicht, ging es Tom durch den Kopf.

»Wollste das Rad huckepack nehmen wie bei der Tour de France?« Edgars Lachen über den eigenen Witz ging in asthmatisches Keuchen über.

Tom versuchte, etwas zu sagen, brachte aber nur ein Brummeln zustande.

»Mit dem Au-au-ausflug wird's ni-nichts werden.« Jetzt war Edgar wieder im Stotter-Modus. Er ballte eine Faust und schlug sie in die offene Hand, kam auf Tom zu, stieß ihm das Rad vom Rücken und stellte es zurück an die Wand. Edgar tippelte mit erhobenen Armen und kleinen Schritten wie ein Fußballspieler um seinen Gefangenen herum und trat ihm mit voller Wucht in den Hintern. Tom stöhnte laut. Edgar lachte hämisch, wiederholte sein Spiel und stieß ihm die Schuhspitze in die Nierengegend.

Tom bekam keine Luft mehr, sah nur noch rote Flecken. Krampfhaft versuchte er zu atmen. Auf seiner Stirn stand kalter Schweiß. Edgar leuchtete ihm mit dem grellen Strahl der Taschenlampe ins Gesicht.

»Du Arschloch hast mich getreten. Das zahl ich dir jetzt heim!« Edgar holte mit dem Bein aus, zielte auf Toms Knie, doch dieser schaffte es, sich rechtzeitig wegzudrehen. Edgar trat ins Leere und verlor fast das Gleichgewicht. »Du feiges Arschloch! Weichst einfach aus. Du Schwuchtel. Du fickst sicher deine Mutter«, rief Edgar in Rage.

Erneut setzte er zu einem Kick an, aber Tom rotierte nun mit Schwung gegen den Angreifer, traf mit zusammengebundenen Füßen gegen Edgars Standbein und holte ihn zu sich auf den Boden.

»Du bist mir so ein Outlaw, dass ich nicht lache!«, ertönte da die hohe Stimme mit dem norddeutschen Akzent. »Schafft nich mal 'nen Verschnürten.«

Edgar rappelte sich auf, fasste an sein Bein und sah dem Rocker beleidigt ins Gesicht. »Den mu-muss du ha-halt besser fesseln.«

»Du kannst noch nicht mal 'nen Baumstamm bewawawa-chen, du Wichser«, machte sich der Rocker lustig. Er ging auf Edgar zu und gab ihm mit der flachen Hand einen Klaps auf die Wange.

»Hey, Fat Django, was hau-aust du mi-ich? Schlag doch den!« Grimmig reckte Edgar sein Kinn in Richtung Tom.

Fat Django kratzte sich an einer Narbe auf seiner Glatze. »Wo hast du den Transit abgestellt, du Döskopp?«

»Der steht bei der Ta-a-nke.«

»Warum so weit weg? Da kann ich ihn freilich nicht finden.«

»Ist kein B-b-benzin mehr drin, und ich hatte kei-ein Geld.«

Fat Django packte Edgar an seiner Jacke und schüttelte ihn. »Und warum sagst du das nicht, wenn du weißt, dass ich die Karre brauche?«

Die Angst, die Edgar offenkundig vor dem Rocker hatte, verstärkte sich nun auch bei Tom. Furchtsam setzte

Edgar zu einem Erklärungsversuch an: »Ich ha-ha-hatte hier unten wa-wa-was gehört und wo-wollte nach dem Rrrrechten sehen.«

Während der Auseinandersetzung zwischen den beiden rutschte Tom vorsichtig Richtung Kommode. Vielleicht gelang der Befreiungsversuch mit dem Schlüssel, der in einer Schublade steckte?

»Ich kaufe 'ne Elektrosäge im Baumarkt, und danach müssen wir den Fernsehkaspar woanders hinschaffen. Setz dich hier hin und pass auf ihn auf. Ist das klar? Schaffst du das?«

Edgar brachte ein gedehntes »Ja…ah« zustande.

»Pass gut auf und lass dich nicht provozieren.« Fat Django bewegte sich zur Tür, nicht ohne Edgar aus den Augen zu lassen. Der Rocker wandte sich nochmals Tom zu, stemmte seine riesigen Fäuste in die Seiten und sagte:

»Warst hinter deiner Freundin her, he!«

Tom presste ein langes »Mmmmh« hervor, im nächsten Moment fing er an zu hyperventilieren und zu zittern. Steckte Lisa mit diesen Arschlöchern tatsächlich unter einer Decke? Das konnte nicht sein! Dieser Rocker war scheißgefährlich! Was sollte er nur tun?

Panisch versuchte Tom sich an der Kommode aufzurichten. Mit einer schnellen Bewegung, die er Fat Django gar nicht zugetraut hätte, war er bei Tom und trat ihm gegen die gefesselten Beine. Im nächsten Moment lag Tom wieder auf dem Boden. Fat Django rückte seine Kutte zurecht, ein schneller Griff hinein und er zückte ein Messer. »Hab dir doch gesagt, du sollst deine Nase nicht in fremde Angelegenheiten stecken.« Die Messerspitze fuhr in Toms rechten Nasenflügel, schlitzte das weiche Gewebe auf. Tom stöhnte laut, Blut verteilte sich auf seiner Wange, tropfte auf den Boden, ein Zucken ging durch seinen Körper. Kurz bevor er ohnmächtig wurde, hörte er noch, wie Fat Django seinem Gehilfen, der die Messerattacke mit Genugtuung verfolgt hatte, befahl: »Hol was, um die Sauerei wegzuwischen!«

Die Ohnmacht dauerte nicht lange. Blut verstopfte Toms Atemwege. Er riss die Augen auf, warf seinen Kopf hin und her, versuchte, mehr Luft in seine Lungen zu bekommen. Sein Gesicht lief rot an, Blut sprudelte aus seiner Nase, krampfhaft rang er nach Luft, wälzte sich herum und trat mit den gefesselten Beinen um sich.

»Du sollst hier nicht abnippeln! Du Kröte!«

Fat Django schubste Tom mit einem riesig wirkenden Motorradstiefel auf die Seite und ritzte ein Loch in den Klebeverband über seinem Mund. Tom zuckte zusammen, als er das Messer vor seinem Gesicht sah. Fat Django drehte ihn auf den Bauch, packte ihn an den Haaren und legte als Stütze ein paar von den alten Illustrierten unter sein Kinn.

Edgar kam mit einigen dreckigen Handtüchern zurück, wischte damit über die Blutflecke, die sich am Boden gebildet hatten, und schob eines davon unter Toms Nase.

»Pass auf!«, schrie der Rocker. »Verstopf ihm nicht seinen Rüssel.«

»Du hä-hättest ihm ja nicht die Na-nase schlitzen müssen, wenn du da-a-as nicht willst!«

Fat Django riss Tom das Klebeband von den Lippen. Der schnappte nach Luft, versuchte immer tiefere Atemzüge, musste husten und spuckte Blut. Der Rocker schnitt einen Streifen von einem Handtuch ab, band ihn Tom zwischen die Zähne und verknotete ihn in seinem Genick, sodass er durch den Mund atmen konnte.

»Der fä-fängt noch an zu schreien, dass es alle hören!«, giftete Edgar.

»Dann musst du aufpassen, dass er das nicht macht.«

»Wie so-soll das gehen?« Edgar wurde immer aufgebrachter.

»Lass dir was einfallen … Gib ihm einfach Chloroform.«

»Wie-wieso erledigen wir ihn nicht hie-hier?«

»Das hab ich schon hundertmal gesagt: Wir können hier keinen Toten durch die Gegend tragen, du Dödel.«

»A-a-aber einen Gefesselten schon?«

»Ende der Diskussion!«, schrie Fat Django. »Du machst jetzt einfach, was ich sage!«

Wütend funkelte er Edgar an, täuschte einen Schlag an, Edgar wich instinktiv zurück, der Rocker ließ es bei der Drohgebärde und verließ den Kellerraum.

Eingeschnappt setzte sich Edgar auf den Stuhl und richtete seinen Groll gegen Tom. »Ha-halt nur dei-eine Fresse, sonst sch-tech ich dich ab«, funkelte er ihn böse an.

Tom hechelte und wimmerte nun gleichzeitig. Die Wunde schmerzte heftig, und auch sein restlicher Körper tat ihm weh.

Was hat der mit der Elektrosäge vor? Das mit der Nase war schlimm genug. Tut scheißweh. Wie kann sich Lisa mit diesen Typen verbünden? Hat sie ihnen ihr Handy einfach überlassen? Und seine Mutter – was dachte sie jetzt? Sicher so etwas wie: ›Auf meinen Sohn ist kein Verlass.‹ Aber vielleicht rief sie die Polizei? Ob die sein Handy orten konnte? Wahrscheinlich wartete die Polizei erst einmal ab. Wenn ein Erwachsener einen Abend nicht nach Hause kam, war das noch kein Grund für eine Suchaktion. Es sah so aus, als hätte er richtig schlechte Karten. Was könnte er nur machen?

Vor seinen Augen lag eine alte Illustrierte mit einem Bild von einer freundlich lachenden Whitney Houston in Großaufnahme. Das war doch das letzte Foto von ihr, bevor sie starb? Hoffentlich bedeutet das nichts Übles für mich? Eigentlich glaubte er nicht an schlechte Omen, aber in seiner aktuellen Lage schien ihm alles möglich zu sein. Die nächste Schmerzwelle rauschte durch seinen Körper.

Das Klingeln eines Handys drang an sein Ohr. Tom lauschte, es war das erste Geräusch aus der Außenwelt, das er in seiner Gefangenschaft vernahm. Mit einem knappen »Ja« meldete sich Edgar. »I-ich kann grade ni-nicht hier weg. Habe zu t-t-tun.«

Er lauschte kurz. Wieder ertönte ein »Ja« gefolgt von: »Du ka-kannst nicht her-erkommen, das geht nicht.«

Sollte Tom schreien, um auf sich aufmerksam zu machen? Oder wurde seine Lage dann noch gefährlicher?

Nach einer kurzen Pause hörte er: »Wieso will-willst du dein Handy jetzt?« Danach: »Zick nicht rum. Ich b-b-bring's dir morgen. Verspro-o-ochen.«

Wer war das? Vielleicht Lisa?

Edgar legte auf. Das Handy klingelte gleich wieder. Edgar schaltete es auf lautlos.

Tom konnte nicht glauben, dass Lisa damit einverstanden wäre, ihn in diesem Zustand zu wissen.

Kurz darauf läutete ein anderes Handy. Tom erkannte den Klingelton sofort: Es war seiner!

Edgar holte es aus seiner Jackentasche, warf es auf den

Boden und trat mit dem Absatz darauf, dass es in mehrere Teile zersprang. »Das brauchst du nicht mehr.«

Tom lief ein Schauder den Rücken hinunter. Er legte seinen Kopf auf das Whitney-Houston-Foto, sein Atem ging rasselnd und sein Körper wurde ganz still.

Edgar blätterte in einer alten Illustrierten.

»Amy Winehouse, die fand ich t-t-toll. Sie sah witzig aus und ha-ha-hatte 'ne tolle Stimme. Leider hat sie zu viel Drugs und Alk erwischt. – Wie hä-hältst du es mit den Dr-drogen, Fernseh-Fu-hu-zzi? Ihr kifft doch sicher und schnupft Koks, ha?«

Tom regte sich nicht.

»Pennst du schon wieder?«

Tom bewegte seinen Kopf hin und her.

»Ach, du kannst ja nicht reden, hab ich vergessen.«

Edgar stand auf und sah sich Toms Gesicht näher an. »Was Fat Django i-i–immer für Sachen ma-macht – Nase schlitzen. Das Bl-bl-bluten hat aufgehört.«

Und nach einer Weile: »Ka-a-annst du wirklich nicht reden?«

Tom stöhnte.

Unvermittelt stieß Edgar ihm seine Schuhspitze in die Rippen.

Tom röhrte wie ein angeschossener Hirsch.

»Er kann wi-wirklich nicht reden«, sagte Edgar halblaut zu sich selbst.

Plötzlich hörten sie von oben eine weibliche Stimme rufen: »Edgar, bist du da unten?«

Tom wusste sofort, dass sie Lisa gehörte. Er stöhnte möglichst laut, und Edgar rief: »Bleib o-o-oben, i-i-ich komm gleich.«

Aber schon hörten sie das Klappern von Absätzen, die Tür wurde aufgestoßen, und Lisa stand im Raum. »Edgar, was ist hier los?«

Ihr Outfit passte so gar nicht zu dem Szenario in dem verdreckten und miefigen Keller. In die milchsaure Raumluft mischte sich der exotische Duft von ihrem Parfüm. Edgar starrte sie wie eine Erscheinung aus einer anderen Welt an. Lisa trug ein dunkelblaues Desigual-Kleid mit einem weiten Rock, auf dem gemusterte Kreise in blauen und grünen Farbnuancen Frische und Lebensfreude ausstrahlten. Ihre wohlgeformten Beine steckten in einer schwarzen Strumpfhose und ihre Füße in schwarzen Stiefeletten mit blaugrünen Rauten und Wölkchen.

Edgars Mund öffnete und schloss sich wie der von einem Fisch, der nach Fressen schnappt. Er schluckte, hob entschlossen die Hand und trat ein Stück auf sie zu, um ihr den Blick auf Tom zu verstellen. Lisa hatte das menschliche Bündel am Boden aber schon bemerkt: »Was ist denn hier passiert?«

Jetzt stotterte Edgar heftig: »Ich ha-ha-hab d-d-dir doch ge-ge-gesagt, dass du-u-u ni-ni-nicht ru-ru-runterko-kokommen sollst!«

»Hältst du jemanden gefangen? Der Mann ist ja verletzt.« Sie ruderte mit den Armen und versuchte, sich an Edgar vorbeizudrängen. Tom keuchte und hob seinen knallroten Kopf in Richtung Lisa.

»Um Himmels willen, das ist ja Tom! Spinnst du, Edgar? Was fällt dir ein? Schneide ihm die Fesseln auf. Er ist ja fürchterlich zugerichtet.«

»Li-lisa, da-da-das g-g-geht ni-nicht!«

»Edgar, natürlich geht das! Sofort!«

»Li-li-lisa, i-i-ich hab dir ge-gesagt, du sollst nicht he-he-herkommen und du sollst nicht ru-ru-runterkommen!« Mit zitternden Knien fuhr sich Edgar verwirrt durch die Haare.

»Warum tust du so etwas? Bist du eifersüchtig?«

Bei diesen Worten warf Edgar seinen Kopf trotzig zurück, stürmte mit zwei schnellen Schritten auf Lisa zu, zog ein Springmesser aus der Tasche und ließ es aufschnappen: »Se-setz dich auf den Stuh-hul und gi-gib Ruhe, so-sonst muss ich …«

Er hielt ihr das Messer an den Kehlkopf.

Tom strampelte mit den Beinen, konnte ihr nicht helfen. Lisa riss ihre Augen auf, ihr roter Mund bebte, aber nur für Sekundenbruchteile. Plötzlich war ihre Erregung wie weggeblasen, sie schien zu wachsen, wurde größer und stand entschlossen vor Edgar. Sie schob den Arm mit dem Messer langsam weg, griff ihm mit der anderen Hand an die Schulter und zog Edgar fest an ihren Körper.

Seine angespannten Muskeln wurden weicher, schließlich fiel das Messer auf den Boden. Langsam drückte sie seinen Kopf an ihren Busen, Edgar verlor alle Körperspannung und begann zu schluchzen. Lisa hielt ihn unter seiner Achsel mit einem Arm fest und streichelte mit der anderen Hand seinen Kopf.

»Alles wird gut«, sagte sie zu ihm wie eine Mutter zu ihrem Kind.

»Da-das mit dem Na-na-nasen-Schli-schlitzen war ich nicht«, stammelte Edgar. »Das war Fa-fa-fat Django, ich hab ihn nu-nur getreten, wie er mi-mich neulich auch.« Edgar sah mit verheulten Augen hoch zu Lisa. »Du riechst so gu-gu-gut und bi-bist so schön – wie Resi.«

»Wer ist Resi?«

»Die Nachba-barin auf dem Bauernhof, als i-i-ich klein war. Die hat mich i-i-immer geneckt.«

»Komm«, sagte sie, »wir müssen seine Fesseln aufschneiden.«

Langsam löste sie sich von Edgar, hob das Messer auf und kniete sich neben Tom.

Edgar stand da und beobachtete, wie Lisa die Klebebänder an Toms Händen und Füßen durchschnitt und auch den Streifen Tuch zwischen seinen Zähnen entfernte. Dabei sprach sie leise und beruhigend auf Tom ein: »Bitte, sei ganz still!« Sie legte den Zeigefinger auf den Mund. Beim Blick auf seine Nase meinte sie: »Muss man nähen, denke ich.«

Tom versuchte, den Schmerz zu ignorieren. Er dehnte seine Arme und seinen Rücken, damit die Blutzirkulation wieder richtig in Gang kam, und richtete sich auf.

Edgar hatte sich auf den Stuhl gesetzt und starrte auf den Boden.

»Ich helf dir hoch«, sagte Lisa leise zu Tom und reichte ihm eine Hand.

Langsam gingen die beiden an Edgar vorbei, wobei Lisa wohl bewusst darauf achtete, zwischen den beiden Männern zu sein, um ein Eingreifen von Edgar leichter verhindern zu können. Als sie bei der Kellertür angelangt waren, warf Lisa Edgar eine Kusshand zu.

»Wo geh-he-hest du hi-hin?«, stotterte er.

»Tschüss, Edgar«, sagte sie, sie schlugen die Tür von außen zu und schlossen sie ab.

Beide stürmten die Treppe hinauf. Der Schmerz pulsierte wieder in Toms Gesicht. Die Nase hatte erneut zu bluten begonnen, und er versuchte die Blutung zu stoppen, indem er ein Taschentuch, das er in seiner Hosentasche gefunden hatte, auf den Schnitt presste. Sie erreichten die Haustür, der Schritt ins Freie war für ihn ein Schritt in ein neues Leben. Von unten aus dem Keller ertönte ein unheimlicher Klageruf. Tom schauderte. Es klang wie der enttäuschte Schrei einer einsamen Kreatur in einem Horrorfilm.

Tom erkannte jetzt, wohin er verschleppt worden war. Es war das Rückgebäude in der Kapuzinerstraße, das Wohnhaus von Edgar. Auf dem Parkplatz vor dem Möbelladen wollte Tom Lisa in die Arme schließen, doch sie wehrte es ab, nahm ihn an der Hand und lief mit ihm in die belebte Kapuzinerstraße. Dort winkte sie nach einem Taxi und nannte dem Fahrer ihre Adresse.

5

Lisas Badezimmer war in der Ästhetik einfacher japanischer Klarheit eingerichtet, es war in Weiß gehalten, neben der Wanne stand in einem Holzbottich ein mannshoher Bambus.

Tom saß auf dem geschlossenen Deckel der Toilette, während Lisa mit einer Reinigungslotion versuchte, ihm das verkrustete Blut aus seinem Gesicht und vom Hals zu waschen. Lisa hatte ihr Haar zu einem Mini-Pferdeschwanz gebunden, Tom wirkte müde, die fehlende Rasur und die Schwellung um die Nase herum ließen sein Gesicht maskenhaft starr erscheinen. Noch immer pochte der Schmerz in Wellen.

Lisa strich ihm mitfühlend über die Haare. »Wir gehen gleich ins Schwabinger Krankenhaus, das ist nebenan.«

Der Schmerz nahm an Intensität zu, als Tom sich vorstellte, wie seine Nase mit Nadel und Faden genäht würde. Er räusperte sich und fragte unsicher: »Wieso hast du Edgar bei sich zu Hause aufgesucht?«

»Der Blödmann hat mein Handy geklaut, und ich wollte es wiederhaben. – Oh nein, da fällt mir ein, ich hab es im Keller vergessen.«

Ungläubig zog Tom die Augenbrauen in die Höhe. »Das war alles?«

»Ja, was hast du denn gedacht?«

Tom schluckte, nahm seinen ganzen Mut zusammen. »Ich hatte schon überlegt, ob du mit denen unter einer Decke steckst.«

Lisa unterbrach ihre Reinigungsprozedur, sie rümpfte die Nase und schob ihr Kinn empört vor. »Hältst du mich für ein Gangster-Flittchen?«

»Entschuldige, ich hab eine Nachricht von deinem Handy erhalten und wurde entführt. Versetz dich mal in meine Lage. Wie bist du darauf gekommen, dass Edgar der Handydieb war?«

Lisa knirschte wütend mit den Zähnen. »Ich hab's gestern Abend im Odeon liegen lassen, und Edgar hat's einfach eingesteckt. Ein Kollege hat es beobachtet und mich heute gefragt, ob er es mir zurückgegeben hat.«

Tom blieb vor Überraschung der Mund offen stehen. »Dann war es reiner Zufall, dass du mich gefunden und gerettet hast?«

Lisa nickte.

Tom ließ die Schultern fallen, er war rot geworden, und das Blut hämmerte in seinem Kopf. »Entschuldige bitte und vielen Dank. Wie du das gemacht hast, das war schon bewundernswert, einfach toll.«

Lisa tupfte an seiner Nase herum.

»Aua! Du tust mir weh! Du musst mich nicht bestrafen, indem du mir die Nase noch mehr ramponierst.«

Ein Lächeln huschte über ihr Gesicht. »Wer mich beleidigt, bekommt das zu spüren.«

»Lisa, ich glaube, du bist auch in Gefahr.«

6

»Das Schwein heißt Fat Django, ist ein Riesen-Fleischkloß und hat einen norddeutschen Dialekt.«

Tom hatte eine gehörige Portion Wut im Bauch. Die Betäubung ließ nach, das Pochen wurde wieder stärker.

Vorsichtig fasste er sich an seine mit viel Mull verpflasterte Nase. Mit vier Stichen war sie genäht worden, und der behandelnde Arzt hatte ihm gesagt, dass eine kleine Narbe bleiben würde.

Vor ihm saß Hauptkommissar Obermeier, der hinter seinem riesigen Schreibtisch fast verschwand. Darauf standen ein großer Computer, ein Telefon, ein Stapel mit Akten und ein Bierkrug, in dem verschiedenfarbige Stifte und Kugelschreiber steckten. An der Wand hinter Obermeier hing ein großer Stadtplan von München, der mit bunten Stecknadelköpfen versehen war.

Tom rutschte auf seinem Stuhl bis auf die Kante vor, breitete die Arme aus und sagte: »Fat Django ist der Boss, Edgar ist nur ein kleiner Gehilfe.«

Obermeier zwirbelte skeptisch an seinem Schnurrbart. »Dieser Edgar ist in der Kapuzinerstraße eingeschlossen, sagen Sie?«

»Ja, und Fat Django ist nur mal eben eine Elektrosäge kaufen gegangen. Der wird schon zurück sein.«

Lisa, die neben Tom saß, nickte heftig. »Fahren Sie dorthin! Verhaften Sie ihn!«

Obermeier kam nun langsam auf Touren. »Sie müssen mir ned sag'n, was ich zu tun habe.« Er griff zum Telefon und wies einen Kollegen an: »Schickt's einen oder besser zwei, drei Einsatzwagen in die Kapuzinerstraße 20, Rückgebäude. Aber Achtung, es gibt zwei Zielpersonen, und sie sind bewaffnet. Nähere Informationen hierzu teilen wir den Kollegen in Kürze mit.«

An Lisa und Tom gewandt sagte er: »Sie vermuten, es gibt einen Zusammenhang mit dem Toten vor dem Odeon?«

»Sieht ganz so aus. Edgar arbeitet dort. Und der Rocker hat sicher mit Rauschgift zu tun«, brachte Tom ungehalten hervor.

Obermeier richtete sich in seinem Sessel auf und sagte ärgerlich: »Wenn Sie etwas Sinnvolles tun woll'n, dann können Sie unsere Dateien durchschauen. Fat Django, Rocker, über 1,90 Meter groß, fett, norddeutsch – ich denke, den müssten wir bald ham. Dann schreiben wir ihn zur Fahndung aus.«

Tom ging das zu langsam, und die behäbige Arbeitsweise des Polizisten störte ihn gewaltig. Er stand auf, nahm Lisa, die sich ebenfalls erhob, in den Arm, drückte sie fest an sich und sagte: »Bis gleich.«

Wenn er die erkennungsdienstlichen Daten durchgesehen hatte, müsste er als Erstes seine Mutter anrufen. Aber was sollte er ihr sagen? Er müsste über all seine Erlebnisse berichten ... Verletzung, Entführung, Befreiung ... Verheimlichen konnte er mit der Verwundung im Gesicht nichts mehr. Immerhin wäre es besser, wenn er seine Geschichte selbst erzählte, als wenn sie seine Eltern übers Fernsehen erfuhren oder darüber in der Zeitung lasen.

Tom sorgte sich um seine Mutter. Würde sie das Geschehen mit ihrem schwachen Herzen verkraften?

Ein Assistent Obermeiers brachte Tom in einen anderen Raum, setzte sich neben ihn und begann die erkennungsdienstlichen Merkmale von Fat Django in ein Rasterprogramm im Computer einzugeben. Nach kurzer Zeit erschienen verschiedene Gesichter mit Parametern, die auf den gesuchten Rocker zutrafen. Es dauerte nicht lange, bis der Kopf von Fat Django auf dem Bildschirm auftauchte:

»Achim Hansen, 48 Jahre, geboren in Eckernförde, wohnhaft in Kiel, Raiffeisenstraße 5 – da haben wir ihn doch?«

Tom nickte. Er verspürte Genugtuung, dass die Polizei sich nun intensiv mit seinem Fall beschäftigte. »Nur in Kiel wohnt der bestimmt nicht mehr.«

»Das macht nichts. Den kriegen wir auch so«, munterte der Assistent Tom auf.

Im nächsten Moment kam Obermeier ins Zimmer gestürzt und baute sich unheilvoll mit den Händen in den Seiten vor Tom auf. »Wir haben gerade von unseren Kollegen vor Ort die Information erhalten, dass im Keller des Anwesens Kapuzinerstraße ein Toter gefunden wurde. Mit einem Messer getötet, schwarz gekleidet, circa 1,65 Meter groß – das wird dieser Edgar sein?«

Tom fuhr ein Schreck durch die Glieder und er wurde blass. »Tot? Erstochen? Das kann doch nicht sein?!«

Obermeier hakte seine Daumen unter die Hosenträger. »Sie sind sicher, dass er noch gelebt hat, als Sie dort weg sind?«

»Der hat geschrien wie ein Tier, als wir ihn eingesperrt haben. Sie können Lisa fragen.« Auf Toms Stirn zeigte sich eine Zornesfalte, und er spürte, wie die Wut in seinem Körper wieder nach oben stieg. Beschuldigte der komische

Polizist ihn wirklich, Edgar umgebracht zu haben? Toms Gesicht hatte nun die Farbe einer reifen Tomate angenommen. Er schlug mit der Faust auf den Tisch. »Das ist ja nicht zu fassen: Die haben mich entführt und wollten mich kaltmachen – das haben wir doch schon alles erzählt. Ich hatte Riesenglück, dass Lisa kam und die Situation so toll gemeistert hat. Mir reicht es für heute. Lassen Sie gefälligst Ihre Anspielungen.« Er stand von seinem Platz auf und funkelte mit vorgeschobenem Kinn den kleinen Hauptkommissar mit der großen Nase böse an.

»Jetzt regen S' sich ned so auf. Als Polizist muss man alle Möglichkeiten in Betracht ziehen. Wir sollten da gemeinsam hinfahren. Kommen S' mit!«

Als sie an Obermeiers Büro vorbeigingen, sagte Tom: »Lisa können wir auch mitnehmen. Die wird Ihnen meine Aussage bestätigen.«

»Sie ist schon weg«, antwortete Obermeier, »sie sagte, sie muss zur Arbeit.«

In der Redaktion müsste Tom auch langsam mal Bescheid geben. Sicher noch ein Minuspunkt bei Neuwirt, doch vielleicht ließe der sich korrigieren.

7

Tom saß im Fond des grünen BMW X3 und kam sich vor wie in einem amerikanischen Actionfilm. Auf dem Parkgelände des stillgelegten Möbelhauses standen kreuz und quer Polizei-Einsatzfahrzeuge, zwei Notarztwägen und Kleintransporter der Spurensicherung. Blaue Lichter der Signalanlagen rotierten auf den Dächern einiger Autos und warfen kaltes, künstliches Licht auf die Fassaden der Gebäude im Hinterhof der Kapuzinerstraße. Aus den Fenstern lehnten sich Bewohner mit ihren Kindern, um zu sehen, was da unten vor sich ging. Zwei Polizisten in Uniform mühten sich ab, neugierige Passanten vom Einsatzort zurückzuhalten. Aus dem Funkgerät neben der Mittelkonsole hörte Tom immer wieder die quäkenden Kommandos der Einsatzzentrale. Obermeier hatte ihm erklärt, er solle im Wagen sitzen bleiben, bis er von den Ermittlungen vor Ort zurück sei.

Wie sollte er jetzt ohne Handy in der Redaktion Bescheid geben? Tom griff nach dem Funkgerät und drückte eine Taste.

»ISAR 14/12 für ISAR, bitte kommen«, knarzte es aus dem Lautsprecher.

Tom steckte das Handgerät wieder in die Halterung.

»ISAR 14/12 für ISAR, hier ist die Einsatzzentrale. Sie wollten etwas melden?«

Irritiert drückte Tom den roten Knopf und schaltete den Apparat aus.

Nach und nach traten Polizisten mit Fotoapparaten

und Videokameras aus dem Eingangsbereich des Hauses, stiegen in ihre Autos und telefonierten. Die Aufmerksamkeit von Tom und allen Zaungästen zogen zwei Sanitäter auf sich, die offensichtlich eine abgedeckte Leiche auf einer roten Bahre zum Krankenwagen rollten. Tom wusste, das war der Körper von Edgar auf dem Weg zur Rechtsmedizin.

Endlich erschien Obermeier. Ins Gespräch vertieft mit einem anderen Polizisten in Zivil kam er auf den BMW zu. Er öffnete die Fondtür und forderte Tom auf, mit ihm den Keller aufzusuchen.

Tom schauderte, doch dann nahm er all seinen Mut zusammen, stieg aus dem Wagen und ging mit schleppenden Schritten neben dem Hauptkommissar her auf das Haus zu. Stufe für Stufe stieg er zögerlich die Treppe zum Keller nach unten, vorbei an den mit Lattenverschlägen schlecht gesicherten Abteilen bis zu demjenigen, das als einziges gemauert und mit einer Holztür versehen war. Hier hatte Tom gut verschnürt viele Stunden verzweifelt ausharren müssen. Er starrte auf den mit gelber Sprühkreide markierten Ort, wo die Leiche Edgars gelegen haben musste. Durch den gesamten Raum zog sich eine breite Blutspur. Stuhl und Fahrrad lagen umgestoßen auf dem Boden, die alten Illustrierten waren verstreut und die Trümmer von Toms Handy ebenso.

Obermeier gab Tom Plastiküberschuhe, dann durfte er in den Raum treten.

»Hier in diesem Kellerabteil haben Sie gelegen? Ist das richtig?«

Tom nickte.

»Zeigen Sie mir bitte den Ort.«

»Dahinten in der Ecke bin ich aufgewacht, die Hände auf dem Rücken gefesselt und die Beine ebenso. Mein Mund war mit einem Packband zugeklebt. Ich hab mich dann zu dem Fahrrad bewegt, um zu versuchen, die Fesseln aufzuritzen, aber das Rad ist umgefallen, und das muss Edgar gehört haben.«

Obermeier zwirbelte nachdenklich seinen Schnurrbart. »Scheint, als hätten Sie großes Glück gehabt.«

»Was ist mit ihm passiert?« Mit dem Kinn zeigte Tom auf die Markierung.

»Man hat ihm die Kehle durchgeschnitten. Ihn einfach abgeschlachtet.«

»Das kann nur dieser brutale Rocker gewesen sein!«

Tom zitterte, schlug die Hand vor das Gesicht und sackte in die Knie.

»Kommen Sie, da können Sie sich nicht hinsetzen. Da muss die Spurensicherung noch ran.«

Obermeier zog Tom auf die Beine und legte ihm den Arm um die Schulter.

»Er ist schon zur Fahndung ausgeschrieben. Aber wenn er sich bei seinen Rockerkumpeln versteckt, wird's schwer.«

»Das kaputte Handy – das ist meins. Und Lisa hat ihrs hier vergessen. Haben Sie es gefunden?«

»Alles wird Stück für Stück untersucht«, beschwichtigte ihn Obermeier. »Kommen Sie mit, wir haben oben in Sturms Wohnung interessante Dinge entdeckt.«

Obermeier stieg vor Tom die alte Holztreppe zur Wohnung im zweiten Stock hinauf. Hier ging die Spurensicherung diensteifrig ihrer Bestimmung nach. In blauen Plastikwannen hatten die Fahnder allerlei Materialien und Substanzen zusammengetragen, die mit dem Konsum und dem Handel von Rauschgift zu tun hatten: Platten mit Schwarzem Afghanen, Hanfpflanzen, mehrere Shishas und Bongs, Tütchen mit weißem Pulver, eine altertümliche Briefwaage, diverse Pfeifen und Fläschchen mit Haschischöl.

Nun war klar: Edgar war nicht nur ein einsamer Kiffer.

Tom spürte, wie ihn von Neuem der Ehrgeiz packte. Es bestätigte sich eine Spur, von der er schon die ganze Zeit über geglaubt hatte, dass in ihr des Rätsels Lösung zu suchen sei. Er musste sofort die Redaktion kontaktieren.

Er lieh sich Obermeiers Handy, rief im Sekretariat an, entschuldigte sich, dass er nicht zur Arbeit erschienen war, und wollte Neuwirt sprechen. Doch der war angeblich unauffindbar. Tom bat darum, ihn mit Eike zu verbinden.

»Wo steckst du denn? Gefällt es dir nicht mehr bei uns?«

»Da ist eine richtig heiße Geschichte im Gange. Bestell schon mal ein Team, das ist eine Story, die muss heute im Programm von TV 1 laufen.«

»Du gibst schon wieder Vollgas. Vergaloppier dich nur nicht.«

»Ich geb mal in Stichworten kurz durch, was passiert ist: Ich wurde entführt und eingesperrt, dann hat mir der Rocker, das Schwein, die Nase mit einem Scheißmesser aufgeschlitzt, Edgar sollte mich bewachen, aber Lisa konnte mich befreien, und schließlich hat die Polizei Edgar mit durchgeschnittener Kehle gefunden. Als sie seine Wohnung durchsucht haben, haben Sie jede Menge Koks, Gras, Haschisch und zahlreiche Rauschgift-Utensilien entdeckt. Es muss nur noch bewiesen werden, dass Edgar beim Tod von Lalonge im Odeon seine Finger im

Spiel hatte, dann ist dieser Fall auch gelöst.« Tom sprach gehetzt. Er war alles losgeworden, und er war stolz auf sich.

»Das, was du hier erzählst, hast du nicht einfach nur geträumt?«, fragte Eike.

»Wenn du meine Nase sehen könntest, würdest du nicht so blöd daherreden. Die ist mit vier Stichen genäht worden und dick verpflastert. Lisa hat mich in die Klinik gefahren.«

»Man hört's deiner Stimme an«, lenkte Eike ein.

»Ruf einfach mal die Polizei an, die wird dir das bestätigen.« Tom war genervt. »Kein einziger Journalist hat etwas von der Sache mitbekommen, bisher gab's keine Meldung.«

»Okay, ich muss das mit Neuwirt klären, dann melde ich mich wieder.«

»Mein Handy ist zu Bruch gegangen bei der Aktion. Ich bin jetzt noch 'ne viertel Stunde über das von Obermeier zu erreichen. Du siehst ja seine Nummer auf dem Display.« Verstimmt über die seiner Meinung nach viel zu umständlichen Entscheidungsprozesse beim Sender legte Tom auf.

8

Tom steckte sich eine Zigarette an, auch wenn man ihm im Krankenhaus dringend vom Rauchen abgeraten hatte. Er lief nervös neben Obermeiers Polizeiwagen auf und ab, wartete auf Eikes Rückruf, und die Zeit verging unglaublich langsam. Tom hatte, ohne wirklich wahrzunehmen, was er sah, den gesamten Hinterhof mit allen Gebäuden inspiziert. Allein die Garage, in der Edgars Motorrad stand und die von der Polizei mit einem schwarz-gelben Band abgesichert worden war, hatte er aufmerksam betrachtet. Vielleicht hatte Fat Django hier auch eine Abstellmöglichkeit für die Harley? Das würde die Polizei sicher schnell herausfinden.

Auf dem Beifahrersitz telefonierte der Hauptkommissar ununterbrochen mit seinem Handy. Tom überlegte gerade, ob er ihn nicht um eine kurze Gesprächspause bitten sollte, damit Eike ihn überhaupt erreichen konnte, da beendete Obermeier sein Gespräch. Sofort klingelte sein Handy wieder, Eike war am Apparat und verlangte nach Tom. »Also die Geschichte läuft. Bist du noch in der Kapuzinerstraße und kannst uns helfen?«

Toms Anspannung stieg, aber er spürte auch bleierne Müdigkeit. Nachdrücklich sagte er: »Für Interviews oder Statements stehe ich aber nicht zur Verfügung. Du weißt warum!«

»Ich verstehe, aber du bist diesmal ganz eindeutig ein Betroffener. Überleg es dir noch mal!«

»Ich helfe euch als Kollege, aber mehr nicht.«

»Wir sehen uns in einer halben Stunde dort?«

Nach und nach fuhren die Polizeiautos vom Hof, nur zwei PKW mit Polizisten in Zivil und ein Transporter der Spurensicherung standen noch da. Obermeier hatte sich verabschiedet mit dem vagen Hinweis, dass sie in Kontakt bleiben würden. Tom wartete vor dem Möbelladen. Es war ein lauer Abend, und ein paar Menschen kehrten von ihrer Arbeit oder vom Einkaufen zurück; die neugierigen Ereignisglotzer hatten sich mittlerweile verdrückt. Tom zog es zurück an den Ort des Grauens. Vorsichtig ging er auf den Eingang des Rückgebäudes zu, seine Schritte wurden immer langsamer, in seinem Magen spürte er einen stechenden Schmerz, und seine Nase fing zu pochen an. Die Eingangstür stand offen, den Kellerbereich sperrten Polizeibändern ab. Er hörte Stimmen von dort unten. Die Leute von der Spurensicherung. Als er in dem weitläufigen Treppenhaus nach oben schaute, sah er vor Edgars Wohnung ebenfalls schwarz-gelbe Absperrbänder. Tom trat wieder in den Hof hinaus.

Er musste nicht lange warten, da kam der Teamwagen von TV 1. Kameramann und Tonassistent begrüßten Tom und bekundeten ihr Mitgefühl. Dann machten sie sich daran, ihr Equipment auszupacken. Eike nahm Tom fest in die Arme und drückte ihn. »Du siehst aus, als wärst du im Krieg gewesen! Tut es weh?«

Mit einem Schulterzucken ignorierte Tom die Frage. »Es ist kein Offizieller mehr da, nur noch Leute von der Spurensicherung.«

»Also müssen wir später noch beim Polizeipräsidium vorbei.

Obermeier ist der Guru?«

Tom nickte. Eike sah sich um, das heruntergekommene Wohnhaus, die altertümlichen Garagen, das leerstehende Möbelgeschäft mitsamt der leeren Lagerhalle: »Das sieht nicht besonders heimelig aus. Schlachthofviertel halt, oder?«

Tom packte Eike am Arm und zeigte ihm die Örtlichkeiten. An der Kellertür fragte der Journalist behutsam: »Da drunten warst du gefesselt, und da wurde dir die Nase ramponiert?«

Tom nickte.

Ein Mann von der Spurensicherung kam auf die beiden zu. »Sie dürfen da nicht hinein. Der Tatort ist noch nicht freigegeben.«

Tom rieb sich die Augen. »Brauchst du mich noch?«

»Nein, geh nach Hause! Ruhe dich aus!«

»Ich schau's mir in der Glotze an.«

Tom nahm die U-Bahn zum Sendlinger Tor und von dort die U2 zu sich nach Milbertshofen. Er wusste, dass er jetzt seine Eltern über die Geschehnisse informieren musste. Die Schmierereien standen noch immer als Warnung an Haus- und Wohnungstür. Würde Fat Django nach dem Mord wieder hier auftauchen? Wohl eher nicht?! Zur Sicherheit legte er Obermeiers Nummer vor sein Festnetztelefon und rief dann seine Mutter an: »Wo warst du denn? Ich habe mir solche Sorgen gemacht! Warst du sauer auf mich und bist deshalb gestern Abend nicht nach Hause gekommen? Und an dein Handy bist du auch nicht gegangen!«

»Das Handy ist kaputt, und ich bin überfallen worden. Aber das ist eine lange Geschichte.«

»Um Himmels willen, Tom! Was ist denn geschehen?«

Tom erzählte die wesentlichen Dinge seiner Mutter, die ihn bemitleidete und immer wieder in Tränen ausbrach.

»Jetzt hätte ich fast noch meinen zweiten Sohn verloren.«

War das ein Ausdruck dessen, dass er ihr auch wichtig war? Hatte sie nach dem gestrigen Streit in der Küche nachgedacht? Sollte ihr da etwas aufgestoßen sein? Oder suhlte sie sich einfach gerne in ihrem Selbstmitleid?

Sein Vater würde wahrscheinlich gleichgültig im Keller sitzen und weiter an seinen Schiffen basteln, auch wenn ihm seine Frau unter Tränen von Toms Erlebnissen berichtete. Er war einfach ein emotionaler Krüppel. Tom war froh, nachdem er das Telefonat hinter sich hatte.

Als er den Fernsehbericht über das Geschehen in der Kapuzinerstraße in der 19-Uhr-Nachrichtenausgabe von TV 1 sah, ärgerte er sich. Eike hatte sehr vorsichtig formuliert, alles wurde ein bisschen angerissen, der mögliche Täter, das Rauschgift in Edgars Wohnung und auch Toms Entführung, aber letztlich blieb der Bericht vage und nüchtern. Die lebensbedrohende Situation, das psychische und physische Martyrium, das Tom erlebt hatte, waren zu einer alltäglichen banalen Beschreibung verkommen. Er hatte durch seinen Anruf dazu beigetragen, dass TV 1 über diese Geschichte als erstes Medium berichten konnte, doch diesen Platzvorteil im massenmedialen Konkurrenzkampf hielt er in Eikes Beitrag für verschenkt.

Tom wurde unruhig, er musste Lisa treffen.

9

Er stand auf einem Parkplatz vor dem Odeon. Ab und an hörte er in der Ferne Autogeräusche. Es war kalt, das silberne Licht des Vollmondes verlieh den Häusern und den Bäumen am Straßenrand eine bizarre Note. Er wartete auf Lisa. Das war schon die dritte Zigarette in der letzten halben Stunde. Es war schwierig, ohne Handy zu kommunizieren. Tom hatte es bei Lisa mit Anrufen vom Festnetz zum Festnetz probiert – ohne Erfolg. Lisas Handy lag beschlagnahmt bei der Polizei. Als er im Odeon nach ihr gefragt hatte, sagte man ihm, Gespräche mit dem Personal seien nicht erwünscht.

Er zündete sich noch eine Zigarette an, sie schmeckte nicht, und er warf sie aus dem Fenster auf den Asphalt.

Dort, wo er jetzt stand, hatte alles angefangen – was für eine verrückte Woche. Da kam der Franzose aus dem Sternelokal herausgetaumelt. Der war nun schon einige Tage nicht mehr unter den Lebenden. Tom roch das Erbrochene von Lalonge auch mit seiner wunden Nase.

Edgar war auch tot, umgebracht, aufgeschlitzt am Hals mit einem großen Messer. Und ihn hätte es beinahe auch erwischt. Es kam ihm ganz unwirklich vor. Die Bilder in seinem Kopf ließen ihn zittern, und seine Nase begann wieder massiv zu schmerzen.

Aus dem Hintereingang des Odeon näherte sich Ben Williams in einem groß karierten Sommermantel. Tom stieg aus seinem Dacia und ging auf ihn zu.

Williams musterte Tom von oben bis unten mit einem aufgesetzten Lächeln. »Guten Abend, Herr Fernsehreporter. Kann ich Ihnen helfen?«

Tom spürte die geheuchelte Freundlichkeit, ließ sich aber nicht irritieren. »Ich warte auf Lisa. Ist die noch bei Ihnen im Haus?«

»Da warten Sie vergeblich, junger Mann, sie ist schon heute Nachmittag mit der Polizei abgezogen.«

»Was ist denn geschehen?«

»Das sollte sie Ihnen vielleicht besser selbst erzählen.«

Williams legte zwei ausgestreckte Finger zum Gruß an die Stirn, zog seinen Mantel enger um den Körper und lief weiter.

Bei Tom überschlugen sich die Gedanken: War sie noch auf dem Revier? War sie verhaftet worden? Wo sollte er suchen? Vielleicht war sie ja auch schon wieder zu Hause?

In der Düsseldorfer Straße fand Tom gleich einen Parkplatz. Eng umschlungen und kichernd ging ein Liebespaar die Straße entlang, ansonsten war es ruhig. Fernsehlicht funkelte graublau aus den Fenstern mancher Häuser, bei Lisa brannte warmes, gelbes Licht, und Tom entschloss sich, trotz der späten Uhrzeit bei ihr zu läuten. Es dauerte ein wenig, dann hörte er ihre Stimme aus der Sprechanlage: »Ja bitte?« Sie klang gereizt.

»Ich bin's, Tom.«

»Was willst du?«

»Ich hab gehört, du warst bei der Polizei! Wie geht es dir? Was ist passiert? Warum antwortest du mir nicht?«

»Ich bin müde! Weißt du, wie spät es ist?«

»Nur fünf Minuten, dann hau ich wieder ab. Versprochen.«

Lisa zögerte kurz, dann war sie sehr entschieden: »Tom, ich kann jetzt nicht. Ich mag nicht reden.«

Und nach einer kleinen Pause: »Tut mir leid, wir können uns ja morgen Abend treffen.«

Lisa legte den Hörer der Sprechanlage auf, Tom, der noch etwas sagen wollte, stand mit offenem Mund da. »Scheiße!«, fluchte er laut vor sich hin und fügte etwas leiser hinzu: »Diese Zicke.«

Er ging zu seinem Wagen, legte die Stirn auf das Lenkrad und schloss die Augen. Bilder von Lisas Wohnung blitzten wie ein schnell geschnittenes Musikvideo in seinem Gehirn auf: Visual-Kei-Fotografien, der Futon im Schlafzimmer, Lisas Tattoo, der Drache, ihr straffer Busen, die weiche Haut.

Da hörte er seinen Namen. Lisa stand am offenen Fenster und winkte ihm zu.

Tom öffnete die Autotür, hielt eine Hand ans Ohr und hörte: »Komm hoch! Es ist okay!«

Müde und unschlüssig atmete Tom aus, hob die Schultern, zog die Mundwinkel nach unten und legte die Stirn in Falten. Dann gab er sich einen Ruck, stieg aus, schloss seinen Dacia ab und ging zielstrebig auf die Eingangstür zu.

Oben stand Lisa schon im Flur, bekleidet mit einem dunkelblauen Schlafkimono mit Blumenmuster, der von einem roten japanischen Gürtel zusammengehalten wurde. An den Füßen trug sie gelbe Pantoffeln mit zähnefletschenden Emojis.

»Komm rein. Tut mir leid, dass ich so abweisend war.«

Tom nahm sie in den Arm, küsste sie auf ihre Wangen, roch ihren Duft, zog seine Schuhe aus und folgte ihr in die Wohnung. »Ich habe gehört, dass dich die Polizei aufs Revier mitgenommen hat?«

Lisa nickte. »Wer hat da schon wieder gepetzt?«

»Ich habe auf dich gewartet – vor dem Odeon, schließlich tauchte Mr. Williams auf, und ich habe ihn nach dir gefragt.«

»Der liebe Ben, quatscht schon mal gerne. Oder was hat er gesagt?«

»Nur, dass die Polizei dich mitgenommen hat.«

»Ja, die haben mich stundenlang verhört – wegen Edgar und so …«

»Aber du wurdest nicht verdächtigt, ihn umgebracht zu haben oder solchen Blödsinn?«

Lisa schüttelte behutsam den Kopf, nahm eine Decke von ihrer Couch, schlang sie sich wie ein Badetuch um ihren Körper, setzte sich und sah Tom tief in die Augen. »Edgar hat gedealt. Der Blödmann hat darüber Buch geführt, jedenfalls hat er eine Liste mit seinen Kunden gemacht, und da stand auch mein Name.«

Tom atmete heftig aus. »Oh, schöne Scheiße.«

»Das kannst du laut sagen.«

»Was hast du konsumiert?«

»Ich hab ab und zu Gras und Shit bei ihm gekauft. Das war's. Aber die Bullen haben hier gleich eine Wohnungsdurchsuchung durchgeführt. Haben auch noch ein paar Reste gefunden.«

»Und was passiert jetzt?«

»Ich bekomme eine Anzeige. Ob es zur Anklage kommt, hängt vom Staatsanwalt ab.«

»Ich hatte immer den Eindruck, dass du Edgar in Schutz genommen hast.«

Sie kaute auf ihrer Unterlippe. Tom saß verkrampft mit nach vorne gebeugtem Oberkörper auf seinem Sessel. »Aber irgendwie hattest du ihn auch im Griff?!«

»Der hat mir aus der Hand gefressen. Ich war mir auch im Keller in der Kapuzinerstraße sicher, dass er einknicken wird.«

»Das ging ja noch mal gut aus. Zumindest für mich.«

»Es tut mir leid, dass er nicht mehr da ist und so brutal ermordet wurde.«

»Hat er dem Franzosen also doch das Rauschgift ins Essen gemischt?«

Genervt schüttelte Lisa den Kopf. »Das weiß ich nicht. Aber warum sollte er?«

»Anscheinend war Steineberg von ihm und seiner Arbeit nicht so begeistert. Steht zumindest in der Zeitung.«

»Das stimmt schon. Der hat ihn immer angeblafft. Und besonders gut hat er ihn auch nicht bezahlt.«

»Dann war's vielleicht Rache?«

»Tom, ich hab keine Ahnung. Ist mir auch ziemlich egal. Aber aus Rache bringt man doch nicht einen Gast um? Da war Edgar anders.«

»Vielleicht gibt's noch einen anderen Grund?«

»Möglich.«

»Weißt du, wer noch auf der Edgars Liste stand?«

»Nein, weiß ich nicht. Das Schlimmste für mich in der ganzen Angelegenheit ist: Ich bin meinen Job los!«

»Wieso das?«

Lisa zog die Decke enger um sich, als wäre ihr kalt geworden. »Der Steineberg wird das nie akzeptieren, dass jemand aus seiner Mannschaft kifft, vor allem nach der Klage vor Gericht. Der schmeißt mich einfach raus, da bekomme ich nicht mal eine Abfindung.«

Tom spürte ihre Verzweiflung. Wie konnte er ihr helfen? Sie hatte ihm das Leben gerettet, was konnte er jetzt für sie tun? Einen Rechtsanwalt suchen? Vielleicht konnte sie beim Wissler anheuern?

Unbeholfen stand Tom von seinem Sessel auf, setzte sich zu Lisa auf die Couch und legte einen Arm um ihre Schulter. »Das wird schon! Du hast dich immer durchgeschlagen. Und wie du mich gerettet hast, zeigt auch deine Charakterstärke.«

Er drückte sie fester, spürte, wie ein Zittern durch ihren Körper ging.

Lisa wandte den Kopf ab und wischte ein paar Tränen aus ihren Augen. »Das wird eine große Sache. – Lass mich jetzt bitte allein. Ich will dir nichts vorheulen. Deswegen wollte ich auch nicht, dass du hochkommst.«

Tom griff nach ihrer Hand, streichelte sie, dann drehte er ihr Gesicht zu sich. Lisa sah ihn an, umarmte ihn und küsste ihn auf den Mund. Tom spürte die Erregung, er versuchte, Lisas Mund für seine Zunge zu öffnen, aber sie ließ es nicht zu.

»So, sei so gut und mach nun die Fliege!«

Tom stand benommen auf. »Wenn du etwas brauchst, ich bin immer für dich da«, brachte er mit heiserer Stimme vor.

Lisa versuchte zu lächeln: »Danke.«

»Ich finde alleine raus. Ciao.«

Auf dem Weg zu seinem Auto versuchte er, sein Gefühl des Mitleids in etwas Positives zu verwandeln, indem er sich zwang, darüber nachzudenken, wie er Lisa helfen konnte. Sollten sie einmal bei Wissler zum Essen gehen? Der Gedanke ging ihm nicht mehr aus dem Kopf. Für ihn wäre es interessant, den Chefkoch mit Gästen zu erleben. Und da er selbst ständig im Umfeld der Haute Cuisine zu tun hatte, wollte er sie auch einmal schmecken. Für Lisa könnte sich vielleicht eine neue Arbeitsstelle ergeben? Sterne-Restaurants brauchten immer gute Leute, und Lisa war spitze. Da war er sich sicher. Vielleicht engagierte Wissler Lisa sogar gerne, wenn er Steineberg damit eins auswischen konnte.

KÖNIGLICHES
TISCHLEIN DECK DICH

1

Odeon-Koch abgeschlachtet

Drogenkrieg um Sterne-Restaurant?

Drogen, Mord und Sterneküche

So lauteten die Schlagzeilen der Presse am nächsten Morgen. Tom war extra einen kleinen Umweg zum Kiosk bei der U-Bahn-Station Olympiazentrum gefahren, um sich von jeder Münchner Zeitung ein Exemplar zu besorgen. Im Trikot des FC Bayern saß ein junger Mann mit einer markanten Frisur wie Kingsley Coman, dem Matchwinner im Champions-League-Endspiel gegen Paris Saint-Germain, hinter der Kasse. Er wollte Tom unbedingt eine Fußball-Zeitschrift mit den neuesten Informationen zu diesem Sport verkaufen und war ganz enttäuscht, als er das ablehnte.

Tom stieg mit den Zeitungen in seinen Dacia und las die Artikel zu dem Mordfall mit kritischem Blick. Ein bisschen was von dieser Art der emotionalen Berichterstattung hätte sich Tom auch bei Eikes Beitrag gewünscht. Die Artikel waren auf den Mord an Edgar fokussiert, ein Bild des mutmaßlichen Mörders Fat Django hatte die Polizei der Presse zur Verfügung gestellt. Von Toms Entführung war in dieser ersten Pressemitteilung nur am Rande die Rede, ohne dass sein Name genannt wurde. Tom hatte sich schon gewundert, dass er keine Anrufe von Zeitungsjournalisten auf seinem Anrufbeantworter zu Hause vorgefunden hatte.

Ein Blatt ging – nach Toms Verständnis – ein Stück weit über die publizistische Sorgfaltspflicht hinaus. Die Zeitung hatte es sich nicht verkneifen können, den geschockten und trauernden Vater von Edgar Sturm zu befragen:

»Wussten Sie, dass Ihr Sohn mit Rauschgift gedealt hat?«
St.: »Das glaube ich nicht!«
»Hatte er Kontakt zur Rockerszene?«
St.: »Sicher nicht.«
»War er in den Tod des Testers von Guide Michelin verwickelt?«
St.: »Blödsinn!«
»Kam Edgar mit seinem Chef klar?«
Darauf antwortete Edgars Vater nicht ganz so wortkarg:
St.: »Mein Sohn hatte es nicht leicht bei Steineberg. Der hat sehr viel von ihm verlangt. Edgar hat mir manchmal erzählt, dass er ihn beschimpft hat.«

Tom startete den Motor seines Dacias und fuhr am BMW-Werksgelände und dem futuristischen BMW-Museum vorbei vom Mittleren auf den Frankfurter Ring, der direkt nach Unterföhring führt.

Als Tom in die Redaktion kam, stand er schnell im Mittelpunkt des allgemeinen Interesses. Eike hatte schon einiges von Toms Abenteuer in der Kapuzinerstraße erzählt. Jetzt umringten ihn die Kollegen, bemitleideten ihn und fragten ihm ein Loch in den Bauch:

»Hast du Angst gehabt?«

»Was waren das für widerliche Kerle?«

»Wer hat dich gerettet?«

»Tut deine Nase sehr weh?«

»Wieso bleibst du nach so einem Erlebnis nicht zu Hause?«

»Hast du daran gedacht, eine Therapie zu machen?«

Karen bemerkte: »An der Nase bleibt sicher eine Narbe. Ich kenne einen guten Schönheitschirurgen, soll ich dir seine Nummer geben?«

Tom freute sich über die Anteilnahme. Er beantwortete die Fragen und bedankte sich bei den Kollegen für ihr Mitgefühl. Danach klatschten alle, machten sich an ihre Arbeit, und Tom stand plötzlich ganz allein im Redaktionsraum.

Er wollte gerade nach Eike suchen und ihm seine Hilfe anbieten, als er ins Sekretariat gerufen wurde.

»Ich hab hier jemanden mit dem Namen Sugarboy in der Leitung, der nach Ihnen verlangt.« Dabei verzog die rothaarige Sekretärin angewidert das Gesicht. »Wollen Sie das Gespräch annehmen?«

Tom nickte und griff nach dem Hörer. »Hi, Sugarboy. Hier ist Tom.«

»Ich hab dich schon ein paarmal auf dem Handy angerufen, aber du bist nie drangegangen.«

»Sorry, Sugarboy. Mein Handy ist kaputt. Ich muss mir erst ein neues besorgen.«

»Ach so. Ich dachte schon, du willst nicht mit mir sprechen.«

»Wie kann ich dir helfen?«

»Du hast mir doch versprochen, wegen der Show für mich zu fragen. Weißt du da was?«

»Du meinst eine Show, in der du vortanzen kannst?«

»Ja, richtig!«

»Sugarboy, ich bin noch nicht dazu gekommen. Ich hatte gerade einige heftige Erlebnisse.«

»Was meinst du?«

»Ich war gefangen und wurde verletzt.«

»Was, von wem?«

»Ein Rocker und Edgar aus dem Odeon, aber der ist jetzt tot.«

»Edgar ist tot?«

»Ja, ermordet. Kennst du ihn?«

»Hast du ihn umgebracht?«

»Nein, das war sicher der Rocker.«

»Oh, ich muss jetzt aufhören. Marc kommt gerade.«

Tom hörte ein Tuten in der Leitung, stand einen Moment verwundert da. Dann legte er den Hörer auf.

Kaum hatte er die Tür hinter sich geschlossen, rief ihn die Sekretärin schon wieder zurück. Ein Journalist der Abendzeitung war am Apparat und wollte ihn zu Entführung und Mord befragen. Und so ging es weiter mit Zeitungen, Fernsehsendern und Radiostationen. Als sich andere Fernsehanstalten um ein Interview mit ihm bemühten, bekam Tom ein arbeitsrechtliches Problem: Durfte er als Hospitant bei TV 1 der Konkurrenz eine Stellungnahme in die Kamera geben? Er war einerseits Angestellter bei dem Sender, andererseits war seine Geschichte von öffentlichem Interesse. Freie Autoren durften das, aber er hatte einen Arbeitsvertrag wie ein Festangestellter. Da musste er erst Neuwirt fragen. Er bat um Rücksprache mit dem Redaktionsleiter und bekam von der Sekretärin zu hören: »Die vielen Anfragen legen unsere Arbeit lahm! Warum beschaffen Sie sich nicht ein Handy?«

Tom war geplättet. »Ich kann doch nichts dafür, wenn

ich angerufen werde. Die wissen, dass ich hier arbeite. Mein Handy ist kaputt, aber es würde ihnen sowieso nichts bringen, weil sie meine Handynummer nicht haben.«

Die Sekretärin sah ihn verständnislos an und ging nicht auf sein Argument ein. »Sie können jetzt zu Herrn Neuwirt, aber nur eine Minute, er hat heute sehr viele Termine.«

Als Tom das Büro betrat, saß Neuwirt hinter dem Schreibtisch und las Zeitung. »Was ich so höre, sorgen Sie für ganz schön viel Wirbel, nicht wahr?«

»Tut mir leid, das ist eine blöde Geschichte, in die ich da reingerutscht bin. Ich habe sehr viele Anfragen von allen möglichen Medien und weiß nicht, wie ich damit umgehen soll.« Neuwirt wies ihn mit einer ausladenden Armbewegung an, auf dem Stuhl vor seinem Schreibtisch Platz zu nehmen.

»Wie meinen Sie das?«

»Darf ich für andere Sender Interviews geben als Angestellter von TV 1?«

»Haben Sie Eike schon eines gegeben?«

»Nein, ich dachte, ich soll nicht mehr vor die Kamera?«

»Natürlich! Ich habe mich gewundert, dass Sie im gestrigen Bericht nicht aufgetaucht sind. Das ist doch interessant für die Zuschauer, wie Sie aussehen, wie Sie zugerichtet wurden und wie Sie Ihre Geschichte erzählen. O-Töne – das macht das Fernsehen lebendig und authentisch. Das lernt man doch auf der Journalistenschule, oder?«

»Das weiß ich natürlich. Aber Sie haben gesagt, Sie wollen mich nicht im O-Ton sehen.«

Während Neuwirt die Hände hinter dem Kopf verschränkte und die Füße auf dem Schreibtisch ablegte, sagte er: »Bleiben Sie bitte bei der Wahrheit. Ich habe vor dieser Entführung gesagt, dass Sie nicht einen Tag als Reporter im On und am nächsten als Zeuge auftreten können. Aber diese Situation ist ja etwas völlig anderes.« Der Redaktionsleiter betrachtete ihn, als wäre er ein dummer Junge. Unsicher rutschte Tom auf seinem Stuhl hin und her.

»Was soll ich also tun?«

»Geben Sie Eike ein ausführliches Interview, erzählen Sie Ihre Geschichte.«

»Und mit den anderen Fernsehsendern?«

»Sie sind doch hier angestellt – bei TV 1. Haben Sie bei uns nichts zu tun? Um 17.30 Uhr ist Dienstschluss. In Ihrer Freizeit können Sie als Zeitzeuge anderen Interviews geben, aber verweisen Sie immer darauf, dass Sie Fernsehautor bei TV 1 sind. Ein bisschen Werbung können wir schon gebrauchen.«

Tom nickte und erhob sich zögerlich. »Vielen Dank.«

»Nichts zu danken. Ein bisschen begriffsstutzig sind Sie schon?!«

Betreten wandte sich Tom zur Tür.

»Tut Ihre Nase noch weh?«

»Geht schon«, antwortete Tom im Hinausgehen und war froh, als er das Büro verlassen hatte.

»Das war aber eine sehr lange Minute!«, funkelte ihn die Sekretärin in ihrem Herrschaftsbereich an.

Tom zuckte mit den Schultern. Sicher hatte Neuwirt das eine oder andere Mal bösartige Bemerkungen über ihn im Sekretariat abgelassen.

»Wo sind Sie jetzt, wenn noch mehr Anrufe kommen?«

»Eike soll mich interviewen, Sie können mich über ihn erreichen.«

Dann flüchtete er aus dem Zimmer leise vor sich hin murmelnd:

»Wie der Herr, so's Gscherr.«

»Ich soll mit dir ein Interview über die Geschichte von gestern machen?« Eike war sichtlich erstaunt. »Ich habe doch schon darüber berichtet.«

Tom stutzte. »Für meine Begriffe warst du recht verhalten. Aber ich glaube, nachdem so viele Medien bei mir angefragt haben, will Neuwirt noch mal nachlegen.«

»Wieso war ich verhalten?«

»Du warst sehr vorsichtig und hast oft den Konjunktiv verwendet.«

Eike feixte. »Hey, Greenhorn, das muss ich doch, wenn die Dinge noch nicht offiziell bestätigt sind. Und natürlich hast du mit deiner Geschichte gefehlt. Mit dir wäre der Bericht sehr viel emotionaler und authentischer geworden.«

Eike nervte ihn. Aber Tom musste zugeben, dass er recht hatte. Verspielte Tom gerade die Beziehung zu seinem einzigen Kumpel bei TV 1?

»Lassen wir das. Tut mir leid. Für mich war die Geschichte halt viel schlimmer, als es auf dem Bildschirm rüberkam. – Jetzt müssen wir bei der Polizei anrufen, ob die neue Erkenntnisse hat.«

»Kannst du das machen? Und wo stellen wir dich hin fürs Interview?«

»Da müssen wir in die Kapuzinerstraße.«

»Stimmt. Da kannst du alles erklären. Ob die Polizei die Örtlichkeiten schon freigegeben hat?«

»Ich frag das gleich mit an.« Tom schnappte sich ein Telefon im Reporterzimmer und wählte die Nummer der Pressestelle der Polizei.

Was er erfuhr, war nicht viel Neues. Von Fat Django hatte man bisher noch keine Spur. Auch seine Harley-Davidson war verschwunden und bei keiner Kontrollaktion aufgetaucht. Zwar hatte die Polizei seine Münchner Unterkunft ausfindig gemacht und durchsucht, aber in der Wohnung waren keine Hinweise auf einen möglichen Aufenthaltsort gefunden worden. Spürhunde hatten winzige Reste von verschiedenen Rauschgiften erschnüffelt, der Stoff selbst war aber nicht mehr vorhanden. Dennoch vermutete die Polizei die Existenz eines Drogenringes.

Der Tatort in der Kapuzinerstraße war noch immer abgeriegelt. Journalisten durften weder in den Keller noch in Edgars Wohnung. Drehen war nur außerhalb der Absperrung möglich.

Eike und Tom machten mit einem Kamerateam die nötigen Bilder, um die Geschichte mit ihm als Zeugen erzählen zu können. Tom spürte das Adrenalin in den Adern, als er das Geschehen für die Kamera kommentierte. Er spürte auch, dass er immer sicherer im Umgang mit dem »schwarzen Loch« wurde. Er sprach flüssig und agierte vor der Kamera fast schon wie ein Profi.

Anschließend befragten sie Obermeier im Polizeipräsidium zum Sachstand. Von möglichen Drogenrazzien, wie sie Lisa erlebt hatte, sagte der Hauptkommissar kein Wort.

2

Als Tom mit Eike im Schneideraum saß, überkam ihn wieder die euphorische Faszination, die die Welt der Bilder für ihn ausmachte: die Hektik bei einer aktuellen Reportage, die Tricks und Feinheiten beim Schnitt und das ansehnliche Endprodukt, das in wenigen Stunden geschaffen wurde, begeisterten ihn bei der Fernsehproduktion jedes Mal. Tom rief seine Mutter an und schickte Lisa ein Mail, sie sollten sich die Nachrichten auf TV 1 ansehen.

Kaum hatte er das erledigt, meldete sich die Sekretärin von Neuwirt bei ihm: »Herr Becker, vor dem Haupteingang stehen drei Teams von anderen Fernsehsendern und fünf Radio-Journalisten, die alle auf Sie warten. Sie sagen, es wären mit Ihnen Aufnahmen vereinbart.«

»Entschuldigung, ist es schon nach 17.30 Uhr? Ich kümmere mich darum.«

»Das war jetzt aber das letzte Mal, dass ich Ihre privaten Anrufe vermittle.«

Tom legte ohne eine Antwort oder einen Gruß auf und machte sich auf den Weg zum Haupteingang. Er hatte die Journalisten von den anderen Medien und Sendeanstalten während der Erstellung des Berichtes völlig vergessen.

Als er vor die Pforte trat, war er schnell umringt von einem guten Dutzend Männern und Frauen mit Mikrofonen und Kameras, die ihm völlig unorganisiert Fragen zuriefen, ihn an der Jacke zupften, ihn baten, sich mal dort hinzustellen, oder um ein Einzelinterview anfragten.

»Wie groß war Ihre Angst, Herr Becker?«

»Was ist mit Ihrer Nase passiert?«

»Wie sind Sie gerettet worden?«

Die Medienmacher versuchten Tom auszuquetschen wie eine überreife Zitrone. »Ich will Ihre Fragen alle beantworten, soweit ich es kann, aber bitte nacheinander und nicht alle auf einmal!«

Tom musste diesen Satz dreimal laut schreien, dann kehrte Ruhe ein. Er gab erst den gesamten Hörfunk-Reportern gemeinsam ein Interview, danach jedem Fernsehsender ein eigenes.

Dabei postierte er sich vor dem Logo von TV 1 beim Haupteingang und ließ in seinen Äußerungen immer wieder – wie das Neuwirt gewünscht hatte – den Namen seines Senders fallen.

Tom kam sich wie ein Promi vor, wie ein Teil der Schönen, Reichen und Wichtigen.

Nachdem er die Interviews hinter sich gebracht hatte, ging er zurück ins Reporterzimmer, rief Lisa zu Hause an und war überrascht, als sie abhob. »Hi, Lisa, wie geht's?«

»Was denkst du?«, fragte sie mit müder Stimme.

Bei Tom stellten sich alle Antennen auf Empfang. »Haben sie dich wirklich rausgeschmissen?«

»Ich bekomme mein Gehalt noch für diesen Monat, danach ist Schluss.«

»Aber du musst nicht mehr arbeiten?«

»Ja, ich bin freigestellt – wie das so heißt.«

Tom hielt sich beim Telefonieren ein Ohr zu, denn einige Reporter recherchierten lautstark Geschichten für die nächsten Tage. Beim Aufblicken sah er Eike, der mit seinen Sachen den Raum verließ und ihm kurz zuwinkte.

»Soll ich vorbeikommen, Lisa?«

»Danke, das ist nett von dir, aber ich bin lieber allein.«

»Ich hätte da so ’ne Idee.«

»Ich weiß es zu schätzen, dass du dich so bemühst. Aber lassen wir’s für heute.«

»Okay, aber morgen treffen wir uns. Versprochen?«

»Versprochen.«

»Hast du dein Handy wieder?«

»Nein, es ist noch bei der Polizei. Keine Ahnung, was die damit machen.«

»Okay?!«

»Ruf mich an. Ich bin sicher zu Hause.«

»Hast du mein Mail bekommen? Du musst die Nachrichten anschauen auf TV 1. Ist schon gleich so weit. Andere Sender haben mich ebenfalls interviewt, da kannst du mich im O-Ton hören und sehen.«

»Du bist ein richtiger Fernsehstar.«

»Ja, ein bisschen komme ich mir tatsächlich so vor«, freute er sich.

»Deinen Namen wollten sie von mir wissen, aber da habe ich gesagt, ich weiß nicht, ob du das willst; ich muss dich erst fragen.«

»Danke, das war richtig. Mir ist wirklich nicht danach, mich vor den Medienleuten zu präsentieren.«

Tom wurde nachdenklich und sagte erst mal nichts mehr. Er war stolz darauf, im Rampenlicht zu stehen, aber ihm tat auch die unglückliche Lisa leid. Auf sie musste er recht selbstgefällig wirken.

»Bist du noch dran?«

»Ja, Lisa, du hast recht. So spannend war mein Leben bisher noch nicht«, sagte Tom, während er nach seinem Rucksack griff und sich erhob.

Er merkte, wie Lisa sich zu einem Schmunzeln zwang. »Du bist schon auch eine empfindsame Seele.«

»Ich ruf dich morgen Mittag an, okay? Und tut mir leid für dich!«

»Okay, Tom. Dir einen schönen Abend.«

Als Tom das Gelände von TV 1 zum Feierabend verlassen wollte, stand Sugarboy in einer hautengen, schwarzen Hose an der Pforte. Aufgeregt winkte er Tom zu.

»Hi, Sugarboy, was machst du denn hier?«

»Hi. Ich wollte zu dir, aber die haben mich nicht reingelassen.« Mit dem Kopf zeigte er bei diesen Worten auf das Pförtnerhäuschen. »Die sagten, sie kennen keinen Tom Becker, aber da bist du doch.« Sugarboy verzog das Gesicht und machte eine Geste der Ratlosigkeit. »Ich wollte dich fragen, ob du mich nicht zu dem Chef von der Showsendung bringen kannst, damit ich mal vortanze.«

»Sorry, ich kenne den doch gar nicht. Ich bin in der Aktuellen Redaktion, und der arbeitet in einer völlig anderen Abteilung. Bei dem Sender sind circa 1.000 Menschen beschäftigt, die kann man gar nicht alle kennen.«

»Du wolltest mir doch helfen – oder?«

»Ich erkundige mich für dich. Versprochen! Ich hab dir doch gesagt, dass ich entführt und verletzt wurde.«

»An der Nase? Hast einen dicken Verband drauf. Tut bestimmt weh.«

»Ja, es ist ziemlich empfindlich.«

»Los, frag mal den Pförtner nach dem Chef von der Show. Der muss es doch wissen.«

Tom nickte. Irgendwie hatte Sugarboy ja recht. »Ich kann fragen, aber wenn du einen Termin willst, musst du dich anmelden.«

»Ach, vielleicht ist der schwul, dann schaff ich das schon.«

Tom musste grinsen. »Weißt du, jetzt ist Dienstschluss. Genauer gesagt war er schon vor über einer Stunde. Der Redakteur ist wahrscheinlich gar nicht mehr im Haus.«

Um nicht noch länger aufgehalten zu werden, ging Tom zum Pförtner und erkundigte sich nach dem Namen des Redakteurs der Sendung Showstar.

»Dös is der Peter Strattmann«, erfuhr er in tiefstem Bayerisch.

»Und wissen Sie, ob von der Abteilung vielleicht noch jemand im Büro ist?«

»Na, die san nur länger do, wenn's produzieren. Aber heid is koa Produktionstag.«

Tom bedankte sich und gab diese Informationen an Sugarboy weiter, der gerade einige kleine Salsa-Schritte auf dem Bürgersteig tanzte.

»Oh, schade. Dann komme ich morgen Vormittag.«

»Sugarboy, du musst dir einen Termin geben lassen! Wahrscheinlich musst du auch eine Bewerbung mit Lebenslauf und einem Video abgeben.«

Sugarboy stand da, den Blick auf seine Designerschuhe gerichtet. »Mierda! Ich habe kein Video mit Bildern vom Tanzen.«

Einen Moment später kam er auf Tom zu und stupste ihn in die Seite. »Du kannst ein Video mit mir drehen. Du bist doch der Fachmann.«

»Ich habe keine Kamera, nur mein Handy konnte Videos machen, aber das ist kaputt und ein neues habe ich noch nicht. Außerdem habe ich keine Software zum Schneiden.«

»Dann nimm hier eine Kamera vom Fernsehen?«

»Das darf ich doch nicht, Sugarboy, die sind nur für dienstliche Aufträge. Und bedienen kann ich so ein Gerät gleich gar nicht.«

Sugarboy hatte den Kopf leicht schräg gelegt und sagte mit Trotz in der Stimme: »Das kann man lernen.«

»Der Wissler hat doch sicher eine Kamera, zum Beispiel für seine Website.«

»Der lässt das für sich machen. Er soll mir nicht helfen, sonst fragt er wieder, warum ich im Fernsehen auftreten und ob ich meinen eigenen Weg gehen will. Er muss alles unter Kontrolle haben. Immer!«

Tom holte seinen Autoschlüssel aus der Jackentasche.

»Bist du mit dem Auto da, oder soll ich dich ein Stück mitnehmen?«

Während Sugarboy sich bei Tom unterhakte, sagte er freudig: »Ich komme mit dir.«

Tom roch die fruchtig-herbe Note von Sugarboys Parfum, spürte die weiche Hand auf seinem Arm. Ihn durchfuhr ein kalter Schauder. Warum kam Sugarboy ihm so nahe? Fand er ihn attraktiv? Tom machte sich los.

»Musst du zum Restaurant in Bogenhausen?«

»Nein, ich will in die Stadt zur St. Michaelskirche.«

»Die Gruft hat aber am Abend geschlossen, wenn ich mich nicht irre.«

»Ich weiß. Macht nichts. Ich liebe diesen Ort.«

»Okay. Ich fahre eh in die Stadt und kaufe mir ein neues Handy.«

»Oh. Cool. Ein iPhone?«

»Weiß ich noch nicht. Ist mir wahrscheinlich zu teuer.«

»Behältst du deine Nummer.«

»Das weiß ich auch noch nicht. Meine SIM-Karte ist ebenfalls kaputt gegangen.«

»Wenn du eine neue Nummer bekommst, musst du sie mir gleich geben.«

Tom war klar, dass er keine neue Nummer bekäme, aber er lebte zumindest eine gewisse Zeit ungestörter, wenn Sugarboy das nicht wusste.

3

Es hatte ziemlich lange gedauert, bis Lisa einverstanden gewesen war, bei Wisslers essen zu gehen. Tom hatte seine Jobidee vorgebracht, aber Lisa hatte das zunächst weit von sich gewiesen. Dann argumentierte er, er würde gerne einmal die Sterneküche genießen und ins Odeon könnten sie nach dem Rausschmiss von Lisa nicht gehen. Warum sollten sie nicht bei Wissler speisen, der auch einmal in der Woche, am Mittwochabend, ein preisgünstiges viergängiges Menü als After-Work-Meal anbot? Da gab sich Lisa einen Ruck und stimmte zu. Letztlich interessierte sie sich selber für das Sterne-Restaurant, wie dort gekocht und wie es geführt würde. Dem Wisslers eilte ein ausgezeichneter Ruf voraus. Auch die Idee, bei Wissler unterzukommen, bekam für sie nach und nach einen Reiz. Sie war ausgebildete Köchin und hatte bei Steineberg als Serviererin gearbeitet, also könnte sie in beiden Bereichen tätig werden.

Tom wollte Lisa einladen, aber das ließ sie nicht zu. Letztlich freute er sich und war damit zufrieden, dass sie gemeinsam dorthin gingen.

Am Mittwochabend also saßen Lisa in einem hellblauen Kleid und Tom mit Sakko und Krawatte auf den Jugendstil-Stühlen im Wisslers und prosteten sich bei einem Aperitif zu. Lisa hatte einen Crémant von der Riesling-Traube aus dem Elsass bestellt, dem Mousse aus einer Passionsfrucht und ein paar Blätter Pfefferminze beigefügt waren. Tom, der als Biertrinker im Gegensatz zu Lisa keine großen Kenntnisse über exklusive Getränke hatte, schloss sich ihr an. Sie warteten auf den ersten Gang und hatten Zeit, sich ein wenig umzusehen. Genießer, verliebte Pärchen und Normalbürger, die sich einmal etwas Besonderes leisten wollten, saßen an den weiß gedeckten Tischen, Lisa erkannte ein paar Halbprominente. Lebhafte Unterhaltungen wurden zu ihnen an den Tisch getragen. Fasziniert studierte Tom die Speisekarte, die nur die Bestandteile der einzelnen Gänge aufführte. Für den ersten Gang stand da: Garnele, violetter Rettich, junger Spinat, Yuzu.

Lisa beobachtete die Servierer, die geschäftig hin- und herliefen, und nahm die Ausstattung des gut besuchten Restaurants unter die Lupe.

Tom konnte es sich nicht verkneifen, Lisa mit seinen Kenntnissen über Peder Severin Krøyer und dessen Originalgemälde zu beeindrucken, die er durch einen Kunstführer und Wikipedia noch schnell auf Vordermann gebracht hatte.

»Krøyer ist für seine impressionistische Freilichtmalerei berühmt, er schuf vor allem Porträts und Landschaftsbilder.« Dabei deutete Tom auf ein Gemälde an der Wand, das ein aufgepeitschtes Meer beleuchtet von wenigen Sonnenstrahlen zeigte.

»Was du so weißt«, bemerkte Lisa mit einem süffisanten Tonfall in der Stimme.

»Wissler soll eine Koryphäe auf dem Gebiet der Kunst und Malerei sein. Und natürlich interessiert ihn der Kunstmarkt – ein bisschen was davon habe ich bei einem Gespräch in der Garderobe im Sender mitbekommen.«

Lisa zwinkerte ihm zu und tätschelte seine Hand. »Bist ein richtig kluger Junge.«

Tom errötete leicht. Hatte er übertrieben?

Lisa wechselte das Thema: »Es wirkt schon alles sehr schwer hier, meinst du nicht?«

»Aber gleichzeitig edel. Wie aus einer anderen Zeit.«

»Schau nur, das Besteck, schwer wie ein Silberbarren, und mächtig ist auch die ganze Einrichtung. Ich hätte gedacht, dass das Wisslers viel moderner ist.«

»Dafür sieht sein Personal up to date aus. Die Männer haben schrille Frisuren, und bei vielen blitzen Tattoos unter den Ärmeln vor.«

»Stimmt. Die Frauen sehen aus, als kämen sie gerade von der Stilberatung. Alle tragen schicke Kleider in einem eigenen Stil.«

»Das Personal hätte ich mir konservativer in einem so exklusiven Restaurant vorgestellt. Aber du würdest hier gut reinpassen.«

»Die bedienen ohne Handschuhe. Das gefällt mir.«

In diesem Moment trat der Chef de Rang in einem weinroten Sakko an ihren Tisch. »Meine Dame, mein Herr, jetzt wird für Sie ein Gruß aus der Küche serviert. Es ist eine Komposition aus Obst und angedünstetem Gemüse, das bei genauem Hinsehen ein Bildnis des Bayernkönigs Ludwig II. ergibt. Lassen Sie es sich schmecken.«

Lisa hatte große Augen bekommen und strich sich die Haare hinter die Ohren. »So etwas habe ich noch nie gesehen! Das ist ja großartig!«

Tom stimmte in Lisas Schwärmerei euphorisch ein: »Der Bayern-Kini ist deutlich zu erkennen. Ich bin sicher, die Anregung dafür hat sich unser Kunstfreund Wissler von dem manieristischen Maler Giuseppe Arcimboldo geholt, der bei der Herstellung seiner berühmten Tafelbilder kräftig im Obst- und Gemüsegarten gewildert hat.«

Auf hellblauen flachen Tellern wurden Ludwigs Wangen von je zwei glasierten Apfelstücken mit rosa-gelblicher Schale dargestellt, sein Mund war eine aufgeschnittene, mit Cointreau benetzte Erdbeere, die Nase ein dürrer weißer Spargel, der leicht in Butter angedünstet und mit einer Limetten-Hollandaise betupft worden war. Die Augen des Königs bestanden aus kleinen tiefblauen Tafel-Trauben aus dem Elsass, die Ohren halbe Shiitake-Pilze, seine Haare waren aus einer Mousse von feinen, in

Portwein eingelegten Heidelbeeren gestaltet, der Bart aus in Sepia-Sauce angedünsteten Enoki-Pilzen.

»Das traut man sich gar nicht zu essen!«, meinte Tom. »Und auf der Karte stand es auch nicht!«

»Einen Gruß aus der Küche gibt es inzwischen fast überall, nicht nur in gehobenen Restaurants. Im Odeon haben wir den auch, aber auf so eine Idee mit dem Bildnis würde der Steineberg gar nicht kommen. Lass es uns genießen, das ist erst der Anfang unserer kulinarischen Reise.«

Tom stahl vorsichtig dem König die Nase. »Der Spargel schmeckt hervorragend, ganz intensiv und hat den richtigen Biss.«

»Du musst die verschiedenen Bestandteile des Gerichts zusammenbringen – das Feste, den Biss in das Weiche, die Säure, die verschiedenen Temperaturen. Das schmeichelt dem Gaumen. Apfel und Spargel haben beide eine leichte angenehme Säure, Obst und Gemüse ergänzen sich sehr gut.«

Lisa schien sich zu freuen, Tom ein Stück weit in die Welt der Sterneküche einführen zu können. Die beiden verspeisten den König mit Haut und Haaren, am Ende waren die roten Lippen in Form der Erdbeeren auf jedem Teller übrig geblieben.

»Jetzt muss er sich selber küssen«, sagte Tom und schmunzelte über seine alberne Idee. Dann schob er seine Erdbeere auf Lisas Teller. Lisa lachte laut und beförderte beide Erdbeeren auf Toms Teller, was ihr einen strengen Blick des Chef de Rang einbrachte.

Kaum waren die Erdbeeren verspeist, wurde abgeräumt, und er kam wieder an ihren Tisch. »Meine Dame, mein Herr, nach dem Aperitif und dem Gruß aus der Küche servieren wir Ihnen Garnele, Yuzu, Spinat und violetten Rettich. Dazu empfiehlt unser Sommelier einen ›Chablis Premier Cru‹ von Monsieur Fevre, der 100-prozentig aus der Chardonnay-Traube gekeltert wurde.«

Überfordert stimmte Tom dem Weinangebot zu, zwei Kellner stellten die Gerichte in tiefen weißen Tellern vor Lisa und ihm auf den Tisch, der Chef de Rang präsentierte das Etikett der Weinflasche und schenkte den Chablis zum Probieren in die Chardonnay-Gläser. Beide nahmen einen kleinen Schluck, ließen den Weißwein über die Zunge laufen und nickten dem Ober zu. Der füllte die Gläser knapp bis zur Hälfte und wünschte seinen Gästen einen guten Appetit.

Lisa lächelte Tom an. »Drei Servierer für zwei Gäste. Bei Steineberg durften das nur zwei sein.«

»Ist er geizig?«

»Er hat schon aufs Geld geschaut, und Edgar war nicht der Einzige, den er schlecht bezahlt hat.«

Tom teilte die lauwarme Garnele in einzelne Stückchen und probierte sie mit etwas Yuzu-Sauce. »Ich glaube, ich habe so etwas Feines noch nie gegessen.«

Freudig erhob Lisa ihr Glas. »Prost, lass uns den Abend genießen.«

Sie ließen die Gläser klingen und machten sich vorsichtig, als würden sie eine teure Uhr auseinandernehmen, an ihr Gericht. Kaum hatten sie ein paar Bissen zu sich genommen und sich über den harmonischen Geschmack von Garnele, jungem Spinat, den hauchdünnen Scheiben vom violetten Rettich und der Yuzu-Sauce ausgetauscht, kam der Chef de Rang, schenkte Wein und Wasser nach und erkundigte sich danach, ob alles in Ordnung sei.

»Du wirkst ein bisschen eingeschüchtert«, neckte Lisa Tom.

»Ich bin so viel Vornehmheit nicht gewöhnt.«

Lisa schürzte die Lippen und warf ihm einen Luftkuss zu.

Eine Serviererin brachte auf einem dunkelbraunen Holzbrett diverse Brotsorten. Dazu stellte sie kleine Fässchen mit Butter auf den Tisch, die mit verschiedenen Salzen wie Steinsalz, Chilisalz, Fleur de Sel gewürzt und mit weißem Trüffel verfeinert waren.

Lisa und Tom genossen auch diese Spezialitäten voller Begeisterung.

Die leeren Teller wurden abgeräumt und der zweite Gang angekündigt. Es handelte sich um eine roh marinierte Gelbschwanzmakrele, um die herum kleine Knöpfe vom Winterspargel dekoriert waren. In dem gerillten weißen Porzellanteller mit einer großen Vertiefung in der Mitte lagen noch sechs Stück gedämpfte Edamame-Kerne. Abgerundet wurde das Gericht von einer Vinaigrette aus Frühjahrskräutern, die optisch die Grünnote der Speise verstärkte und sensorisch gut mit dem Fisch harmonierte.

Als der Chef de Rang einen Sauvignon Blanc zum Fisch empfehlen wollte, antworteten beide unisono, sie würden gerne – auch aus Kostengründen – beim Chablis bleiben.

Tom genoss den gehaltvollen Wein auch als Biertrinker. Er trank den edlen Tropfen in kleinen Schlucken und behielt ihn eine Zeit lang auf der Zunge, bevor er schluckte. Ähnlich ging er beim Essen vor. Gabel für Gabel versuchte er, jedes kleine Detail dieser Geschmackskomposition zu kosten.

»Ich kann mir gar nicht vorstellen, morgen einen Hamburger oder eine Leberkässemmel zu essen«, sagte er verschmitzt zu Lisa.

»Hier wird schon sehr gut gekocht. Diese Kräutersauce schmeckt wunderbar und passt so gut zu den Gemüsen und auch zum Fisch«, schwärmte sie.

»Nur die Makrele war wohl noch nicht ausgewachsen.«

Lisa lachte. »Du meinst, die Portion ist dir zu klein?«

»So wird man wenigstens nicht dick.«

»Kannst du überhaupt mit deiner verletzten Nase die schönen Aromen wahrnehmen?«

»Passt schon. Es riecht und schmeckt sehr gut.«

Als dritter Gang wurde Lammrücken mit Spitzkohl-Kartoffel-Püree und Pfifferlingen in Nussbutterschaum in wannenförmigen beigen Tellern serviert. Diesmal kam der Sommelier selbst an den Tisch. »Zu diesem Gang haben wir etwas ganz Besonderes, nämlich einen Malbec von der ›Bodega Catena Zapata‹, Jahrgang 2010. Er stammt aus dem Uco Valley bei Mendoza, wo die sandigen Böden von Kalkeinlagerungen durchzogen sind. Der Wein gärt in Barriquefässern, und ihm ist fünf Prozent Cabernet Franc beigemischt. Der Wein hat ein Aroma von rote Beeren, reifen Kirschen, Kräutern und Marzipan. Er passt wunderbar zu dem Lammrücken mit den schönen Beilagen.«

»Den nehmen wir«, rief Lisa spontan. »Ich mag Malbec sehr gerne.«

Tom überließ ihr die Entscheidung, und schon hatte der Sommelier zwei Finger breit von dem Wein aus Argentinien in dickbauchige Rotweingläser gegossen.

Lisa und Tom schwenkten sie und rochen das Aroma.

»Die Früchte kann ich wahrnehmen, aber das Marzipan nicht.«

»Liegt vielleicht doch an deiner verpflasterten Nase.«

Sie kosteten und nickten sich anerkennend zu. Zwei Kellner brachten den neuen Gang, und aus dem Augenwinkel sah Tom, dass Wissler persönlich am Nachbartisch stand und sich nach dem Wohlergehen seiner Gäste erkundigte.

Tom liebte Lamm, aber so butterweich und wohlschmeckend hatte er es noch nie gegessen.

»Meine Dame, mein Herr.« Wissler trat nun an den Tisch von Lisa und Tom.

»Ich will Ihren Genuss nicht stören, ich hoffe Sie …« Er stutzte. »Welche Überraschung, das ist ja unser Herr Fernsehjournalist … und Lisa von der Konkurrenz. Das ist schön, dass Sie den Weg zu uns gefunden haben. Ich hoffe, es schmeckt Ihnen und Sie genießen den Abend.«

Tom wollte aufstehen, um Wissler die Hand zu schütteln, aber der wehrte ab. »Bleiben Sie sitzen. Ich werde Sie gleich wieder aufsuchen, wenn Sie fertig gegessen haben.«

Er verbeugte sich leicht und schritt zum nächsten Tisch.

Tom hatte Mühe, sich wieder auf seinen Lammrücken mit Spitzkohl-Kartoffel-Püree zu konzentrieren. »Hoffentlich kommt er auch wirklich wieder«, raunte er Lisa zu.

Sie saß aufrecht auf ihrem Stuhl, wirkte souverän und hob ihr Glas. »Trinken wir noch einen Schluck. Prost, Tom, auf den schönen Abend.«

Kurz nachdem die Teller abgeräumt worden waren, kehrte Wissler tatsächlich zurück. »Entschuldigen Sie, Herr … – jetzt habe ich Ihren Namen vergessen.«

»Becker!«

»Herr Becker, wissen Sie etwas Neues in der Sache um diese unglückliche Kreatur Edgar Sturm?«

»Ich weiß nur das, was die Polizei preisgibt, und darüber berichten wir dann. Sein Mörder ist immer noch nicht gefasst.«

»Von einem Drogenring war da auch die Rede?«

»Dazu äußert sich die Polizei nicht. Ich glaube, die wollen erst einmal den Konsumenten auf die Finger hauen.«

Bei dieser Bemerkung verspannte sich Lisas Körper.

Wissler strich mit dem Daumennagel über seine Oberlippe. »Ich habe gehört, dass dieser Dealer die Namen von den Konsumenten aufgeschrieben haben soll?«

Tom zuckte mit den Achseln. »Darüber weiß ich nichts.«

»Und Sie, Lisa?«

Sie war inzwischen unter ihrem Make-up ein Stück bleicher geworden. »Nein, dazu kann ich auch nichts sagen.«

Wissler hob die Augenbrauen und legte die Stirn in Falten. Tom war klar, dass er schnell das Thema wechseln musste. »Lisa war ganz begeistert von Ihrem Menü, vor allem auch von den Weinen und dem Gruß aus der Küche.«

Wissler schaute freundlicher. »Danke schön. Ein Kompliment von einer so kompetenten Person freut mich besonders. Aber Sie sind heute nicht als Spionin bei mir?«

Lisa lächelte wieder. »Nein, keine Sorge.«

Tom setzte ein freches Gesicht auf. »Vielleicht könnten Sie Lisa ja abwerben?«

»Das wäre eine Überlegung wert. Eine gute Kraft kann man immer gebrauchen.«

»Und ich bin sicher, Lisa ist eine Spitzenkraft«, legte Tom nach.

Wissler stand ein breites Lachen im Gesicht. Lisa war es inzwischen ziemlich warm geworden und sie begann, ihr seidenes Jäckchen, das sie über dem Kleid trug, abzustreifen.

»Dann wollen wir mal sehen!«, sagte Wissler. »Ich glaube, jetzt kommt der nächste Gang, ich will Sie nicht länger aufhalten und verabschiede mich.«

Wissler schüttelte Lisa die Hand. Tom stand auf und verabschiedete sich ebenfalls. Dann schauten sich die beiden fragend an. Wusste er, dass Lisa von Steineberg wegen des Drogenbesitzes freigestellt worden war – oder wusste er es nicht? Aus seiner Miene hatten sie es nicht schließen können. Lisa presste die Lippen fest aufeinander, dann sagte sie: »Der weiß es! Wahrscheinlich hat es sich schon herumgesprochen. Die Szene ist nicht groß, und man trifft sich.«

»Bist du sicher?«

»Ja. Ich war naiv, als ich dachte, ich hätte vielleicht eine Chance. Der nimmt mich nie!«

»Versuchen würde ich es schon. Mehr als eine Absage kannst du nicht erhalten, und die hast du auch, wenn du dich gar nicht bewirbst.«

Der Chef de Rang machte auf sich aufmerksam, während zwei Kellner schon die neuen Teller brachten. »Meine Dame, mein Herr, zum Abschluss des Menüs wird Ihnen eine lauwarme Schokoladentarte mit Sommerfrüchten und Zwetschgen-Limonen-Eis serviert. Möchten Sie beim Wein bleiben oder wollen Sie vielleicht einen Espresso?«

»Wir bleiben gerne beim Malbec«, sagte Tom.

Neben der Tarte lagen eine mit Puderzucker bestreute Hippe und auf den warmen Beeren ein paar Blätter Pfefferminze.

Lisa nahm eine Hippe und knabberte an dem knusprigen Gebäck. »Süßes soll glücklich machen. Glaubst du das?«

»Nur, wenn du es sagst.«

Langsam und geradezu gewissenhaft verspeiste Tom sein Dessert und dachte dabei, wie schön es wäre, wenn er den Abend mit Lisa in ihrer Wohnung beenden könnte.

Nachdem sie getrennt gezahlt hatten, jeder 120 Euro inklusive Trinkgeld, half Tom ihr in den sommerlichen Trenchcoat. Ihnen wurde die Tür aufgehalten, und sie wurden freundlich verabschiedet. Kaum standen sie auf dem Bürgersteig und versuchten zu rekonstruieren, wo der Dacia geparkt war, tauchte plötzlich Sugarboy auf.

»Hallo, Tom. Ich habe dich gesehen. Ist das deine Freundin?«

»Wir kennen uns noch nicht so lange, aber es wäre schön.« Er versuchte Lisa in den Arm zu nehmen, doch sie drehte sich verlegen zur Seite.

»Sie ist eine sehr schöne Frau. Gratuliere, Tom!«

»Mir musst du nicht gratulieren. Gratulier ihr! Jeder ist selbst dafür verantwortlich, wie er aussieht.«

Lisa schien sich über das Kompliment zu freuen, sagte aber leicht genervt. »Jetzt wird's langsam peinlich.«

Sugarboy ging auf Lisa zu und zupfte sie am Ärmel. »Ich glaube, ich kenne dich! Warst du nicht bei einem Salsa-Tanzkurs?«

»Ja, das stimmt.« Lisa überlegte. »Vor zwei, drei Jahren ... bei einer Tanzschule im Glockenbachviertel.«

»Das Corazon. Da ist ein Kolumbianer der Chef.«

»Und du hast ein paarmal vorgetanzt. Jetzt fällt es mir wieder ein. Ganz toll.«

»Danke. Ich liebe es zu tanzen. Hat euer Menü gut geschmeckt?«

»Es war hervorragend. Aber die größte Überraschung war der Gruß aus der Küche mit dem Bild von Ludwig aus Gemüsen und Obst«, sagte Tom.

Sugarboy richtete sich mit Stolz in der Brust auf. »Das war meine Idee! Ich habe Wissler gesagt, er soll das versuchen, das wird bestimmt gut ankommen. Es ist einmalig!«

»Gratulation, Sugarboy, es ist großartig und hat auch sehr gut geschmeckt«, sagte Tom, und Lisa stimmte ihm zu.

Sugarboy strahlte, doch gleich wurde er wieder ernst. »Tom, hör zu. Ich war bei Peter Strattmann.«

»Und, hat er dich genommen?«

»Er will ein Video und eine Bewerbung – wie du gesagt hast.«

»Aber du hast es geschafft, zu ihm ins Büro zu kommen?«

»Ja, hab auch ein bisschen getanzt. Er war ganz nett, aber ist leider nicht schwul.«

Lisa und Tom lachten ganz unverstellt.

»Und was willst du jetzt von mir?«

»Du musst mir helfen beim Video.«

»Das hatten wir doch schon.«

»Leih dir von jemandem eine Kamera, und dann machen wir das Video. Frag die Leute beim Fernsehen, die filmen sicher auch für sich!«

»Ruf mich die nächsten Tage mal an.«

»Hast du wieder ein Handy?«

»Ja.«

»Und die alte Nummer?«

»Ja. Komm, Lisa, wir müssen weiter. Ciao, Sugarboy.«

»Ich ruf dich an! Salud, amigo!«

»Da kannst du Gift drauf nehmen, dass er das macht«, sagte Tom halblaut zu Lisa und machte sich mit ihr auf den Weg.

4

Als Tom am nächsten Morgen Lisas Wohnung verließ, war er glänzend aufgelegt, obwohl er nicht wirklich lange geschlafen hatte. Er hatte einen sehr reizvollen Abend erlebt. Zunächst waren bei dem edlen Essen Geschmacksknospen zum Vorschein gekommen, von denen er gar nicht gewusst hatte, dass er sie überhaupt besaß. Später gab es reichlich Reize an anderen Körperstellen, Lisa und er hatten eine sehr erfüllte Nacht zusammen verbracht. Jetzt musste er in die Redaktion, während Lisa liegen bleiben und den fehlenden Schlaf nachholen konnte.

Bilder der letzten Nacht tauchten vor seinem inneren Auge auf: Lisas volle Lippen, die aufmerksamen grünen Augen mit den braunen Pigmenten um die Pupille, ihre formschön geschwungenen Augenbrauen, die erigierten Brustwarzen, er roch den Duft ihrer Haare, schmeckte den Perlenohrstecker, der an seinen Zähnen klapperte, und den Schweiß. Dazwischen drängten sich Erinnerungen an den Abend bei Wissler, wie Lisa in ihrem hellblauen Kleid mit Rüschen um den Ausschnitt hingebungsvoll das Essen in ihren roten Mund schob und es bedächtig und voller Sinneslust genoss.

Tom trat auf die Bremse. Fast wäre er auf eine Edelkarosse vor ihm aufgefahren.

Kaum im Reporterzimmer der Aktuellen Redaktion angekommen winkte ihn Eike gleich zu sich. »Bei Wissler muss irgendetwas im Gange sein. Karen ist da heute Morgen vorbeigefahren und hat Polizeiautos vor seinem Restaurant gesehen. Die Polizei hält sich aber noch bedeckt.«

Gestern hatte sich Wissler ausführlich nach Edgar, einem Drogenring und möglichen Notizen erkundigt. War die Polizei deshalb auf ihn aufmerksam geworden, weil auch sein Name in Edgars Aufzeichnungen zu finden war? Oder hatte er doch etwas mit den Vorfällen im Odeon zu tun?

»Hörst du mir überhaupt zu?«, fragte Eike.

»Sorry, was hast du gesagt?«

»Dass ich gehört habe, dass es Wissler mit minderjährigen Buben treibt. – Kannst du dir das vorstellen?«

Tom stutzte. »Du meinst, dass die Polizei deswegen bei ihm war?«

»Vielleicht. Das wär ein Ding, gell?«

»Er hat doch seinen festen Freund, den Sugarboy?«

Eike sah Tom müde lächelnd von oben herab an. »Das reicht ihm halt nicht. Das gibt's.«

»Woher weißt du das mit Wissler und den Minderjährigen?«

»Ach, das spricht sich halt herum. Irgendjemand scheint ihn bei der Corneliusbrücke gesehen zu haben. Da trifft sich offenbar die Szene.«

»Ich war gestern bei Wissler zum Essen, da hat er ganz normal gewirkt, halt so, wie er immer ist.«

»Du lässt es dir wohl richtig gut gehen nach der Geschichte in der Kapuzinerstraße.«

»Stimmt schon!« Tom fuhr sich mit der Zunge über die Lippen. »Du weißt doch, das Leben ist zu kurz für schlechtes Essen.«

»Unser Greenhorn! Ist ja köstlich. Wie war's dort?«

»Richtig köstlich. Hat alles sehr, sehr gut geschmeckt.«

»Mit wem warst du?«

Tom überlegte kurz, ob er ihm das sagen sollte. »Mit Lisa, einer Serviererin aus dem Odeon.«

»Und die hat nicht mal geplaudert? Muss doch was wissen.«

»Nee, sie macht dicht, wenn's um die Arbeit geht.«

»Dann hast du wohl in die Falsche investiert.«

»Nein, ich mag sie einfach.«

Das Telefon klingelte, und Eike ging dran. Nachdem er aufgelegt hatte, sagte er: »Du sollst zum Chef kommen, Tom. Aber erzähl ihm nichts von deinem Besuch im Sterne-Restaurant, sonst wird er neidisch.«

Tom musste lachen.

Neuwirt empfing ihn wohlgelaunt und sehr freundlich, was Tom irritierte. Er nahm auf dem Stuhl vor dem Schreibtisch Platz und sah, wie Neuwirt in einer Schublade kramte und ein Schreiben hervorzog. »Herr Becker, die Personalabteilung hat mich angeschrieben, dass Ihr Vertrag zum Ende des Monats ausläuft und Ihre Hospitanz damit beendet ist. Sie wussten ja, dass sie nur auf einen Monat angelegt war. Im Sinne des Hauses ist es notwendig, dass ich Ihnen das noch mal offiziell mitteile, damit Klarheit besteht.«

Tom spürte das Adrenalin durch seinen Körper rauschen, er erstarrte, strich sich unsicher über die Haare und fragte dann: »Verlängern kann man den Vertrag nicht?«

»Nein, das geht leider nicht.«

»Ich fühle mich bei TV 1 sehr wohl und mache die Arbeit total gerne. Haben Sie nicht die Möglichkeit, mich als freien Autoren zu beschäftigen?«

»Tut mir leid, aber wir haben keine Vakanz.«

Tom hatte das Gefühl, als würde ihm der Boden unter den Füßen weggezogen. »Kann es sein, dass Sie mich einfach nicht mögen?«

Neuwirts Mund wurde hart und seine Nasenflügel blähten sich auf. »Nein, Herr Becker, Sie haben Ihre Aufgaben so gut erledigt, wie Sie es können.«

»Ich glaube, ich habe mich sehr engagiert. Für mich ist es unverständlich, dass Sie das offensichtlich nicht akzeptieren können.« Mit diesen Worten stand er auf und ging zur Tür.

»Ich wünsche Ihnen viel Glück auf Ihrem beruflichen Weg«, rief ihm Neuwirt hinterher. »Wenn Sie wollen, können Sie auch wegbleiben. Ihr Gehalt erhalten Sie trotzdem.«

Toms Gesichtszüge versteiften sich. Am liebsten hätte er ihm eine geknallt. Dieses Arschloch servierte ihn einfach mit ein paar billigen Sätzen ab.

Er drehte sich an der Tür um und funkelte ihn an. »Nein, Herr Neuwirt, ich werde mich hier jede Sekunde engagieren und komme bis zur letzten Minute meines Vertrages.«

»Okay, ich wollte Ihnen nur die Möglichkeit geben, sich Zeit für andere berufliche Ziele zu nehmen. Wenn Sie das nicht wollen, bitte sehr.«

Eike erkannte Wut, Trauer und Zorn sofort in Toms Gesicht, als er in das Reporterzimmer zurückkam. Nachdem er ihm erzählt hatte, was passiert war, meinte Eike: »So einen wie dich hätten wir schon gut gebrauchen können.«

Das Kompliment half Tom nicht über die Enttäuschung hinweg. »Hast du eine Idee, wo ich mich bewerben könnte?«

»Redakteure, die du bei uns kennengelernt hast, fragen, ob sie nicht jemand brauchen – den Franz Fuchs zum Beispiel.«

»Dann bin ich dabei, wenn Kochshows produziert werden. Eigentlich hab ich mir das anders vorgestellt.«

»Du musst den Fuß in die Tür bringen, danach kannst du weitersehen.«

»Ich hatte gedacht, den hätte ich schon drin und könnte durch mein Engagement überzeugen. Da hab ich mich wohl sehr getäuscht.«

»Versuch's einfach, so wie ich's dir gesagt habe.«

»Ich muss jetzt eine rauchen. Du brauchst mich momentan nicht, oder?«

»Geh nur. Es ist okay!«

5

Kaum hatte sich Tom im Freien an einem Raucherplatz eine Gauloise angesteckt, da klingelte sein Handy. Er rümpfte die Nase, Sugarboy war am Telefon. »Hi, Tom. Schön, dass man dich wieder anrufen kann. Hast du schon jemand mit einer Kamera gefunden?«

»Sorry, Sugarboy, ich bin gerade nicht in Stimmung, mir über deine Tanzfilme Gedanken zu machen.«

»Warum? Ist was passiert?«

»Ja, mein Vertrag wird nicht verlängert.«

»Wirklich? Tut mir sehr leid.«

»Das ist richtig scheiße!«

»Was machst du dann?«

»Weiß ich noch nicht. Ich habe keinen Plan B.«

»Bei uns kannst du sicher als Kellner arbeiten. Der Wissler nimmt dich schon.«

Tom zog an seiner Zigarette und drückte sie in einem übervollen Aschenbecher aus. »Ich habe gehört, dass bei euch die Polizei war. Stimmt das?«

»Ja, aber die sind wieder weg.«

»Und weshalb waren sie bei Wissler?«

»Komm nachher zur St. Michaelskirche, so um halb vier. Ich bin heute Nachmittag in der Stadt und gehe danach zur Gruft.«

»Warum machst du so ein Geheimnis daraus?«

»Und vergiss die Sache mit dem Video nicht!« Mit diesen Worten legte Sugarboy auf.

Tom hatte sich beim Sekretariat abgemeldet. Dem völlig perplexen Eike hatte er gesagt, er würde vielleicht etwas über die Polizeiaktion bei Wissler herausfinden.

Pünktlich um halb vier stand Tom vor der St. Michaelskirche. Er war nur zwei-, dreimal drinnen gewesen, aber er wusste, dass sie ein Monument der Gegenreformation war. Mitten in der Münchner Fußgängerzone präsentierte sie ihre gewaltige Fassade. In der Hektik und bei dem Trubel der Passanten erhielt sie aber nicht die Aufmerksamkeit, die ihr eigentlich zustand. Sie galt als die erste Renaissance-Kirche nördlich der Alpen. Als Tom das Innere der Jesuiten-Kirche betrat, war er überwältigt vom Blick auf den riesigen, in optischer Harmonie erbauten Kirchenraum unter dem mächtigen Tonnengewölbe.

In der Kirche hielten sich nur ein paar Menschen auf, die vereinzelt auf Bänken saßen und beteten, Sugarboy konnte Tom unter ihnen nicht entdecken.

Er ging langsam den Mittelgang entlang und setzte sich in eine Bank. Das mächtige Langhaus, das Licht, die kunstvoll gegliederten Seitenaltäre – alles verströmte einen omnipotenten Glanz. Hier konnte er die Macht und die Anziehungskraft der Kirche auf die Menschen nachvollziehen.

Wenn das seine Mutter sehen könnte: er in einer Kirchenbank? Unruhig stand er wieder auf und machte sich auf den Weg zur Wittelsbachergruft.

Nachdem er seinen Obolus für den Eintritt entrichtet hatte, stieg er vorsichtig die Stufen hinunter. Die massiven Säulen und Bögen der gedrungenen Gruft konnten nicht den Blick auf den Sarkophag Ludwigs des II. verstellen, der blumengeschmückt die Besucher in seinen Bann zog.

Vor der eisernen Einzäunung entdeckte er Sugarboy, der dort kniete und dem König erzählte, was ihn, den jungen Schwulen aus Kolumbien, bewegte. Ihn schienen die Besucher in der Gruft nicht zu stören. Die massive nachgebildete Krone des Königs auf dem Sarkophag schien in glänzendem Gold zu funkeln und zu leuchten.

Tom beobachtete den jungen Mann mit der bronzefarbenen Haut von der Wand aus, etwas hinter einer kompakten Säule versteckt. Sugarboy sprach Spanisch und redete sich geradezu in Ekstase. Tom verstand nur immer wieder den Namen Esteban. Plötzlich verstummte Sugarboy, und er tat so, als würde er zuhören, legte auch die Hand ans Ohr. Dann stand er auf, nickte zum Sarg hin, wischte sich an den Knien den Schmutz von seiner Versace-Hose und schlug das Kreuz vor der Brust. Er wandte sich zum Ausgang, da entdeckte er Tom.

»Hi, Tom, bist du schon lange hier?«

»Du verehrst den Kini sehr?«

»Er sagt mir, was ich tun muss.«

»Er spricht mit dir?«

»Ja.«

Tom sah Sugarboy erstaunt an. Als ihm der Kolumbianer das erste Mal von seinen Gesprächen mit dem König erzählt hatte, hatte er ihm nicht so ganz geglaubt.

»Leider spricht er Bayerisch, deshalb verstehe ich ihn manchmal nicht genau.«

Tom unterdrückte ein Lachen.

»Ich habe ganz oft von dir den Namen Esteban gehört. Wer ist das?«

»Ein sehr böser Mann. Hat mich gezwungen zum Sex in Medellín. Er war Besitzer von Textilfabrik. Wir machten Jeans wie Levis und auch Damenunterwäsche. Ist ein großer Markt für Amerika. Esteban war ganz, ganz widerlich. Immer wenn ich nicht mit ihm Sex machen wollte, hat er mich geschlagen. Meine Mutter hat auch dort gearbeitet, er hat gesagt: ›Wenn dein Sohn nicht lieb zu mir ist, muss ich dich entlassen.‹ Da hat sie zu mir gesagt: ›Du musst das tun.‹«

»Und dein Vater? Hat er dir nicht geholfen?«

»Hab keinen Vater. Den kenne ich gar nicht.«

»Tut mir sehr leid für dich.«

Toms Blick schweifte über den Sarg des berühmten Wittelsbachers. König Ludwig II. hatte viel Geld für die Kunst und für Bauwerke ausgegeben, aber ein Leben, wie er es vielleicht gewünscht hätte, konnte auch er nicht führen.

»Jetzt geht es dir aber gut hier in Deutschland?«

»Ja, ist viel besser. Aber es gibt auch Probleme … mit Marc.«

»Warum? Was sind das für Probleme?«

»Das kann ich dir nicht sagen, aber du hast neulich bei der Kochshow im Fernsehen erlebt, wie er sein kann. Ist nicht einfach mit ihm.«

Tom überlegte, ob er Sugarboy von dem Gerücht mit den Minderjährigen erzählen sollte. Gerüchte waren immer so eine Sache. Wenn Sugarboy noch nichts davon gehört hatte und es stimmte, wäre er sicher deprimiert oder wütend. Wenn er wusste, dass das Gerücht der Realität entsprach, wäre es ihm möglicherweise peinlich.

Aber vielleicht waren es nur bösartige Unterstellungen. Über Prominente wird häufig Blödsinn erzählt, noch häufiger als über Bekannte und Kollegen im Arbeitsalltag.

Wenn das Gerücht nicht der Wahrheit entsprach, würde Sugarboy misstrauisch Wissler gegenüber werden, und er, Tom, wäre schuld. Er entschied sich, nichts davon weiterzutratschen. Eigentlich wollte er nur wissen, warum die Polizei heute Morgen bei Wissler gewesen war.

»Ist der Meisterkoch häufig unverschämt zu dir?«

»Ja, schon.« Sugarboy klang kleinlaut.

»Warum war die Polizei bei ihm?«

»Das sag ich dir, wenn du mir versprichst, das Video zu drehen.«

»Ich bin da kein Experte. Weißt du, jemand anders kann das sicher besser.«

»Dann hilf mir, jemanden zu finden.«

Langsam setzten sich beide in Bewegung und stiegen die Stufen zur Kirche hinauf. Oben legte Sugarboy den Zeigefinger auf die Lippen, kniete vor dem Altar nieder, bekreuzigte sich, erhob sich und ging sehr langsam durch die Kirche zum Ausgang.

Als sie draußen zwischen den Portalen standen, vor der Nische, wo der Erzengel Michael mit dem Teufel kämpft und ihn besiegt, flüsterte Sugarboy feierlich: »St. Michael ist so schön – groß und hell, hat so viele kleine Altäre und …«

Tom unterbrach ihn in sachlichem Ton: »Ich kann Eike mal fragen, ob er das mit dem Video für dich hinbekommen kann.«

»Ach, du bist ein Schatz. Habe es doch gewusst. Wo sollen wir es denn aufnehmen?«

»Das weiß ich nun wirklich nicht. Vielleicht, wo du und Lisa gemeinsam beim Salsatanzen wart?«

»Oder im Fernsehstudio mit viel buntem Licht?«

Tom schüttelte unwillig den Kopf. »Da kann man nicht einfach rein. Da werden nur Produktionen für den Sender realisiert.«

Sugarboy schaute Tom betrübt an. »Ich kann es dir nicht sagen.«

»Was denn?«

»Das mit der Polizei! Heute noch nicht.«

Tom wurde langsam zornig. »Sugarboy, ich bin extra hergefahren, weil du mir versprochen hast, du sagst es mir hier. Rede endlich! Ich schau schon, was ich für dich tun kann.«

Sugarboy zögerte, dann trat er noch einen Schritt näher zu Tom, packte ihn am Ärmel und sagte mit verschwörerischer Miene: »Die Polizei hatte das Handy von dem Franzosen, dem Tester, und darin war die private Handynummer von Marc gespeichert.«

»Das ist doch nicht so ungewöhnlich. Ein Restauranttester und ein Sternekoch – die lernen sich halt mal kennen.«

Sugarboy widersprach: »Normal kennt der Koch den Tester nicht.«

Tom stutzte. »Ich verstehe.«

»Die Polizei hat geprüft, ob Marc etwas mit dem Tod zu tun hatte.«

»Hatte er aber nicht, denke ich.«

»Aber er könnte.«

»Wie meinst du das?«

»Marc fürchtete, dass das Odeon den dritten Stern erhält und er leer ausgeht. Er hat das angeblich von Lalonge gehört.«

Tom schürzte seine Lippen und fragte dann mit Nachdruck: »Wie soll ihm der Tod des Testers dabei helfen? Das verstehe ich nicht!«

Erstaunt über so viel Unverständnis griff sich Sugarboy an den Kopf und sagte: »Der Todesfall im Odeon wirft ein schlechtes Licht auf das Restaurant und es wird sicher nicht ausgezeichnet. Wenn Lalonge tot ist, schickt Guide Michelin einen anderen Tester nach München, und der verleiht dem Wisslers den dritten Stern. Also hätte Marc tatsächlich ein Motiv gehabt.«

»Wegen eines Sterns bringt man doch niemanden um.«

Sugarboy schnaubte abfällig. »In Kolumbien werden Leute für viel weniger getötet.«

»Kann ja sein – in Kolumbien. Aber nicht bei Sterneköchen in Deutschland.«

Sugarboy grinste Tom hämisch an. »Du bist ein bisschen naiv.« Mit diesen Worten wandte Sugarboy sich ab, zeigte seinen Hüftschwung und winkte Tom wie eine Diva mit hoch erhobener Hand zu, ohne sich nochmals umzudrehen.

Auf dem Weg zu seinem Auto, rief Tom Eike an: »Ich hab mich mit Sugarboy getroffen und der ließ durchblicken, dass die Polizei Wissler im Verdacht hat, er könnte etwas mit dem Tod von Lalonge zu tun haben. In seinem Handy war die Privatnummer Wisslers gespeichert. Das ist insofern ungewöhnlich, als die Tester unerkannt bleiben sollen.«

»Interessant!«, warf Eike ein.

»Was hältst du von der Theorie, dass Wissler im Kampf um den dritten Stern den Franzosen ermordet hat oder ihn ermorden ließ? Durch den Tod Lalonges konnte er

Steineberg den Ruf versauen. Gleichzeitig hat er sich den Tester vom Hals geschafft, der wohl dem Odeon den Vorzug gab. Für Sugarboy scheint das wohl denkbar. Was meinst du?«

Eike schwieg erst einmal, dann sagte er: »Hat Sugarboy sich da gegen seinen Ernährer gestellt?«

»So klar hat er nicht gesagt, dass Wissler den Mord begangen hat – nur dass so etwas in Kolumbien möglich wäre.«

»Ich denke, das ist doch ein bisschen weit hergeholt, einen Menschen wegen einer Auszeichnung umzubringen. Journalistisch können wir jedenfalls nichts machen. Das sind reine Spekulationen. Die Polizei hat ihn ja auch nicht verhaftet. Wenn wir darüber unautorisiert berichten, hetzen diese Sterneköche uns gleich ihre Rechtsanwälte auf den Hals. Die Polizei hat sich offiziell bisher noch nicht zur Vernehmung Wisslers geäußert.«

»Aber wir sollten diese Theorie einfach im Auge behalten.«

»Machen wir sowieso, Herr Meisterdetektiv.«

»Noch etwas, Eike. Sugarboy will unbedingt ein Video drehen lassen, damit er sich bei Strattmann als Tänzer für die Sendung Showstar bewerben kann. Du kannst das doch sicher. Vielleicht bekommt man da auch von Sugarboy noch weitere Informationen. Er wollte, dass ich das für ihn mache, aber damit habe ich keine Erfahrung.«

»Der Wissler kann ihm doch ein professionell gemachtes Video zum Geburtstag schenken. Das ist finanziell sicher ein Klacks für den.«

»Ach, das habe ich auch gesagt, aber Sugarboy möchte es so anstellen, dass Wissler nichts davon mitbekommt.«

»Also, wenn ich mal viel Zeit habe, könnte mir das sogar Spaß machen. Ist etwas völlig anderes als meine übliche Fernseharbeit.«

»Dann kann ich sagen, dass du grundsätzlich damit einverstanden bist, du weißt nur nicht wann?«

»Ja, von mir aus. Der ist ja auch 'ne Zuckerschnitte.«

»Vielen Dank. Ich komme jetzt nicht mehr raus nach Unterföhring, es ist ja schon bald Dienstschluss. Ich geh mich lieber ein wenig auspowern.«

SALSA COLOMBIANA

1

Tom hatte keine Lust, sich im Taekwondo-Center lange anzustellen, damit er duschen konnte. Stattdessen hängte er wie ein Boxer nach einem Wettkampf ein Handtuch über seine verschwitzten Haare. Draußen hatte es zu nieseln begonnen, und er eilte vorbei an Obst- und Gemüsegeschäften, einem Weinladen, einer Metzgerei und einem Sonnenstudio zu einer Bushaltestelle. Der Bus war trotz eines Anhängers zu dieser Tageszeit überfüllt, und er musste froh sein, dass er neben einem nervig laut in ein Handy sprechenden weiblichen Wesen mit künstlichen Wimpern und aufgeklebten Fingernägeln einen Stehplatz bekam. Ein paar Minuten später entspannte sich für ihn die Situation durch einen Wechsel zur U-Bahn-Linie U2, und er machte es sich, ausgepowert wie er war, auf dem Weg in den Münchner Norden auf einem Sitzplatz bequem. Monitore gaben Auskunft über Anschlussverbindungen und Neuigkeiten aus der Welt, eine U-Bahn-Fahrerin kündigte in schwer verständlichem Bayerisch die nächste Station an. Tom freute sich auf eine warme Dusche.

Lisa hatte die Sportstunde geschwänzt. Kaum zu Hause angekommen, rief er sie an und verabredete sich mit ihr in der Bar Centrale im Stadtzentrum, da Lisa fürchtete, bei einem Besuch in einem Schwabinger Lokal womöglich Angestellte aus dem Odeon zu treffen.

Frisch rasiert, geduscht und in neuen Klamotten fuhr Tom zum Marienplatz, er drängte sich durch die Massen von

Shoppern, nach Hause eilenden Berufstätigen und ausländischen Touristen. Ein Stück weit lief er Richtung Hofbräuhaus, vor dem eine stattliche Anzahl von Freunden des guten Bieres stand, die sich darüber beschwerten, dass sie vom Wachdienst wegen Überfüllung nicht eingelassen wurden. Er ging ein paar Meter weiter durch eine schlecht schließende Eingangstür und stand mitten in der Bar Centrale, in der es zuging wie in einer Bar in Rom. Gepiercte Barkeeper knallten Cappuccinotassen auf die Theke, rassige schwarzhaarige Bedienungen riefen lautstark ihre Bestellungen durch den Raum, Gäste saßen entspannt auf Kaffeehausstühlen und tranken italienischen Wein. Tom kämpfte sich durch die Menschenansammlung am Tresen nach hinten in die Lounge. In einer Ecke entdeckte er Lisa auf einem weißen Kunstledersessel, ein Hugo, der schon halb ausgetrunken war, stand auf dem Tischchen. Sie trug einen pinken Rock mit Blumenmuster und eine weite lichtblaue Bluse und unterhielt sich angeregt mit einer modisch gekleideten Blondine am Nebentisch. Tom zögerte beim Näherkommen. Fast sah es so aus, als würden die beiden miteinander flirten. Lisa hatte den Kopf schief gelegt, sie erhob ihr Glas und prostete der blonden Frau wohlwollend zu.

»Ich will ja nicht stören, aber ist dieser Platz noch frei?« Tom deutete auf den hellbraunen Hocker vor Lisas Tisch.

»Hi, Tom, schön, dass du da bist.«

Tom schien es, als wäre Lisa leicht errötet. »Ich will eure Unterhaltung nicht stören.«

»Das tust du doch nicht.« Lisa stand auf und umarmte Tom.

»Wie war dein Training?«

»Okay. Der alte Koreaner war gut drauf. Ich hatte eine Maske für die Nase – sah fast so aus wie manche Fußballspieler nach einem Nasenbeinbruch.« Dabei berührte er vorsichtig sein Gesicht, das mit einem Mullverband geschützt war. »Aber heute habe ich einen Schlag auf die Finger bekommen. Der tut noch weh.«

Toms Blick schweifte zum Nebentisch. Er musterte die Blondine, die einen Schluck Weißwein trank. Sie hatte halblange eingedrehte Haare, trug dunkelblau schimmernden Lidschatten über auffällig langen Wimpern, und an ihren Ohren schwangen strassbesetzte lange Ohrhänger. Kurz begegneten sich ihre Blicke, dann sah die junge Frau weg.

»Was war mit dir?«

»Ich war heute einfach ohne Energie. Aber jetzt geht's mir besser.« Dabei deutete sie mit einem rot lackierten Fingernagel auf ihren Hugo.

»Bei mir war es andersherum. Ich musste mich einfach auspowern nach dem Rauswurf beim Sender. Weißt du, mein Vertrag wird nicht verlängert. Ende des Monats war's das mit dem Fernsehen.«

»Oh, Tom, das tut mir leid.«

Eine Bedienung mit wilden schwarzen Haaren kam an den Tisch und fragte Tom in italienischem Deutsch, was er zu trinken wünsche. Er bestellte ein Pils.

»Jetzt erzähl mal, wie kam das?«

Tom schilderte sein Erlebnis mit Neuwirt und berichtete von dem Brief der Personalabteilung und dem Angebot, gleich aufhören zu können. Lisa hörte mit gesenktem Kopf seinen Ausführungen zu und polierte den Tisch, auf dem der Hugo einen nassen Ring hinterlassen hatte, mit einer Serviette.

»Das heißt, ich muss mir etwas anderes suchen. Genau wie du.«

»Wir sitzen in einem Boot auf hoher See und müssen darauf achten, dass wir nicht untergehen.«

Tom stutzte einen Moment und wunderte sich über das ungewohnte Pathos bei Lisa.

Sie blies langsam Luft durch die Nase, dann sah sie Tom erwartungsvoll an, als könne er die verfahrenen Dinge wieder ins Lot bringen.

»Was willst du machen?«

»Ach, Eike meint, ich soll Türklinken putzen bei TV 1 und Bewerbungen an andere Sender schicken. Eigentlich gefällt es mir beim Fernsehen sehr gut. Und du? Hast du eine Bewerbung für Wissler geschrieben?«

Lisa schüttelte den Kopf. Toms Pils kam, und er prostete ihr zu.

»Hast du schon mal davon gehört, dass Wissler sich an minderjährigen Jungen vergreifen soll?«

Lisa Gesicht wurde ernst, sie trank wie abwesend noch einen Schluck und sagte hinter vorgehaltener Hand: »Ja, ich glaube, der Steineberg hat das unter die Leute gebracht. Ich habe immer gedacht, der mag ihn einfach nicht und will deshalb Wisslers Ruf ruinieren.«

Tom hatte seinen Kopf in die Hand gestützt. »Ganz egal, was jetzt von beidem stimmt, beides ist widerlich, der Sex mit Kindern natürlich noch viel mehr als Rufschädigung.«

Lisa rutschte ein Stück näher zu Tom und strich ihren Rock glatt. »Man sagt über Wissler auch, dass er kokst. Und zu Edgar hatte er auch Kontakt.«

»Wow. Plötzlich erfährt man ja was von dir. Aber warum hast du dann gestern Angst gehabt, dass Wissler etwas von deinem Haschkonsum zu Ohren kommt?«

»Durch den Rausschmiss und die mögliche Anklage wird das eine offizielle Sache. Bei Wissler weiß das weder Polizei noch Staatsanwalt.«

»Das könnte sich aber schnell ändern. Wenn die dahinterkommen, dass er kokst, machen sie ihm den Laden dicht. Dann musst du dich wirklich nicht mehr dort bewerben.«

»Das denke ich auch. Es wird nicht mehr lange dauern. Aber das bleibt unter uns, Tom. Kein Wort zu deinem Journalisten-Verein! Ich will nicht auch noch eine Verleumdungsklage am Hals haben.«

Plötzlich wurde die Musik laut, Taylor Swift flötete etwas von einer »Love Story« in die Lounge, dann wurde der Lautstärkeregler wieder heruntergedreht.

Tom flüsterte jetzt: »Hat die Rivalität zwischen Steineberg und Wissler etwas mit dem dritten Stern zu tun?«

»Du holst dir Lorbeeren höchster Güte. Du hast eine der besten Küchen, wenn du drei Michelin-Sterne für dein Restaurant bekommst. Damit ist dein Lokal sogar – so der offizielle Slogan – eine Reise wert. Es ist schon eine witzige Geschichte, dass ein Reifenhersteller für die höchsten Auszeichnungen in der Haute Cuisine zuständig ist. Witzigmann hatte mit seiner ›Aubergine‹ Anfang der 80er das erste Mal für Deutschland drei Sterne geholt. Bis heute gab es hier insgesamt nur ein gutes Dutzend Restaurants, die mit dem dritten Stern ausgezeichnet wurden. Für Steineberg oder Wissler wäre das also die Erfüllung eines Lebenstraumes – und er bringt sicher auch Umsatz.«

»Wieso konkurrieren Steineberg und Wissler um den dritten Stern? Vielleicht wird er ja beiden zugeteilt.«

»Das gilt als sehr unwahrscheinlich, dass zwei Restaurants in derselben Stadt im selben Jahr einen dritten Stern erhalten.«

Zufrieden lehnte sich Tom zurück, endlich erzählte Lisa einmal offen von ihrer Arbeit. »Erkennst du die Tester?«

»Manchmal habe ich eine Ahnung, aber Michelin wechselt die Leute, und wenn man schon Sterne hat, wird das Restaurant mehrfach geprüft immer von anderen Testern. Sie fotografieren die Gerichte, das weiß man. Aber das machen auch viele der normalen Gäste.«

»Wollen wir noch was essen?«

»Warum nicht?«

Tom winkte die schwarzhaarige Bedienung mit dem italienischen Akzent zu sich her. Sie hielt eine Tafel hoch, auf der mit Kreide geschrieben mehrere Gerichte standen, und erläuterte die einzelnen Speisen.

Lisa bestellte einen gemischten Salat mit Austernpilzen und Tom Spaghetti alle vongole.

»Was machst du jetzt den ganzen Tag? Musst du dich nicht arbeitslos melden?«

»Ich möchte morgen noch mal nach Bamberg. Meiner Mutter geht es schlechter, und ich will von ihr wissen, wer mein Vater ist.« Lisa brachte das sehr entschlossen vor.

»Nimmst du den Zug?«

»Muss ich wohl, wenn du mich nicht fährst«, neckte sie ihn kokett.

»Du weißt, dass …«, begann Tom, aber Lisa fiel ihm ins Wort:

»Ist schon gut, ich weiß. War ein Scherz.«

»Wie lange willst du bleiben?«

»Ich will das endlich einmal herausbekommen. Ich lasse mich nicht mehr mit bösen Blicken abspeisen. Ich hab ein Recht darauf zu erfahren, wer mein Vater ist. Wenn sie es nicht freiwillig sagt, drohe ich ihr mit einer Klage.«

»Du hast doch gesagt, ihr geht's schlechter?«

»Trotzdem. Ich kann keine Rücksicht mehr nehmen. Wenn sie stirbt, dann nimmt sie ihr Geheimnis mit ins Grab.«

Lisas finsterer Blick vertrieb die Anmut aus ihrem Gesicht.

Die Kellnerin brachte das Essen, Tom machte sich hungrig über die Spaghetti her, und Lisa goss schwungvoll Olivenöl und Balsamicoessig über den Salat.

Warum hatte Lalonge die private Handynummer von Wissler, wenn die Tester anonym in die Restaurants kamen? Das sah nach einem Skandal aus. Oder was könnte sonst dahinterstecken? Sollte er Lisa danach fragen?

Tom entschied sich dagegen. Woher sollte sie das wissen, und außerdem würde er eine geheime Information verraten, die er mit Mühe von Sugarboy erfahren hatte.

Zwischenzeitlich hatte er Spaghetti um die Gabel gewickelt und gegessen, ohne sie wirklich zu schmecken. Sein Teller war schon halbleer, als er die al dente gekochten Nudeln und das feine Aroma der Venus-Muscheln wahrnahm. »In diesem Lokal wird auch wunderbar gekocht!«

»Du meinst, wir müssen nicht immer in Sterne-Restaurants gehen?«

»Genau. Ist doch sehr entspannt in der Centrale. Und die Leute sind auch nicht so vornehm wie bei Wisslers.«

»Lass mich mal versuchen.«

Tom reichte ihr seinen Teller, Lisa probierte und bestätigte sein Urteil.

Die blonde Frau vom Nebentisch kontrollierte ihr Aussehen in einem Taschenspiegel, griff sich ihre Handtasche und stand auf. Sie reichte Lisa die Hand, und Tom hatte für einen Moment den Eindruck, als würde sie Lisa dabei etwas geben. Einen kleinen Zettel vielleicht?

»Man sieht sich, ich bin öfter hier«, zwinkerte sie Lisa zu. Dann lächelte sie Tom unverbindlich ein wenig von oben herab an und stöckelte Richtung Ausgang.

»Ciao, Bella«, rief Lisa ihr nach.

Tom stutzte.

»Wer war das?«

»Sie heißt Claudia, sie ist nett – und sieht gut aus.«

Tom hob die Augenbrauen. »Stimmt. – Aber du gefällst mir besser.«

Lisas Wangen röteten sich leicht.

»Kennst du sie schon länger?«

»Nein, hab heute das erste Mal mit ihr gesprochen.«

»Aha.« Leicht verunsichert stocherte er in seinen Spaghetti. War Lisa für Avancen gegenüber dem eigenen Geschlecht offen? Reichte er ihr womöglich nicht? Dabei hatten sie doch eine so tolle Nacht verbracht! Oder war er gerade dabei, eine alltägliche Situation zu dramatisieren?

Lisa ließ ihm keine Zeit, länger zu grübeln. »Ich will morgen früh fahren und muss noch packen. Tut mir leid, dass ich so eine Nervensäge bin.«

Sie gingen zusammen zum Marienplatz, vorbei am Fischbrunnen und am neuen Rathaus mit seiner neugotischen Fassade, stiegen in die S-Bahn und fuhren vom Hauptbahnhof mit der U2 in den Norden von München.

Lisa stieg am Scheidplatz aus und verabschiedete sich mit einem Kuss von Tom.

Gerade als Tom in seiner Wohnung ankam, klingelte sein Handy. Zu seiner Überraschung leuchtete Eikes Nummer auf.

»Hey, Greenhorn, was steht an?«

»Ich bin auf dem Weg ins Bett. Heute steht gar nichts mehr.«

»Die Sache kann morgen Abend über die Bühne gehen.«

»Was meinst du?«

»Na, das Video mit der Zuckerschnitte. Ich hab Lust drauf und sogar auch einen Ort für die Aufnahmen. Tino, ein Kameramann von uns, ist auch dabei, der hat eine kleine Panasonic für den Hausgebrauch. Aber rausspringen müsste da schon etwas für uns. Ich habe an ein schönes Menü beim Wissler gedacht.«

»Anscheinend hat meine Schilderung des Essens bei dir Wirkung gezeigt? Aber Sugarboy will ja nicht, dass Wissler was mitbekommt.«

»Das soll er regeln. Ich halte es für einen guten Deal. Wir erledigen den Job und kriegen dafür was Gutes zum Essen.«

»Klingt vernünftig. Ich hoffe, Sugarboy sieht das auch so.«

»Morgen ab 18 Uhr im Zunfthaus. Die haben einen Saal, eine Musikanlage und Licht. Wir drehen die ganze Nummer einmal durch und später können wir Zwischenschnitte in der Stadt, im Park und im Glockenbachviertel machen.«

»Okay, klingt gut.«

»Ruf ihn an und sag mir morgen früh Bescheid, ob's so klappt. Und ohne Essen wird das nichts.«

Tom wunderte sich über die Zielstrebigkeit von Eike. Stand da vielleicht noch eine andere Motivation dahinter? Wollte er Sugarboy ein wenig näher kennenlernen?

Er drückte auf die Nummer des Kolumbianers in seinem Handy und hatte ihn gleich in der Leitung. Tom erklärte ihm, dass er ein sehr professionelles Video bekommen könne, aber dass dafür ein Essen für alle Beteiligten bei Wissler herausspringen müsste. Sugarboys Reaktion war gedämpft, wie Tom vermutet hatte.

»Das ist schwieriger, als du denkst.«

»Hey, Sugarboy, das ist doch ein toller Vorschlag! Hast du gedacht, wir machen das umsonst?«

»Marc soll das nicht wissen, er wird sonst eifersüchtig, und das ist nicht gut für mich!«

»Aber er erfährt es doch auch, wenn du im Fernsehen auftrittst.«

Tom hörte ein leises »Hmh.«

»Hast du nicht mal einen Wunsch frei? Er kauft dir ja auch deine Designerklamotten, oder?«

»Hmh.«

»Du bekommst das schon hin. Morgen können wir gleich drehen. Ist doch toll, oder?« Tom spürte, dass Sugarboy nach wie vor zögerte. »Sag dem Wissler einfach, du hast die Chance, im Fernsehen zu tanzen, und du musst den Leuten, die dir helfen, etwas bieten.«

»Okay, ich versuch's. Wird schon klappen.«

»Wir sind vier Leute: Eike, der Kameramann Toni, ich und jemand, der das schneidet. Den sucht Eike, aber das ist kein Problem. Ich muss morgen früh wissen, ob es klappt, sonst blasen wir die Aktion ab.«

»Okay, ich frag ihn, und ihr bekommt einen Gutschein.«

»Viel Erfolg und eine gute Nacht.« Tom legte auf. So ein verrückter Tag. Nach der schönen Nacht mit Lisa hatte Neuwirt ihm gesagt, dass man ihn beim Sender nicht mehr länger beschäftigen wollte. Sein Erlebnis mit Sugarboy in der Gruft hatte bei ihm einen nachhaltigen Eindruck hinterlassen. Lisa, von der er immer noch nicht wusste, ob sie nun seine Freundin war, hatte ihm das rivalisierende Verhältnis zwischen Steineberg und Wissler nähergebracht. Und nun freute er sich darauf, mit Eike und dem Kolumbianer ein Musikvideo zu drehen. Es dauerte lange, bis er einschlief.

2

Tom putzte sich die Reste seiner Frühstückssemmel aus den Zähnen, als sein Handy läutete. Es war Sugarboy, der aufgeregt, aber leise redete, als würde er die Hand vor die Sprechmuschel halten. »Wir machen das! Ich bringe die Gutscheine mit.«

Tom spülte seinen Mund mit Wasser aus. »Super, wir treffen uns um halb sechs vor dem Zunfthaus in der Thalkirchner Straße. Du musst die Musik mitbringen, auf die du tanzen willst!«

»Die CD oder was?«

»Genau. Eike hat gesagt, da gibt es eine Musikanlage. Und deine Klamotten für den Auftritt musst du auch dabei haben.«

»Ist doch klar. Die ziehe ich gleich an.«

»Lieber nicht, sonst werden sie schmutzig, und sie sehen nicht mehr schön aus.«

Tom spürte wieder das Kribbeln in seinem Körper. Seine Hände waren zittrig geworden, er fühlte sich gespannt wie ein Yumi-Bogen. Lisa hatte ihm in ihrer letzten gemeinsamen Nacht die Kunst des japanischen Bogenschießens erklärt.

Er steckte sich eine Zigarette an, kontaktierte Eike und machte mit ihm alles klar. Danach versuchte er Lisa zu erreichen, sie nahm aber nicht ab. Vielleicht war sie schon auf dem Weg zum Bahnhof?

Er fuhr im morgendlichen Stop-and-go-Tempo über den Frankfurter Ring Richtung Westen zum Medienstandort Unterföhring. Hier befinden sich neben dem Sender TV 1 auch der Bayerische Rundfunk, das Zweite Deutsche Fernsehen, die ProSiebenSat.1-Gruppe, Sky, Eurosport und viele andere Unternehmen, die mit Film und Fernsehen zu tun haben. Lauter potenzielle Arbeitsmöglichkeiten, ging es Tom durch den Kopf. Er suchte seine Redaktion auf und saß dort nutzlos herum. Tom schien es, als würde nur noch Eike mit ihm sprechen. Vom Rest der Truppe fühlte er sich ausgeschlossen.

Als er Eike zum dritten Mal fragte, ob er ihm bei einer Recherche helfen könne, erhielt er den Auftrag, sich Orte für die Außenaufnahmen und die Zwischenschnitte zum Dreh mit Sugarboy zu überlegen.

Tom nahm sich den Münchener Stadtplan auf Google Maps vor und notierte mögliche Drehplätze, die nicht zu weit auseinander liegen durften.

Mittags auf dem Weg zur Kantine rief Lisa endlich zurück.

Tom merkte gleich, wie angegriffen sie war. Kurzatmig und hektisch erzählte sie ihm, dass sie eine sehr erregte und lautstarke Auseinandersetzung mit ihrer Mutter gehabt hatte. »Die hat mich zunächst wie Luft behandelt. Erst als ich gesagt hab, dass ich glaube, dass dieser Priester Josef Galuschka mein Vater ist, hat sie sich fürchterlich aufgeregt und alles abgestritten.«

»Das ist der Priester, nach dem sie im Krankenhaus verlangt hatte, oder?«

»Genau. Mir kam das komisch vor, weil sie immer diesen ganz bestimmten Priester sprechen wollte. Da meine Mutter nicht so viele Kontakte mit anderen Menschen hatte, lag der Verdacht nahe. Ich habe ihr gedroht, zu dem Priester zu gehen und ihm zu sagen, ich wüsste Bescheid. Da ist sie zusammengebrochen. Sie hat geheult und hat sich gar nicht mehr eingekriegt. Ich habe sie angeschrien, sie solle es endlich zugeben – dann hat sie genickt und ein leises Ja über ihre Lippen gebracht. Sie hat sich immer mehr aufgeregt, mit den Zähnen geklappert und wie ein Hund gewinselt, da habe ich die Krankenschwester geholt und die einen Arzt. Er hat ihr eine kräftige Beruhigungsspritze gegeben und sie auf die Intensivstation verlegt. Da schläft sie jetzt. Der Arzt hat mir Besuchsverbot erteilt, weil ich mit meinem Geschrei an ihrem Zustand schuld wäre.«

»Wie geht es dir jetzt?«

»Scheiße. Jetzt weiß ich, ich bin das Kind eines Pfaffen, und meine Mutter habe ich vielleicht ins Grab gebracht.« Lisa schluchzte.

»Deine Mutter ist an dieser Situation nicht unschuldig, das ist dir klar?«

»Schon.«

»Ich wäre gerne bei dir und würde dir helfen, aber ich kann nicht, wir haben heute Abend einen Dreh.«

»Kein Problem, du musst dein Ding machen.«

»Wie lange willst du bleiben?«

»Kann ich noch nicht sagen. Mal schauen, wie es hier weitergeht.«

»Wenn's heute Abend nicht zu spät wird, ruf ich dich an, dann können wir reden.«

Tom bog in die Thalkirchner Straße ein und sah Sugarboy nervös auf die Uhr blickend vor dem Eingang zum Saal des Zunfthauses stehen. Er fand einen Parkplatz und ging mit schnellen Schritten auf den Kolumbianer zu, der einen blauen Hartschalenkoffer mit sich führte.

»Hey, Sugarboy, wartest du schon lange?«

Er zappelte mit den Beinen, als hätte er das Restless-Legs-Syndrom.

»Passt schon. Wo sind die anderen?«

»Die sind sicher auch gleich hier. Bist du sehr nervös?«

»Ach, gar nicht.« Dabei trommelte er mit den Fingern auf den Koffer.

»Hast du noch einmal geübt?«

»Brauch ich nicht. Geht auch so gut.«

Tom war gespannt. Es sah immer sehr gut aus, wenn Sugarboy schnell mal seine Tanzschritte zeigte, aber die Aufnahmen mit der Kamera würden nicht in einer so unbeschwerten Atmosphäre stattfinden. Konnte er sein Talent auch vor dem ›schwarzen Loch‹ richtig verkaufen?

Tom ließ sich die CD mit der Musik geben, schickte Sugarboy zum Umziehen in eine Garderobe und ging in den Saal, der ganz im Dunkeln lag. Er erkannte nur die Konturen einer Bühne und die Scheinwerfer darüber. Jemand musste den Hauptschalter betätigen. Er wusste, Eike und Toni kannten sich aus.

Toni sah man den Oberbayern auf den ersten Blick an. Er trug eine lederne Kniebundhose, graue Kniestrümpfe und dunkelbraune Haferlschuhe. Seinen Bauch hatte er in einen braunen Trachtenjanker gepresst. Sein rotes Gesicht, das ein weißer Kinnbart zierte, ließ ihn gutmütig wirken. Doch er war es, der – noch bevor er die Kamera aufgebaut hatte – die Frage nach dem Gourmet-Essen stellte.

Tom suchte und fand Sugarboy in der Umkleide, wo er gerade einen gelben Tanzbody mit einem kleinen schwarzen Stehkragen anzog, der einen tiefen Blick auf Sugarboys braune Brust zuließ.

»Findest du das gut oder soll ich ein rotes Hemd nehmen?«

»An welche Hose hast du gedacht?«

»Eine schwarze mit hohem Bund. Sieht doch gut aus?«

»Da passt das gelbe gut, denke ich.«

Sugarboy merkte, dass Tom nicht so ganz geschmackssicher war. »Ich zieh das rote mal an.«

»Sugarboy, meine Kollegen wollen wissen, ob das mit den Gutscheinen in Ordnung geht. Hast du die dabei?«

»Ich gebe sie dir später. Das Geld gibt's immer nach der Arbeit.«

»Die fangen draußen nicht mit dem Arbeiten an, wenn sie die Gutscheine nicht gesehen haben.«

Sugarboy stöhnte mit einem Blick zur Decke, ging zu seinem Koffer und holte drei Umschläge aus der Vordertasche.

»Und wo ist der vierte?«

»Ihr seid doch nur zu dritt?«

»Ich brauch den vierten auch, sonst wird das Material nicht geschnitten.«

»Ich gebe ihn dir – nach den Aufnahmen.«

»Jetzt stell dich nicht so an, das verhagelt die Stimmung!«

»Ich verspreche, ihr bekommt ein sehr schönes Essen, wenn das Video fertig ist.«

Tom spürte Sugarboys Groll, konnte ihn aber nicht verstehen. War er beleidigt, weil man ihm nicht vertraute? Oder steckte etwas anderes dahinter? Waren die Gutscheine vielleicht gefälscht?

Tom nahm die Umschläge, öffnete einen auf dem Weg zu seinen Kollegen und sah einen hellblauen Strukturkarton mit dem offiziellen Wisslers-Logo. Darauf war vermerkt: »Gutschein im Wert von 150 Euro für ein Essen im Restaurant Wisslers«. Toms Geschmacksknospen begannen sich schlagartig zu melden. Mit einem stolzen Siegerlächeln gab er die beiden Umschläge an Eike und Toni weiter. »Alles paletti.«

Eike hatte sich inzwischen mit der Licht- und Tonanlage vertraut gemacht, und Toni war dabei, seine kleine Profikamera herzurichten.

Sugarboy kam mit dem roten Turnierhemd, das eine glänzende Knopfleiste schmückte, und stellte sich in Pose. »Wie findet ihr mich?«

Tom antwortete: »Sieht gut aus, aber das gelbe war besser, glaube ich.«

Ein paar Minuten später stand Sugarboy in dem gelben Body vor der Kamera.

Eike bestätigte Toms Eindruck. »Beide Teile machen was her, aber das gelbe ist noch auffälliger. Du solltest das nehmen.«

Und Toni brummelte: »Mir ist es scheißegal, welche Farbe sein Hemd hat, Hauptsache, es ist nicht weiß, sonst wird er selbst schwarz.«

Tom trat näher zu Eike und fragte leise: »Wie meint der das?«

Eike hob die Augenbrauen und legte den Kopf in den Nacken. »Hast du das noch nicht mitbekommen? Weiß überstrahlt in der Kamera und dadurch wird das Gesicht dunkler.«

Sugarboy verschwand noch einmal, um sein Outfit zu komplettieren. Eike legte die CD ein und drehte den Ton auf.

Congas und Bongos gaben einen schnellen Rhythmus im Viervierteltakt vor, die Posaunen schmetterten blecherne Tonfolgen in den Raum, und ein lateinamerikanisches Duo sang dagegen an.

Sugarboy erschien, nahm sofort mit seinem ganzen Körper den Rhythmus auf und tänzelte zur Bühne.

Als die Musik verklungen war, sprach sich Toni mit Sugarboy ab, sagte ihm, wie weit er sich bewegen dürfe, um nicht aus dem Licht zu treten, und dass er zunächst mit seiner Kamera einen Durchgang in der Totalen machen würde. Danach würde er noch zum selben Tanz mit derselben Musik Close-ups aufnehmen und Details einfangen. Zu Eike sagte er, dass er den Ton für die atmosphärischen Geräusche zwar aufzeichnen würde, aber im Schnitt solle Eike die Originalmusik von der CD unter die Bilder legen. Bei der Tonmischung könne man die »Atmo« dazumischen.

»Sugarboy in Position! Kamera läuft! Musik ab!«

Toni, der Tom gerade noch als ein phlegmatischer Trachtler erschienen war, gab nun genaue Kommandos. Tom erkannte sofort seine Professionalität. Eike drückte den Startknopf der Musikanlage. Sugarboy versuchte den Rhythmus der treibenden Trommeln aufzunehmen, was ihm aber nicht so gut gelang wie noch eben bei der Vorbereitung.

Eike stoppte die Musik. »Halt, das war nichts. Du hast den Takt nicht gehalten. Lass uns das nochmals von vorne machen.«

Sugarboy zuckte schuldbewusst die Achseln. »Einen Moment. Bin gleich wieder da.«

Er verschwand und kam kurz darauf mit einer goldenen Kette um den Hals zurück, an der ein Kreuz hing. Er tänzelte auf der Bühne, schwang seine Hüften, lockerte seine Muskulatur.

Sugarboy stoppte sein Training. »Ready. Let's go!«

Es folgten wieder die Kommandos, und Sugarboy legte los – wie ein Wirbelwind. Eike versuchte abseits von den

Filmaufnahmen die Schritte mitzutanzen, was ihm aber nicht gelang.

Nach einer guten Stunde hatte es noch acht weitere Durchläufe gegeben, Toni hatte seine Kamera vom Stativ genommen und sie aus der Hand mal auf die Beine Sugarboys, mal auf sein Gesicht oder seine Hüften gerichtet. Er war sehr zufrieden mit dem, was er drehte. Tom stand währenddessen nur dabei, aber er fieberte bei jedem Take mit. Je öfter er das Lied hörte, desto stärker nahm es von ihm Besitz. Sugarboy kam nach den letzten Aufnahmen völlig außer Atem auf Tom zu. »Das hat Spaß gemacht. War ich gut?«

»Super warst du. Es war toll.«

Sugarboy strahlte Eike an, und der strahlte zurück.

In der Garderobe zog der Tänzer sein verschwitztes Hemd aus, rieb sich mit einem Handtuch den Schweiß von den Rippen und sprühte ein Deo unter die Achseln. »Wie geht es jetzt weiter?«

»Morgen drehen wir noch Zwischenschnitte mit dir in der Stadt.«

»Wann soll das sein?«

»Komm um 12 Uhr in den Hofgarten. Da fangen wir an.«

»Was soll ich anziehen?«

»Du musst nicht die Sachen von heute tragen. Bring einfach viele verschiedene Hemden und Hosen mit. Du kannst deine Kleidung öfter wechseln.«

Sugarboy kämmte sich seine feuchten Haare. »So viele Sachen. Wenn ich mit dem Auto fahre, merkt das Marc.«

»Ich dachte, er weiß schon davon?«

Sugarboy schüttelte den Kopf.

»Na so was. Die Gutscheine sind doch echt?«

Sugarboy nickte. »Claro!«

»Okay, ich kann dich gerne abholen.«

»Super. Am besten wäre um halb zwölf. Kannst du mich jetzt nach Hause fahren?«

»Klar, kein Problem.«

Als Tom vor dem Wisslers nach einer Parklücke Ausschau hielt, hatte er den Eindruck, der Meisterkoch würde an einem Fenster im ersten Stock stehen und auf die Straße schauen. »Sieh mal, da oben ist dein Boss.«

Sugarboys Gesichtszüge wurden hart. »Der wartet sicher auf mich.«

»Hält er dich an einer so kurzen Leine?«

»Er will immer alles kontrollieren. Jetzt fragt er sicher gleich, wo ich war.«

»Was sagst du dann?«

»War Salsa tanzen bei einem Freund. Aber dann wird er eifersüchtig.«

Tom blickte den Kolumbianer mitleidig an.

Sugarboy holte seinen Koffer von der Rückbank, stieg aus und verabschiedete sich. Tom sah zu dem Fenster im ersten Stock, aber Wissler war verschwunden. Zu gerne hätte er gehört, wie es zwischen den beiden da oben weiterging.

DÉGUSTATION SPÉCIAL

1

Sugarboy lief die Treppe in den ersten Stock hinauf und schloss die Wohnungstür auf. Kaum war er in den Flur der herrschaftlichen Altbauwohnung getreten, kam Wissler aus dem Wohnzimmer.

»Wo kommst du denn her? Es ist gleich halb elf, und wir hätten deine Hilfe gut gebrauchen können.«

»Ich war Salsa-Tanzen, Marc. Du weißt, das mache ich so gerne, und ich hab's schon ewig nicht mehr getan.«

»Aha. Warum sagst du mir das denn nicht vorher?«

»Ist doch nicht so schlimm, wenn ich einen Abend unterwegs bin.«

»Doch. Du solltest in der Küche helfen. Jetzt mussten die anderen deine Arbeit übernehmen, und gleich haben sie gemotzt!«

Sugarboy schaute betreten auf den Boden, sagte aber nichts.

»So geht der Arbeitsfrieden zum Teufel, und das kann ich nicht dulden.«

Sugarboy stand mit gesenktem Kopf wie ein kleiner Junge da, der sich eine Strafpredigt anhören muss. Mit den Händen in den Hüften hatte sich Wissler vor ihm aufgebaut, als wäre er Richter am Volksgerichtshof. »Was hast du denn in dem Koffer?«

»Da sind nur Tanzklamotten drin.«

Wissler strich mit dem Daumennagel über seine Oberlippe und merkte sarkastisch an: »Na, hoffentlich hat es dir Spaß gemacht.«

Im nächsten Moment wurde er wieder streng. »Mir hat die Buchhaltung gesagt, dass du dir vier Gutscheine über jeweils 150 Euro hast geben lassen. Was hast du denn damit vor?«

Sugarboy hatte die ganze Zeit über sein schlechtes Gewissen belastet, aber er hätte nicht vermutet, dass Frau Eisenschmidt Wissler so schnell informieren würde. Er stand doch immer in einem guten Kontakt zu der alten Dame.

»Ich wollte Freunden einen Gefallen tun.«

»War das nicht dieser Fernsehmensch, der dich hergefahren hat? Sind die für ihn bestimmt?«

»Ach, Marc, er war sehr nett zu mir, ich wollte einfach mal ein bisschen großzügig sein.«

»Auf meine Kosten. Hast du mit dem gefickt?«

Sugarboy blies die Wangen auf und sagte verdruckst: »Hä? Das ist lächerlich. Er gibt mir nicht mal die Hand.«

»Und wieso bekommt er gleich vier Gutscheine? Will der hier den Krösus geben?«

»Er wollte gerne seinen Freunden ein Geschenk machen.«

»Ich glaube, heute nehme ich mal die Peitsche.«

Sugarboy grinste Wissler frech an. »Ist keine gute Idee. Da kommst du nicht, du Arschficker!«

»Sei still, du Schwuchtel.«

»Selber Schwuchtel.«

Sugarboy spürte, dass Wisslers Ärger langsam verrauchte. »Komm, Marc, mach keinen Stress.« Er tippelte auf Wissler zu, legte die Arme um seinen Körper und kuschelte sich an ihn. »Hast du ein neues Aftershave? Riecht gut, vielleicht ein wenig streng.« Er strich ihm behutsam über den Bauch. »Hast schon ein paar Kilo zugelegt.«

Wissler nahm die Hand weg und sagte mürrisch: »Das trainiere ich im Fitnessstudio wieder weg.«

Bedächtig und warmherzig schaute Sugarboy ihm ins Gesicht. »Und deine Haare gehen langsam aus. Aber ich liebe dich immer noch. Ich werde dich immer lieben.«

»Dann unternimm nicht solche Aktionen!«

»Ist doch nichts passiert, Marc.« Sugarboy löste sich von Wissler. »Wir haben ein Tanzvideo gedreht.«

»Wozu denn das?«

»Ich wollte dich überraschen. Ich bewerbe mich beim Fernsehen für eine Castingshow.«

»Was??«, rief Wissler entsetzt. »Was soll denn das? Bist du völlig verrückt geworden?«

»Ich kann gut tanzen, das macht mir Spaß. Und dabei lernt man andere Leute kennen. Ich kenne ja niemanden hier außer dir und die Angestellten vom Restaurant.«

»Das geht nicht. Da wirst du gefragt, was du arbeitest und ob du eine Freundin hast, und dann sagst du, nein, einen Freund, den Wissler von dem Zwei-Sterne-Restaurant. Damit machen wir uns lächerlich und können den Laden dichtmachen. Einen dritten Stern gibt's dann schon gleich gar nicht.«

»Ach, Marc, da sag ich was anderes. Ist alles kein Problem.«

»Du quatschst eh immer so viel und erzählst Dinge, die andere Menschen nichts angehen. Wahrscheinlich redest du auch schlecht über mich. Nein, die Sache mit dem Video kommt nicht infrage. Sonst kauf ich dir ein Ticket nach Kolumbien, und zwar one way.«

»Die Leute wissen doch, dass du gay bist.«

»Blödsinn. Schluss mit den Debatten! Du lässt das mit der Castingshow!«

Wissler machte auf dem Absatz kehrt und knallte die Wohnzimmertür hinter sich zu. Sugarboy standen Wut und Enttäuschung ins Gesicht geschrieben. Er packte seinen Koffer, ging in sein Zimmer und warf ihn auf das Bett. Während er auf seinen Lippen kaute, wälzte er eine Reihe von Problemen in seinem Kopf: Warum nur hatte er überhaupt von dem Videodreh gesprochen? Wahrscheinlich, weil ihm im Grunde klar gewesen war, dass Marc irgendwann dahintergekommen wäre. Warum wollte Marc nicht, dass er andere Leute kennenlernte? Wollte er ihm einen Maulkorb verpassen? Wie sah seine Zukunft in München aus? Würde Marc ihn tatsächlich nach Kolumbien zurückschicken, wenn er genug von ihm hatte? Fühlte er sich bei Marc noch wohl?

Morgen musste er in jedem Fall den Dreh für die Zwischenschnitte einhalten – ohne dass sein Chef etwas davon erfuhr.

2

Lisa stieg langsam auf dem Kopfsteinpflaster den Weg zum Bamberger Domberg hinauf. Dabei blieb sie immer wieder stehen, um kurz zu verschnaufen. Sie hatte herausgefunden, dass Josef Galuschka dort oben am Jakobsplatz in einer Wohnung lebte, die zum Besitz der katholischen Kirche gehörte. Sie war froh, dass sie keine Schuhe mit hohen Absätzen angezogen hatte, denn dann wäre ihr der Weg zur Tortur geworden. Eine Tortur war es ohnehin, was sie sich an diesem Abend vorgenommen hatte. Sie wollte ihrem Vater persönlich gegenübertreten.

Die Dämmerung setzte schon langsam ein, als sie die große Holztür des Sandsteingebäudes aus dem 19. Jahrhundert erreichte. Sie drückte die schwere Eisenklinke herunter, und zu ihrer Überraschung war die Tür nicht verschlossen. Sie sah auf die Klingelanlage und fand ein Schild mit dem Namen »J. Galuschka«, darunter stand in genauso großen Buchstaben »Pfarrer«. Seine Wohnung lag im ersten Stock. Lisa hatte erwartet, zunächst über eine Sprechanlage mit ihm reden zu müssen. Nun konnte er sie nicht schon an der Haustür abweisen. Sie trat in das Gebäude und ging die Treppe hinauf bis zur Wohnungstür von Josef Galuschka.

Sie atmete einmal tief durch, meinte, Weihwasser riechen zu können, dann drückte sie den Klingelknopf. Das Geräusch von langsamen Schritten kam näher. Die Tür wurde geöffnet, Pfarrer Galuschka, bekleidet mit einem dunkelgrauen Pullover und einer schwarzen Hose, schaute heraus. Er hatte ein schmales Gesicht und einen dünnen weißen Kinnbart. Eine ovale Hornbrille saß auf seiner Hakennase. Eine Aura der Unnahbarkeit umgab ihn. Der Pfarrer musterte Lisa mit skeptischem Gesichtsausdruck von oben bis unten. »Sie wünschen?«

»Herr Pfarrer, entschuldigen Sie die späte Störung, Sie müssen mir die Beichte abnehmen. Ich habe Böses getan.«

»Mein Kind, ich kenne Sie nicht, und für die Beichte haben wir spezielle Zeiten im Dom oder in der Oberen Pfarre.«

Aus dem Inneren der Wohnung hörte Lisa einen Fernseher laufen.

»Herr Pfarrer, ich habe etwas Schreckliches gemacht. Das muss ich beichten, sonst bringt es mich um den Schlaf.«

»Und warum kommen Sie dann zu mir?«

»Kann ich nicht hereinkommen, da kann ich Ihnen alles erzählen.«

»Kommen Sie morgen, da nehme ich ab 17 Uhr in der Oberen Pfarre die Beichte ab.«

»Vielleicht stirbt meine Mutter. Sie liegt im Krankenhaus, ich habe sie angeschrien, sie hat sich fürchterlich aufgeregt, und nun wurde sie auf die Intensivstation verlegt.«

»Die Ärzte kümmern sich sicher. Kommen Sie morgen in die Pfarre.« Mit diesen Worten versuchte der Pfarrer seine Wohnungstür zu schließen, aber Lisas Fuß verhinderte das. »Was fällt Ihnen ein?! Ist das ein Überfall?!«

»Sie kennen diese Frau auf der Intensivstation sehr gut!«

»Sie haben doch gesagt, das ist Ihre Mutter. Jetzt lassen Sie mich in Frieden oder ich hole die Polizei.«

Lisa war immer lauter geworden, ihr Gesicht rötete sich,

und sie blickte den Pfarrer hasserfüllt an. »Es ist meine Mutter, und Sie sind mein Vater!«

Josef Galuschka stutzte, er wurde bleich, die Mundwinkel fielen herab, er griff nach dem Türstock.

»Sie hat es bestätigt. Sie sind mein Vater.«

Galuschka richtete sich wieder auf und sagte mit gepresster Stimme: »Verschwinden Sie! Sie sind verrückt! Sie gehören in eine Nervenklinik!«

Er knallte die Tür zu. Lisa zog ihren Fuß reflexartig rechtzeitig zurück. Innerlich leer stand sie vor der verschlossenen Wohnung. Es wurde ihr schummrig zumute. Schleppend ging sie zur Treppe und setzte sich auf die Stufen. Mit angezogenen Beinen und den Kopf auf ihren Armen begann sie zu schluchzen.

3

Tom saß mit Eike, Toni und der Cutterin Paula auf den braunen Jugendstilstühlen an einem weiß gedeckten Tisch im Wisslers. In der Mitte ihres Tisches brannte eine Kerze in einem Messingständer. Die Cutterin und der Kameramann waren von dem edlen Ambiente mit Stuck und den Gemälden an der Wand fasziniert.

»Hier kommt man sich so vor, als würde man in einem Museum speisen«, meinte Toni.

Paula und Eike hatten Tom erzählt, dass sie noch nie in einem Zwei-Sterne-Restaurant gegessen hatten. Toni und Tom hatten ihnen da etwas voraus.

Die vier studierten ausführlich die Karte mit den verschiedenen Angeboten. Nach einem langen Arbeitstag waren sie nun sehr hungrig. Zunächst der Dreh mit Sugarboy in der Stadt, danach hatten Eike und Tom im Schnitt mit Paula gearbeitet. Sie beherrschte ihren Job und hatte ein tolles Video aus dem Material von Sugarboys Salsa-Tänzen zusammengeschnitten. Das Video war fertig bis auf die endgültige Tonmischung. Tom war begeistert, und Toni, dem sie den Film vorgeführt hatten, zeigte sich mit seiner Arbeit und der der Kollegen auch sehr zufrieden. Die vier hatten sich spontan entschlossen, ihre Gutscheine noch am selben Tag einzulösen. Glücklicherweise war bei Wisslers noch ein Tisch frei gewesen.

Sie wählten ein Vier-Gänge-Menü, das preislich im Rahmen der Gutscheine blieb. Tom strahlte, denn dieses Menü lockte mit völlig anderen Speisen als jenes, das er vor Kurzem mit Lisa genossen hatte.

Paula, eine 30-jährige Frau mit brünettem Lockenkopf und stark geschminkten blauen Augen, bemerkte, während sie die Karte studierte, um ein Getränk auszuwählen: »Dieser Sugarboy müsste jetzt eigentlich mit uns essen. Er ist doch die Hauptperson.«

»Das wird leider nicht passieren«, antwortete Tom, »da ist sicher sein Chef dagegen.«

»Frag ihn einfach!«, meinte Paula. »Ich würde ihn gerne kennenlernen und ihm sagen, dass die Aufnahmen und die Montage sehr schön geworden sind.«

Tom zückte sein Handy und tippte auf Sugarboys Nummer. »Hey, das Video ist ganz toll geworden. Wir sitzen hier in eurem Restaurant und feiern. Magst du nicht mit uns essen?«

»Schade, aber das geht nicht! Ich kann mich da nicht wie ein Gast bedienen lassen. Da würde Marc total sauer werden. Er wollte nicht, dass ich dieses Video mache«, sagte Sugarboy.

»Wir würden uns aber freuen.«

»Sorry, sorry, Tom!«

»Und woher hast du dann die Gutscheine?«, fragte Tom.

»Ach, das lief hier im Haus. Keine Sorge, Ihr könnt damit zahlen.«

»Dann stoß doch wenigstens einmal mit uns an«, versuchte Tom ihn zu überreden.

»Sorry, das geht nicht. Musst du verstehen.«

»Okay, schade.«

»Wenn ihr geht, komme ich zu euch und bringe was zum Trinken mit, dann können wir anstoßen.«

»Alles klar, dann ciao, bis später.« Tom legte auf und wandte sich an seine Kollegen: »Sugarboy sieht keine Möglichkeit, jetzt mit uns zu feiern, aber er will uns treffen, wenn wir gehen.«

Nach ein paar verwunderten Bemerkungen lasen alle nochmals in der Karte, um sich mit der Speisenfolge vertraut zu machen.

»Seht mal der dritte Gang: Habt ihr schon mal Taubenbrust in Gänsefett gebraten mit Berglinsen und Portweinsauce gegessen?«, fragte Tom in die Runde.

Paula schüttelte ihren Lockenkopf und merkte an: »Ich kenne Tauben nur von meinem Balkon, da haben sie sogar schon mal gebrütet.«

Toni, der zu dem Abendessen auf seine Tracht verzichtet hatte und in einem grünen Sakko sowie einer schwarzen Bügelfaltenhose erschienen war, hob die Augenbrauen. »Tauben sind eine Delikatesse – schon seit dem Altertum. Leider sind sie in Verruf geraten, aber in Zuchtbetrieben werden Tauben für die Spitzengastronomie gehalten. Das sind sicher keine Straßentauben hier.«

»Die wären völlig ungenießbar durch die Umweltgifte. Das könnte sich Wissler nie leisten«, merkte Eike an.

Als ein Kellner an den Tisch trat und nach einem Aperitif fragte, sagte Tom: »Da kann ich etwas sehr Gutes empfehlen: einen Crémant vom Riesling mit Passionsfrucht und Minze – das schmeckt super.«

Eike zwinkerte Tom zu. »Unser Greenhorn ist hier Stammgast, müsst ihr wissen.«

Paula und Toni lachten, schlossen sich aber Toms Vorschlag an.

Tom lehnte sich auf seinem Jugendstilstuhl zufrieden und entspannt zurück. »Wisst ihr, was das Tollste war, als ich das letzte Mal hier war? Der Gruß aus der Küche. Da hat Wissler ein Porträt des Bayernkönigs Ludwig II. auf den Teller gezaubert aus Obst und gedünstetem Gemüse. Ich bin gespannt, ob wir das heute auch serviert bekommen.«

Wie auf Kommando erschien der Chef de Rang mit zwei Serviererinnen, von denen jede einen hellblauen Teller in jeder Hand hatte. »Hier kommt ein Gruß aus der Küche. Wir servieren Obst und gedünstetes Gemüse, und wenn Sie genau hinsehen, erkennen Sie den Kopf eines Löwen. Lassen Sie sich es schmecken!«

Auf jedem Teller lag ein zurechtgeschnittenes Bananenblatt, auf dem wiederum ein 15 Zentimeter großer Kopf eines Löwen zu bewundern war. Das hervorstechendste Merkmal stellte die Nase des Tieres dar, die aus einer kleinen Butterbirne bestand, verbunden mit der Schnauze in Form von aufgeschnittenen schwarzen Oliven. Die Augen waren durch Kumquats ins Bild gesetzt, die Backen durch Pfirsichscheiben, an den Seiten trug der Löwe geschälte Orangenstücke, den Kinnbart lieferte in Limettenbutter gedünsteter Weißkohl. Die Haare des Löwen wurden in einem Arrangement aus Walnusskernen präsentiert und die Stirn zeigte sich in Form einer zurechtgeschnittenen Ananasfrucht.

Begeistert bewunderten die vier Genussmenschen das Ensemble auf ihren Tellern.

»Das soll sicher der Bayerische Löwe sein«, meinte Toni, »in dieser Version seh' ich ihn das erste Mal.«

»Du musst nicht alles auf dein Bayerntum beziehen«, fiel Eike ein, »die Löwen gibt es auf vielen Wappen und am schönsten sind sie in der Natur.«

»Dass ein Sternekoch auf so eine Idee kommt, halte ich schon für außergewöhnlich«, meinte Paula.

»Die Idee kommt von dem Maler der Spätrenaissance, Giuseppe Arcimboldo«, sagte Tom. »Der hat seine Porträts mit Elementen aus Obst und Gemüse entstehen lassen. Wissler kennt sich in der Geschichte der Malkunst hervorragend aus, und ich denke, er hat einfach einmal versucht, diese Vorgabe für seine Kunst umzusetzen. Und es ist doch toll gelungen.«

Drei Stunden später waren alle in Hochstimmung und erzählten sich, welche Gerichte ihnen am besten geschmeckt hatten. Trotz anfänglicher Vorbehalte hatte sich Paula sehr mit der Taubenbrust angefreundet, neben der außer den Berglinsen noch frisch gehobelte Trüffel auf dem Teller lagen. Toms Favorit war der Wolfsbarsch mit Zucchini, Paprika und Polenta. Bei diesem Gericht hatte der Chef de Rang darauf hingewiesen, dass Wissler Fisch vor dem Anbraten immer kurze Zeit in eine sehr kräftige Salzlauge legt, weil er dadurch frischer und saftiger schmeckt. Toni war von der glasierten Kalbsleber begeistert, die hauchdünn geschnitten auf Chicoréeblättern und Auberginenscheiben gesetzt waren. Eike stellte sich diesmal selbst als »Zuckerschnitte« dar. Er genoss den Mohnpalatschinken, der mit Maroni und eingelegten Marillen serviert wurde.

Als sie zahlen wollten, stellten sie fest, dass die Beträge der Gutscheine nicht ausreichten. Zu sehr hatten sie sich in verschiedene Weiß- und Rotweine verguckt. Vor allem Toni hatte diesen Riesling aus Rüdesheim oder jenen Chardonnay aus der Bourgogne noch probieren wollen. Tom konnte mit dem Vorschlag des argentinischen Malbec nochmals punkten, da dieser schwere, ausgewogene Rotwein so trefflich das mehrgängige Menü abrundete.

Alle vier legten ein großzügiges Trinkgeld auf den Tisch und verabschiedeten sich. Tom wunderte sich, dass Wissler selbst an diesem Tag nicht im Restaurant aufgetaucht war.

4

Es war eine laue Nacht. Blüten von Buchen und Eichen hatte der Wind auf Autos und Straßen geweht, und der Mond spähte zwischen ein paar dicken Wolken hervor, als die vier Kollegen vor dem Restaurant auf den Bürgersteig traten. Tom zündete sich eine Zigarette an und schaute gespannt zum Eingang des Wohnhauses.

Er musste nicht lange warten. Die Tür öffnete sich, und Sugarboy erschien mit fünf Gläsern und einer Flasche Champagner. Nun war das Hallo groß, Paula nahm ihn in den Arm und küsste ihn auf beide Wangen, Toni schüttelte ihm kräftig die Hand und Eike drückte Sugarboy wie einen Busenfreund an seine Brust. Tom freute sich über die spontane Feier. Sugarboy bat die vier, leiser zu sein, sonst sei er womöglich von Strafaktionen durch Wissler bedroht. Er führte die Gruppe weiter zu einer Bushaltestelle, wo sie sich gutgelaunt auf den blauen Gittersitzen niederließen. Sugarboy öffnete gekonnt die Flasche, schenkte die Gläser voll, und alle prosteten einander zu.

Zufrieden bedankte sich Tom bei dem Kolumbianer. »Schön, dass du noch gekommen bist.«

»Das Video kannst du auf Youtube stellen, dann bist du morgen ein Star«, sagte Paula und zwinkerte Sugarboy zu. Der grinste, tänzelte mit dem Champagnerkelch in der Hand ein paar Salsaschritte, nahm noch einen Schluck, schleuderte den restlichen Inhalt in die Luft und versuchte die Tropfen mit dem Mund aufzufangen. Eike, der Sugarboy am nächsten stand, bekam einiges von der prickelnden Ladung ab.

»Champagnerregen. Warum haben wir den nicht in das Video eingebaut?«

»Übermorgen wird es abgemischt, dann bekommst du eine Kopie auf einem Stick«, sagte Tom. »Zeig die dem Wissler! Kann doch sein, dass es ihm gefällt.«

»Wir hätten die Corneliusbrücke noch hineinschneiden müssen, dann würde es ihm sicher gefallen.«

Diese Bemerkung hatte Toni nur halblaut von sich gegeben, Eike gluckste, Tom schaute betreten zu Boden und Paula wusste nicht, worum es ging.

Sugarboy war plötzlich sehr ruhig geworden. Ernst sah er Toni an. »Was soll das heißen: ›mit Corneliusbrücke würde es ihm gefallen‹?«

Toni fuhr sich durchs Haar und trat von einem Fuß auf den anderen. »Vergiss es. Es war so ein schöner Abend.«

»Nein, ich will wissen, was das heißen soll!«

Da schaltete sich Eike ein. »Hast du noch nicht mitbekommen, wofür die Corneliusbrücke steht?«

»Ne, sag's mir doch!«

»Da kann man Minderjährige treffen.«

»Minderjährige treffen … was meinst du? Zum Sex?«

Eike nickte.

»Was hat das mit Marc zu tun?«

Sugarboys braune Haut schien eine Spur dunkler geworden zu sein, seine Hände zitterten, er hatte die Augen weit aufgerissen, und Spuckebläschen tropften aus seinem Mund.

Die vier anderen wichen seinem Blick aus.

»Ich weiß, was ihr denkt!« Er packte die Champagnerflasche, schleuderte sie mit aller Wucht auf die Straße, dass sie in zig Stücke zerbrach, spuckte vor den vieren aus und schrie: »Ihr seid widerlich!« Dann stürmte er davon.

Mit einem Mal war die leichte, lockere Stimmung dieses Abends verflogen. Tom sah bei der Verabschiedung in betretene Gesichter. Toni, der mit Paula gekommen war, machte sich wieder mit ihr auf den Weg und sagte im Weggehen, ihm täte seine Bemerkung leid. Tom ging mit Eike zu seinem Dacia.

»Warum ist er so ausgeflippt?«, fragte Tom.

»Ist schon komisch. Eigentlich hat er den Verdacht gegen Wissler bestätigt.«

»Aber anfangs musste man ihm das erst lange erklären.«

Eike zuckte mit den Achseln. »Vielleicht ist es Eifersucht? Vielleicht hat er gar keine Ahnung, was Wissler so treibt.«

»Wenn er's wirklich so treibt. Ich habe gehört, dass Steineberg die Gerüchte aufgebracht hat, um Wissler zu schaden und ihm den dritten Stern zu versauen.«

»Und wie passt der Mord an Lalonge da rein?«

»Ich komme bei allen Überlegungen immer wieder auf Wissler.«

»Aber der kann es nicht selbst gewesen sein.«

»Dann muss er eine Hilfe gehabt haben.«

»Edgar!«

»Der ist tot.«

Plötzlich blieb Tom stehen. »Vielleicht hat dieser Rocker Edgar gar nicht umgebracht, vielleicht war das auch Wissler?«

Eike stupste ihn an und sagte mit einem breiten Grinsen im Gesicht: »Jetzt übernimmst du Obermeiers Job. Schau mal, ob bei der Polizei eine Stelle für dich frei ist.«

Tom boxte Eike leicht in die Seite.

»Mach dich nur lustig! Sugarboy hat mir schon einen Kellnerjob bei Wissler angeboten.«

Eike lachte. »Das kann ich mir bei dir überhaupt nicht vorstellen.«

»Aber interessant wäre es schon. Da bekäme ich sicher mit, was da so hinter den Kulissen los ist.«

»Und du könntest immer gut essen.«

Die beiden waren bei Toms Dacia angekommen und stiegen ein.

»Hast du keine Angst, dass der Rocker bei dir nochmals aufkreuzt?«, wollte Eike wissen, während er den Sicherheitsgurt anlegte.

»Doch. Ich kann auch nicht verstehen, dass die Polizei den nicht findet.«

»Durch dich ist der Kreislauf des Drogenhandels unterbrochen worden. Da könnte sich jemand rächen wollen.«

Tom startete sein Auto und fuhr los. »Was soll ich tun?«

»Geh zur Polizei und besprich das mit denen. – Oder zieh woanders hin!«

Tom spürte ein Kribbeln in seinem Magen, die Nase fing an zu pochen, er wurde wieder unruhig. »Langsam werde ich richtig nervös. Jetzt mag ich gar nicht mehr nach Hause.«

Toms Fahrtempo verlangsamte sich, hinter ihm betätigte ein Fahrer die Lichthupe.

Eike wandte sich Tom mit einer entschuldigenden Miene zu. »Tut mir leid. Ich wollte nicht …«

»Weißt du, es ist schon ein Scheißgefühl, wenn man entführt, verletzt und fast umgebracht wird, und dieser Verbrecher läuft immer noch draußen frei herum.«

Tom überlegte, was er tun könnte. Warum bot ihm Eike nicht an, dass er bei ihm übernachten kann? Vorsichtig blickte er zu ihm hinüber. Er saß entspannt da und checkte in seinem Smartphone die Nachrichtenlage im Internet. Vielleicht bekam er noch Besuch, da würde er stören. Lisa war in Bamberg, aber das wäre doch eine Möglichkeit! Er könnte in ihrer Wohnung schlafen. Was sollte sie da dagegen haben? Obwohl – sie war manchmal so verschlossen. Und vielleicht hatte sie Angst, dass er ihren Japankram und ihre Ordnung durcheinander brächte? Und der Schlüssel? Vielleicht hatte sie einen bei einem Nachbarn gebunkert.

»Ob mir die Polizei Personenschutz gewährt?«, fragte er Eike.

»Kannst ja mal fragen, ich glaub's nicht. Die sagen sicher, du sollst woanders hinziehen.«

»Ich frag mal Lisa, ob ich bei ihr unterkomme.«

»Gute Idee!«

»Und morgen red ich mit Obermeier.«

»Okay, kannst mich hier rausschmeißen, ich fahr dann mit der U-Bahn weiter.«

Tom hielt auf einem freien Parkplatz in der Ludwigstraße und verabschiedete sich von Eike. Dann rief er Lisa an.

»Hallo, Tom. Schön, dass du dich meldest. Ich habe schon darauf gewartet. Wie geht's dir?«

Tom hatte gleich das Gefühl, dass sie etwas loswerden wollte. »Erzähl erst du mal. Was hast du erlebt?«

»Ich war bei dem Pfarrer. Es war fürchterlich.«

»Hast du dich ihm zu erkennen gegeben?«

»Ja.«

Tom hörte, wie Lisa aufgewühlt atmete. »Und was hat er gesagt?«

»Ich sei verrückt und würde in die Nervenklinik gehören. Er hat mich gar nicht in seine Wohnung gelassen und mit der Polizei gedroht.«

»Tut mir leid für dich.«

»Jetzt heul ich dir schon wieder was vor.«

»Ist schon gut.«

»Ich bin hoffentlich bald wieder in München, aber morgen muss ich noch hierbleiben. Ich weiß nicht, wie es mit meiner Mutter weitergeht. Jetzt erzähl mal, wie geht's dir?«

»Eher durchwachsen. Wir haben ein Supervideo erstellt mit Sugarboy, waren sehr gut Essen beim Wissler, doch plötzlich ist der Abend gekippt: Erst hat Sugarboy durchgedreht, und dann hat Eike etwas angesprochen, das ich jetzt mit mir herumtrage.«

»Und was ist das?«

»Ich habe Angst, dass dieser Rocker nochmals aufkreuzt. Die Polizei hat den noch nicht verhaftet. Diese Typen sollen sich ziemlich brutal rächen.«

»Geh noch mal zur Polizei!«

»Mach ich auch – morgen.«

Er hörte Lisa schniefen.

»Lisa, ich habe noch eine Frage.«

»Ja?«

»Könnte ich heute Nacht in deiner Wohnung schlafen? Ginge das irgendwie?«

Sie schien zu überlegen.

»Ich sorge auch nicht für Chaos. Versprochen! Ich würde mich auf die Couch legen und da schlafen.«

»Das könntest du … Lass mich nachdenken …«

Auf einmal zeigte sich Lisa wieder als taffe Frau, die weiß, wie man das Leben managt. »Du klingelst bei meinem Nachbarn auf dem gleichen Stockwerk, damit du ins Haus kommst. Der geht immer spät ins Bett. Dann gehst du in den Keller, suchst das Abteil, bei dem auf dem Lattenverschlag ›Erster Stock, links‹ steht. Es ist mit einem Zahlenschloss gesichert, die Nummer ist einfach zu merken: 2244. Im Kellerabteil steht ein hölzernes Ikearegal, da hängt an der Innenseite mein Zweitschlüssel. Kapiert?«

Tom hatte die Informationen schnell als Notiz in sein Handy getippt.

»Nummer 2244, Ikearegal Innenseite. Im Regal gibt's doch keine Innenseite?«

»Doch, da ist so eine lange senkrechte Latte, an der die Bretter befestigt sind. Diese Latte meine ich. Da an der Innenseite.«

»Ich hab verstanden.«

»Du kannst dich gerne in mein Bett legen.«

»Ich weiß gar nicht, ob ich das will ohne dich.«

Lisa kicherte verhalten. »Bring mir meine Schminktöpfe nicht durcheinander!«

»Nein, nein …«, stammelte Tom.

Lisa fiel ihm ins Wort: »War nur ein Scherz. Du musst nicht so schüchtern sein.«

»Ich hätte gar nicht gefragt, wenn ich nicht so Schiss hätte. Und zu meinen Eltern will ich wirklich nicht mehr.«

»Ist okay. Kein Problem.«

»Vielen Dank. Ich mach mich jetzt gleich auf den Weg zu deiner Wohnung.«

»Wenn's ein Problem gibt, rufst du mich noch mal an.«

Tom wünschte Lisa eine gute Nacht und fuhr weiter Richtung Schwabing, am Siegestor vorbei und über die Leopoldstraße, auf der noch viele Einheimische und München-Besucher promenierten oder in Boulevardrestaurants gemütlich einen Drink genossen. München wirkte hier kommerziell, aber auch leicht, dachte Tom, die Stadt hatte viele Gesichter.

Alles hatte geklappt, wie es Lisa beschrieben hatte. Tom war auch auf keinen überengagierten Nachbarn im Treppenhaus gestoßen, der ihm blöde Fragen stellte.

Er schloss die Wohnungstür auf, zog die Schuhe aus und trat ein. Sofort nahm er Lisas Duft wahr. Am Boden die Pantoffeln mit den Emojis, der rote Lampion an der Decke und das Bild mit der großen Welle – Gegenstände aus der Welt eines anderen Menschen. Ihn durchfuhr ein Schauder. Er spürte Lisas Aura, das Intime und ihre Unnahbarkeit.

Tom schüttelte die Gedanken ab. Er ging ins Wohnzimmer und besah sich die Couch. War die zum Schlafen geeignet? Er wusste, dass ihm am nächsten Morgen sämtliche Knochen wehtun würden, wenn er überhaupt zur Ruhe käme. Er sah ins Schlafzimmer und legte schnell seine Skrupel ab. Es war eine angenehme Vorstellung, auf Lisas Futon zu liegen, auch wenn sie nicht anwesend war. Sie hatte es ihm ja angeboten.

Im Bad fiel sein Blick auf ein pinkfarbenes Fläschchen mit dem Namen »Rockabella's Shot«. Er konnte nicht widerstehen, öffnete es, und gleich stieg ihm eine Wolke von Lisas Parfum in die Nase. Toms Hände begannen, vor Erregung feucht zu werden.

Ihm fiel ein, dass er nicht einmal eine Zahnbürste bei sich hatte. Er griff zum Handy und rief Lisa an.

»Hi, Tom! Alles in Ordnung?« Lisa sprach sehr leise.

»Ja, ich bin jetzt in deiner Wohnung. Hat gut geklappt. Wenn es dich nicht stört, werde ich doch in deinem Bett schlafen.«

»Das hab ich dir doch angeboten. Ist schon okay.«

»Du, Lisa, hast du vielleicht irgendwo noch eine Zahnbürste?«

Lisa erklärte ihm, wo er die Schachtel mit den auf Vorrat besorgten Hygieneartikeln und ein Handtuch finden würde.

»Schade, dass du nicht hier bist, aber ich kann dich riechen.«

»Schlaf gut!«

Tom konnte aber auch in dieser Nacht noch lange nicht einschlafen.

CHAMPAGNER NACH ART DES HAUSES

1

Als Tom am nächsten Morgen aufwachte, war es draußen hell, die Vögel zwitscherten vor dem Schlafzimmerfenster und sorgten für einen eigentlich angenehmen Start in den neuen Tag. Tom hatte aber das Gefühl, als wäre er in der Nacht gerädert worden. Bruchstücke eines Alptraumes waberten durch sein Gehirn.

Er sah sich neben Lisa im Bett liegen. Sie hatte ihm den Rücken zugewandt, er starrte auf ihr Drachentattoo. Plötzlich begann sich der Drache zu bewegen. Die verschiedenfarbigen Augen des Ungeheuers funkelten wild, es riss sein Maul auf, immer weiter und weiter. Aus seinem Schlund wurde eine menschliche Figur nach oben gepresst, sie wuchs und wuchs. Tom erschrak. Es war Fat Django! Er stand nun auf der unteren Zahnreihe des Drachenmauls, hielt es mit der linken Hand auseinander, in der rechten hatte er ein riesiges Messer. Fat Django rollte finster mit den Augen, sprang aus dem Maul, stand in Lebensgröße vor Tom, holte mit dem Messer aus …

In diesem Moment war Tom aufgeschreckt. Er hatte seinen Kopf an eine hölzernen Ablage gestoßen, seine Nase schmerzte und mit einer Hand hielt er Lisas Kopfkissen verkrampft fest, als würde er sich auf hoher See nach einem Schiffsunglück an ein Stück Bootsplanke klammern.

Nach diesem Schrecken musste er nochmals eingeschlafen sein. Tom betastete vorsichtig seine Nase, sie war noch immer durch ein Stück Mullbinde geschützt, das mit Leukoplast befestigt war. Jetzt war der Verband feucht, vermutlich durch Blut. Tom schauderte. Er stand rasch auf, blickte in den Spiegel im Flur, stellte aber fest, dass die Blutung zum Stillstand gekommen war. Als er zurück ins Schlafzimmer ging, entdeckte er Blutstropfen auf dem Kopfkissen. Peinlich berührt entfernte er den Bezug und versuchte, die verschmutzte Stelle mit kaltem Wasser auszuwaschen.

Anschließend wechselte Tom den Verband auf seiner Nase. Der Schorf war abgeplatzt und hatte das Bluten verursacht, aber die Naht hatte gut gehalten.

Nicht weit von Lisas Wohnung entfernt fand Tom ein nettes Retro-Café, und er war froh, dass er gerade noch einen kleinen Tisch erobern konnte. Das Angebot zum Frühstück war mit vielerlei Kuchen, Käseplatten und Müsli-Variationen opulent, er hatte sich für Speck und Eier entschieden, was ihm eine freundliche blonde Bedienung mit slawischem Akzent brachte. Der Geschäftsführer des Cafés, ein Italiener, dessen Cappuccino einfach unschlagbar gut war, sorgte mit leutseligen Bemerkungen für eine angenehme Atmosphäre. Die meisten Besucher wirkten auf Tom, als könnten sie völlig relaxed den Vormittag mit Gesprächen und Zeitunglesen verbringen. Ein wenig beneidete er sie darum, denn er hatte sich für den Tag ein zeitlich eng bemessenes Programm vorgenommen.

Um 9:30 Uhr saß Tom auf einer Bank vor Obermeiers Büro. Zehn Minuten später kam der Mann mit der großen Nase und dem gezwirbelten Schnurrbart in einem weiten Lodenmantel um die Ecke.

»Woll'n Sie zu mir? Ist Ihnen noch etwas eing'fall'n?«

Tom nickte eifrig und folgte dem Hauptkommissar in sein Büro. »Herr Obermeier«, legte er los. »Tatverdächtig bei dem Mord an Edgar ist doch dieser Rocker Fat Django. Haben Sie ihn inzwischen geschnappt?«

Obermeier schüttelte den Kopf und ließ seine Schnurrbartspitzen wackeln. »Der ist wie vom Erdboden verschwunden. Wir vermuten, dass er bei einer Rockerorganisation irgendwo in Deutschland untergetaucht ist. Womöglich im Norden, da kommt er ja her.«

»Aber es kann doch auch sein, dass er sich noch in München aufhält?«

»Kann sein. Freilich. Wir wissen es nicht.« Obermeier begann damit, Stifte aus dem Bierglas auf seinem Schreibtisch zu nehmen und sie mit Akribie der Größe nach zu sortieren.

Tom fuhr sich irritiert durchs Haar, zögerte einen Moment. »Ich habe schlicht Angst, er könnte mich wieder bedrohen. Kann man in so einem Fall nicht Personenschutz beantragen?«

Obermeier legte die Stirn in Falten, als wäre Tom mit seinem Wunsch weit über das Mögliche hinausgeschossen. »Ich glaube, dass die Gefährdung in Ihrem Fall für die Aufnahme in ein Schutzprogramm nicht gegeben ist.« Er holte einen Block aus einer Schreibtischschublade und wählte für seine Notizen den größten Stift. »Sie heißen Thomas Becker, Becker mit ›e‹!?«, stellte er nüchtern fest und schrieb den Namen auf seinen Block. Er rutschte vor seinen Computer, tippte etwas ein und sagte nach einer Weile: »Sie sind in der Gemeinde Vaterstetten aufgewachsen und wohnen jetzt in München in der Schopenhauerstraße?«

Tom bestätigte die Angaben.

»In Vaterstetten leben ihre Eltern, sagten Sie. Hier ist noch ein Jan Becker eingetragen, das ist wohl Ihr Bruder?«

Tom nickte.

»Auf den Schriftstücken, die wir bei Edgar Sturm in der Kapuzinerstraße gefunden haben, war auch ein Jan Becker vermerkt.«

Ein elektrischer Schlag durchzuckte Toms Körper. Geräusche und Bilder dieses grauenvollen Tages dröhnten in seinem Kopf.

Das fünfmalige Klingeln des Telefons. Der verzweifelte Schrei seiner Mutter. Das Knarzen der Treppe, als sie zu ihm nach oben kam, seine Zimmertür aufriss und rief: »Jaaan ist verunglückt!!! Er ist tot!!!«

»Jan ist schon lange tot.«

Obermeier runzelte die Stirn. »In welcher Beziehung stand Ihr Bruder zu Edgar Sturm? Ham S' da eine Vorstellung?«

Tom zögerte, rutschte auf seinem Stuhl herum und begann zu schwitzen.

Tom hielt seine Mutter im Arm, als sein Vater nach Hause kam. Unsicheren Schrittes ging sie auf ihren Mann zu und schluchzte mit tränenerstickter Stimme: »Jan ist tot! Wie kann das sein? Wofür hat Gott uns bestraft?« Dann sank sie in sich zusammen.

Obermeier beobachtete jede Regung Toms. »Könnte es sein, dass Ihr Bruder Konsument war?«

Seine Mutter hätte Obermeiers Vermutung sicher energisch widersprochen.

Tom spürte die Gewissensbisse. Er hatte vom Drogenkonsum seines Bruders gewusst, aber nichts unternommen. Es stellte sich heraus, dass Jan bei der tödlichen Unfallfahrt nicht clean gewesen war.

Tom nickte. Jetzt musste er Jan nicht mehr schützen. »Ja, das könnte sein. Jan hat gekokst, und das war auch der Grund für seinen Tod.«

»War's eine Überdosis?«

Jan war ein Egoist, ein koksender Strahlemann. Mutter hatte sich vom Schein täuschen lassen, vielleicht sogar gerne. »Jan hätte es so weit bringen können als Werbedesigner. Er verdiente so viel Geld, hatte mit den Großen der Gesellschaft zu tun, war überall beliebt …«

Tom sprach jetzt so leise, dass Obermeier sich vorbeugte, um ihn zu verstehen: »Er überholte auf der Bundesstraße 11 bei Königsdorf, ist in ein entgegenkommendes Auto und dann gegen einen Baum geknallt.« Tom schloss seine Augenlider. »Jan war zugekokst.«

Tom hob den Kopf und atmete tief durch. »Er war sofort tot, der Fahrer des anderen Wagens schwer verletzt. Meine Eltern und ich sind in die Unfallklinik nach Murnau gefahren. Jans Kopf war völlig zerschmettert. Die Ärzte mussten meine Mutter mit Infusionen stabilisieren, da sie einen Nervenzusammenbruch hatte. Meine Eltern hatten noch Glück, dass niemand Regressansprüche stellte – weder die Versicherung noch der Unfallgegner.«

Obermeier, der Toms Schilderung aufmerksam verfolgt hatte, lehnte sich jetzt zurück und zwirbelte an seinem Schnurrbart. »Es scheint sehr wahrscheinlich, dass Ihr Bruder von Sturm oder Fat Django oder sonst jemandem aus dieser Drogenbande seinen Stoff bezogen hat. Aber diese G'schicht könnte auch Sie in einem anderen Licht erscheinen lassen.«

Entrüstet ballte Tom seine Fäuste, die Muskeln in seinem Gesicht waren hart geworden. »Wie meinen Sie das?«

»Dadurch hätten Sie ein Motiv für den Mord an Edgar Sturm g'habt – Rache für Ihren Bruder.«

Tom war bleich geworden. »Ich habe doch gar nicht gewusst, dass Jan von Edgar seine Drogen bezogen hat.«

»Ich sage ja nicht, dass es so war, aber für unsere Polizeiarbeit ist das ein neuer Aspekt.«

»Das hatten wir doch bereits. Haben Sie Lisa schon gefragt? Die war dabei, als Edgar im Keller gebrüllt hat«, rief Tom empört.

Während Obermeier die Hand zu einer beschwichtigenden Geste hob, sagte er bedächtig: »Beruhigen S' Eahna. Ich will nur sag'n, wir müssen alle Aspekte prüfen.«

Tom erhob sich von seinem Stuhl. »Und was ist mit dem Personenschutz? Wie geht's da weiter?«

»Die Polizei muss jetzt eine Gefährderanalyse durchführ'n. Im positiven Fall würden Sie in ein Zeugenschutzprogramm berufen, und in dieser Maßnahme ist auch der Personenschutz enthalten. Sie erhalten Bescheid von uns.«

Tom setzte sich wieder. »Wie sieht so ein Zeugenschutzprogramm aus?«

»Sie würden eine neue Identität bekommen, die keine Rückschlüsse auf Ihr bisheriges Leben erlaubt. Vorher wird geprüft, ob Ihre Zeugenaussage unabdingbar für das Gerichtsverfahr'n ist. Lieber Herr Becker, Sie müssen auch sehen, dass dieser Rocker Fat Django auf der Fahndungsliste steht, und irgendwann wird er gefasst werden.«

In Toms Kopf tobten die Gedanken. Eine neue Identität wollte er doch gar nicht. Er wollte nur nicht von dem gewalttätigen Fettkloß gekillt werden. Es war ihm gelungen, den Fuß ein kleines Stückchen in die Tür zur großen Welt des Journalismus zu stellen – das war ihm wichtig. Da konnte man nicht einfach die Identität wechseln. Und was würde aus seiner Liebe zu Lisa werden, die er sich eingestanden hatte? Seine Mutter würde zugrunde gehen, wenn er plötzlich verschwunden wäre, da war er sich sicher. Einen zweiten verlorenen Sohn würde sie nicht verkraften.

»Behält man diese neue Identität für immer?«

»Das Zeugenschutzprogramm wird in der Regel vorübergehend gewährt. Wird der Angeklagte verurteilt, ist es meist vorbei.«

Fat Django war aber Mitglied einer ganzen Bande von Rockern, die ihn womöglich rächen würden.

Obermeier hatte sich wieder den Stiften auf seinem Schreibtisch zugewandt. »Ich würde Eahna empfehlen, einfach vorübergehend woanders hinzuzieh'n. Das wäre pragmatischer und wesentlich unkomplizierter.« Obermeiers Telefon klingelte, er hob ab, hörte kurz zu und sagte: »Ich komme gleich.« Er wandte sich mit unbeteiligter Miene an Tom. »Kann ich noch etwas für Sie tun?«

Tom schüttelte den Kopf, stand auf und ging aus dem Zimmer.

Als er den Korridor zum Reporterzimmer entlanglief, kam ihm Neuwirt entgegen. Tom grüßte, aber der Redaktionsleiter beachtete ihn nicht. Auf der Suche nach Eike erfuhr Tom, dass dieser bei einem Dreh unterwegs war. Die anderen freien Mitarbeiter waren alle mit ihren tagesaktuellen Themen befasst.

Die Meldungen der Nachrichtendienste studierte Tom in einem Dienstcomputer, fand aber nichts, was er für einen aktuellen Beitrag vorschlagen konnte. Seine Stimmung stürzte in den Keller.

Jan kam ihm wieder in den Kopf. Der hatte vor all den Jahren schon Kontakt mit Edgar oder Fat Django gehabt – das war kaum zu glauben. Aber Obermeier hatte es sich wohl kaum aus den Fingern gesogen.

Eine neue Identität?! Was wäre sein Berufsziel, wenn er nochmals neu anfangen könnte? Eine andere Ausbildung? Nein, ihm gefiel es beim Fernsehen.

Er sah die Stellenangebote der Zeit und der Süddeutschen Zeitung im Netz durch. Sie waren recht überschaubar. Wenn er »Redakteur« oder »Medien« in die Maske eingab, fand er Angebote vom Erzbistum in Paderborn, der Pharmaindustrie in Ulm oder der Max-Planck-Gesellschaft in Jena. Bei dem letzten Angebot interessierte Tom die Institution, aber nicht der Standort, die anderen kamen für ihn weder inhaltlich noch geografisch infrage. Er surfte weiter im Netz herum, ließ sich treiben, ohne konkretes Ziel kam er von einer Seite auf die nächste. Mit einem Mal war er bei den Jobangeboten des Deutschlandradios gelandet. Tom sah sie durch, und seine Augen blieben bei einer Ausschreibung hängen:

Deutschlandfunk Nova ist das junge Infoangebot von Deutschlandradio, das für eine hochaktuelle, unkonventionelle Popkultur jenseits des Mainstreams steht. Zum nächstmöglichen Zeitpunkt wird am Standort Köln für die Programmdirektion, Schwerpunkt Community-Content-Management und On-Demand-Produktentwicklung, ein Redakteur (m/w/d) gesucht.

Ein Hörfunksender für ein anspruchsvolles Jugendradio. Fernsehen wäre cooler gewesen, aber Programm für junge Leute zu machen, das wäre auch richtig geil. Vielleicht waren da die Menschen untereinander aufgeschlossener und freundlicher, wenn es um ein gemeinsames Engagement ging? Köln kannte er nicht, aber die Kölner sollten ein recht offener Menschenschlag sein. Deutschlandradio war ein öffentlich-rechtliches Unternehmen und das versprach relativ geregelte Arbeitsverhältnisse.

Sollte er sich dort einfach bewerben? Hätte er überhaupt eine Chance mit nur einem Monat Berufserfahrung bei TV 1?

Durch Toms Kopf schwirrten die Gedanken, und er verliebte sich immer mehr in die Idee vom Radio in Köln.

Aber was wäre mit Lisa? Würden sie eine Fernbeziehung führen, wie es in Deutschland 100.000 gab? Oder würde Lisa mit ihm nach Köln gehen? Vielleicht würde ihr ein Ortswechsel sogar gut tun? Tom wurde sich immer sicherer, er musste es versuchen und diese Bewerbung schreiben.

2

Fat Django saß im Rock-Café in St. Pauli nur ein paar Meter weg von der Elbe. Auf der Bühne versuchte eine fünfköpfige Rockband, die es zusammen locker auf 300 Lebensjahre brachte, beim Soundcheck die richtigen Riffs zu finden, um damit die rot gestrichenen Wände zum Wackeln zu bringen. Immer wieder unterbrachen Gitarrenläufe und Trommelwirbel das Gespräch von Fat Django mit einem angegrauten Riesen in der Kutte der Hells Angels Harbor City, der Nachfolgeorganisation der verbotenen Hells Angels Hamburg. Fat Django trug ein schwarzes T-Shirt mit der Aufschrift »No risk, no fun« und eine abgestoßene schwarze Lederjacke und verspeiste einen Burger mit einem gewaltigen Rinderpatty, viel Bacon und Cheddar.

Der Riese beäugte ihn gelangweilt, er trug einen Schnauzer wie ein Seebär, auf seinen tätowierten Armen fiel ein geflügelter Totenkopf besonders auf. »Du hast den ganzen Stoff aus München mitgebracht? Was sagen die Brothers da unten dazu?«

»Da gibt's jetzt grad mal eine Versorgungslücke. Ich musste abhauen, Mann; werde wegen Mord gesucht.« Fat Django kaute auf seinem Burger herum, der Ketchup lief ihm aus dem Mundwinkel und tropfte auf den Tisch.

»Wen hast du gekillt?«

»'nen Trottel. Hat einfach 'nen Gefangenen laufen lassen, und mir was von 'ner Mieze vorgeheult. Zuvor hat er mir auch noch Stoff geklaut. Da hat's mir gereicht. – Ihr müsst mir helfen, ich habe sonst keinen.«

»Du kommst doch aus Kiel?«

»In Kiel ist nichts mehr los, weißt du doch. Da sind alle weg. Deswegen bin ich nach München. Außerdem suchen mich die Bullen in Kiel zuerst.«

»Du weißt, du hast keine Rechte.«

»Ich bring euch den ganzen Stoff, da könnt ihr doch was für mich tun.«

»Und wir kriegen Stress mit dem Charter in München.«

»Den Stoff habe ich bezahlt, Flossen-Kai, nicht das Charter. Das ist mein persönlicher Anteil.«

»Das Charter in München sagt was anderes: Du hast dein eigenes Ding gemacht und ihnen den Stoff geklaut!«

»Das ist Unfug. Woher willst du das wissen?«

»Ich habe mich erkundigt.«

»Das stimmt aber nicht. Die erzählen Mist!«

»Wie bist du hierhergekommen? Wo hast du dein Bike?«

»Das steht in einer Garage. Hab die Schilder abgeschraubt. Wäre nicht sehr helle, damit durch die Landschaft zu cruisen. Ich hab den Transit genommen, der ist unauffällig.«

»Du bist ein Freebiker ohne Bike, Alter. Du musst ins Ausland! Geh nach Rotterdam!«

Fat Django schob den Pappteller mit seinen Unterarmen beiseite, die durch Trenbolon und Hanteltraining auf Oberschenkelgröße angewachsen waren, und sah sein Gegenüber wütend an. »Der Stoff ist locker 80.000 Öcken wert, da kannst du doch was machen.«

»Okay, okay!« Der Höllenengel grinste Fat Django herausfordernd an. »Wir klären das mit dem Charter in München und bringen dich auf ein Schiff nach Rotterdam.«

Flossen-Kai trank einen Schluck Bier, rülpste und sagte mit einem verschlagenen Lächeln: »Oder du wirst ein Hangaround bei uns.«

Fat Django packte den Angel an der Kutte. »Das geht gar nicht! In Kiel und München war ich Fullmember. Jetzt wieder als Hangaround putzen und Essen holen – du spinnst wohl!«

»Nimm deine Pfoten da weg oder es gibt Saures.« Mit seiner Riesenpranke wischte Flossen-Kai die Hand von seiner Kutte.

Zornig funkelte Fat Django den Harbor-City-Rocker an. »Ich kann jetzt nicht noch mehr Stress gebrauchen!« Er legte einen 20er auf den Tisch und stand auf.

»Du bist vielleicht ein Brother, pfui Deibel. Ein Vice-President willst du sein?! Da kann ich gleich zu den Bandidos.«

Wut sprühte aus Flossen-Kais Augen. Seine Nerven schienen plötzlich zum Zerreißen gespannt zu sein, und er sah aus, als wollte er Fat Django an die Gurgel. Der zuckte verächtlich mit den Schultern, ging ohne sich umzuschauen zur Eingangstür und warf sie hinter sich mit einem lauten Knall zu. Ein Trommelwirbel auf der Snare Drum begleitete seinen Abgang.

3

Tom schlief auch die zweite Nacht in Lisas Bett sehr unruhig. Immer wieder deckte er sich auf, dann fror er, wachte auf, zog die Bettdecke über seinen Körper und schlief wieder ein. Plötzlich vernahm er ein Geräusch, als würde eine Tür geschlossen. Tom war sofort hellwach. Was war das? Wurde im Flur das Licht angeknipst? Stellte jemand einen Gegenstand ab? Oder hatte er nur geträumt? Tom setzte sich auf. Er strich sich mit der Hand durch die zerzausten Haare, und ihn juckte die Nase. Dann meinte er, einen Schatten am Milchglasfenster der Schlafzimmertür gesehen zu haben. War das ein Einbrecher? Oder gar der Rocker?

Tom stieg vorsichtig aus dem Bett, öffnete die angelehnte Tür einen Spalt, erschrak höllisch, als sie zu quietschen begann. Er lauschte, hörte aber kein Geräusch mehr in der Wohnung. Wenn da jemand war, verhielt der sich ebenfalls still.

Tom ging auf Zehenspitzen zu dem Stuhl, wo er seine Kleider abgelegt hatte, zog fast lautlos seine Hose und sein Hemd an. So fühlte er sich etwas wohler. Sollte er versuchen, die Wohnung zu verlassen? Tom spürte sein Herz immer schneller schlagen. Barfuß – er hatte seine Socken im Dunkeln nicht gefunden – öffnete er die Schlafzimmertür ein Stück weiter. Sie knarzte glücklicherweise jetzt nicht mehr, und er spähte vorsichtig in den Flur. Er sah eine brennende Stehlampe im Wohnzimmer! Aber er konnte auch vergessen haben, sie am Vorabend auszuschalten. Vorsichtig, mit eingezogenem Kopf, als würde diese Haltung ihn schützen, schlich er zur Eingangstür. Als er sie erreicht hatte, drückte er den Griff nach unten, zog sie Zentimeter für Zentimeter auf, wollte gerade einen Fuß nach draußen setzen, als er eine Stimme in seinem Rücken hörte.

»Wo willst du denn hin?«

Tom erschrak fürchterlich. Er begann zu zittern. Die Stimme klang hoch und bedrohlich. Fat Django hatte eine hohe Stimme. Er stand wie angewurzelt da, wusste nicht, was er machen sollte. Das Beste wäre sicher abzuhauen! Da hörte er wieder die Stimme: »Hey, ich bin's. Wo willst du denn hin?«

Lisa?! Langsam drehte sich Tom um, da stand sie, höchst amüsiert mit einem breiten Grinsen im Gesicht.

Tom freute und schämte sich zugleich. »Wo kommst du denn her – mitten in der Nacht?«

»Vom Bahnhof.«

»So spät?«

»Um viertel vor elf fuhr noch ein Zug nach München. Den hab ich genommen.«

»Hättest mir ja vorher was sagen können.«

»Ich bin immer für eine Überraschung gut.«

Tom spürte, wie die Anspannung nachließ. »Ich bin vielleicht erschrocken. Habe gedacht, der Rocker ist hier eingebrochen. Puh! – Und wie geht es dir?«

Lisa lachte aus vollem Hals. »Okay. Ich hab's in Bamberg nicht mehr ausgehalten.«

Tom nickte, ging auf Lisa zu und schloss sie in die Arme. »Darf ich trotzdem hier schlafen?«

Lisa machte sich los und kramte in ihrem Koffer. »Ja, natürlich, ist okay.«

Tom spürte, dass Lisa ihr Domizil nicht auf Dauer mit ihm teilen würde. Seine Deutschlandradio-Bewerbung kam ihm in den Sinn, aber davon wollte er jetzt nichts erzählen. Er packte das Bettzeug, in dem er geschlafen hatte, und verzog sich auf die Wohnzimmercouch.

Lisa stutzte. »Was machst du da?«, fragte sie mit hochgezogenen Brauen.

»Ist besser so.« Tom zwinkerte ihr müde zu. »Du willst das sicher auch.«

Lisa gab ihm einen Kuss auf die Wange und schloss die Badtür hinter sich.

4

Kaum war die Eingangstüre des Rock-Cafés zugeflogen, sprang Flossen-Kai auf und stürmte Fat Django hinterher. »Bleib stehen, du Arschgesicht! Wie redest du mit mir?«

Fat Django drehte sich mitten auf der Straße um, sah, wie der Höllenengel auf ihn zurannte. Ein Auto wich mit quietschenden Bremsen aus. Wutentbrannt ballte Flossen-Kai die rechte Faust und traf Fat Django mit aller Wucht am Hals. Der sackte leicht in sich zusammen, Flossen-Kai holte mit der Linken aus und wollte seinen Gegner am Kinn erwischen. Doch Fat Django zog ein langes Messer aus der Innentasche seiner Jacke. Der Hamburger Rocker hielt irritiert einen Moment in seiner Bewegung inne. Mit Schwung stach Fat Django ihm von unten ins Gedärm. Der Riese schaute verdutzt auf seinen Bauch. Fat Django zog die Klinge heraus, das Blut sprudelte, und er stieß noch einmal zu. Die Waffe steckte zwischen den Rippen von Flossen-Kai fest. Fat Django ließ sie, wo sie war, spuckte ein Stück von dem Burger aus, das ihm zwischen den Zähnen hängen geblieben war, und rannte davon. Der Hells Angel sank auf den Asphalt, blieb in Embryostellung liegen und bemühte sich verzweifelt, aber vergeblich, das Messer aus seinem Körper zu ziehen. Blut floss ihm aus Bauch und Mund.

Eine Frau, die einen Kinderwagen mit einem Winzling schob, schrie auf, hielt dann die Hand vor den Mund, als hätte sie etwas Unerlaubtes getan. Sie stellte sich instinktiv vor ihr Kind, damit es von der Brutalität dieser Szene nichts mitbekam. Ein Autofahrer hatte angehalten und war aus seinem Wagen gestiegen, um das Geschehen besser verfolgen zu können.

Entsetzt standen ein paar Leute auf der Straße, geschockt von der Erbarmungslosigkeit des blutigen Kampfes. Mitleid hatte niemand mit den Rockern, auch nicht mit dem Verletzten. Die Szenerie wirkte archaisch wie eine Geschichte aus dem Alten Testament. Männer und Frauen starrten aus der Distanz wie versteinert auf den verletzten Hells Angel, der gegen das Sterben ankämpfte. Es dauerte, bis sich ein älterer Mann erbarmte und mit seinem

Handy einen Krankenwagen rief. Eine Verfolgung des Täters war niemand in den Sinn gekommen.

5

»Und warum suchen S' uns mit dieser Beobachtung erst jetzt auf, Herr Eichenseher?«

Obermeier musterte mit angespannter Miene das ältere Ehepaar, das ihm an seinem Schreibtisch gegenüber saß. Die Frau hatte einen grünen Trachtenhut auf dem Kopf und zupfte nervös an ihrem Schal. Eichenseher hatte einen weißen Schnurrbart unter einer spitzen Nase, trug eine beige Strickjacke und scharrte aufgeregt mit den Füßen.

»Wir sind am nächsten Tag nach Schweden gefahren zu meiner Cousine«, verteidigte sich der Mann.

»Gestern sind wir aus dem Urlaub zurückgekehrt und die Nachbarn haben uns erzählt, was im Odeon mit dem Tester passiert ist. Da haben wir uns erinnert, dass dieser Jaguar so bescheuert auf dem Gehweg in der Zittelstraße stand, beim Odeon ums Eck. Wir sind zu Fuß kaum an dem Riesenschlitten vorbeigekommen, der gehört sicher so einem neureichen Aufschneider. Wir wissen nicht, ob das Auto oder der Fahrer etwas mit dem Toten zu tun hat, aber wir wollten unsere Beobachtung melden. Es war am Abend vor unserer Abfahrt, nicht wahr, Frida?«

Frida nickte beflissen und legte den Schal in ihren Schoß. »Wir haben uns richtig aufgeregt über diese Unverschämtheit. Für meinen gehbehinderten Mann war es richtig beschwerlich, sich zwischen dem Jaguar und der Mauer durchzudrängen. Er hat es sogar mit dem Handy fotografiert«, ergänzte die Ehefrau.

»Sie sind ganz sicher, dass dieses Fahrzeug um halb zehn an der Ecke Zittelstraße parkte?«

Eichenseher zog sein Handy aus der Jacke und suchte das Bild. »Da schauen Sie! Das ist das Fahrzeug mit der Nummer M – MW 1111. Das Foto zeigt die Uhrzeit: 21:33 Uhr. Wir waren Pizza essen und wollten uns noch auf einem Spaziergang zum Luitpoldpark die Beine vertreten.«

»Dann bedank ich mich bei Eahna. Wir werden dieser Spur nachgehen.«

Obermeier stand auf, und das Ehepaar folgte seinem Beispiel. »Sie sagen uns, ob etwas dran ist an unserer Beobachtung?«

Obermeier klopfte dem Mann mit der Hand beruhigend auf den Rücken. »Natürlich, keine Sorge. Wir bleib'n in Verbindung.«

Die beiden schienen etwas verunsichert zu sein, als sie davongingen.

Als das Ehepaar Eichenseher den Raum verlassen hatte, rief Obermeier seine Sekretärin. »Wir müssen nochmals zu Wissler fahren. Der Jaguar ist seiner, das woaß i. Er muss zur Tatzeit am Tatort gewesen sein. Sag den Kollegen Bescheid!«

6

»Wieso schlägst du denn so fest? Ich habe hundertmal ›rot‹ gesagt, aber du schlägst einfach weiter.« Wissler fasste sich an sein Gesäß. Er war mit einem weißen Bademantel bekleidet, aus dem Bondage-Manschetten unter den Ärmeln und ein Halsband hervorlugten.

Sugarboy saß lässig auf der weißen Designercouch in Wisslers Wohnzimmer. Er trug eine schwarze Corsage und strich über seine haarlosen Beine, die mit schwarzen halterlosen Damenstrümpfen bekleidet waren. Neben ihm lag eine neunschwänzige Riemenpeitsche. »Ich habe gedacht, du willst noch mehr.«

»Nein, du Trottel, rot heißt stopp! Es gefällt mir nicht! Rot ist unser Safeword! Das habe ich dir doch schon tausendmal gesagt.« Wissler schenkte sich Champagner in einen gläsernen Kelch.

Sugarboy streifte einen Damenstrumpf ab, grinste Wissler an. »Sorry, tut mir leid.«

»Wenn ich dir einmal trauen könnte …?«

»Wieso? Was meinst du?«

»Du schlägst ständig über die Stränge. Im Fernsehen tanzen. Wenn du arbeiten sollst, bist du nicht da. Wenn du die Domina bist, haust du zu wie ein Blöder. Und außerdem quatschst du über Interna. Hängst mit diesem Fernsehfuzzi herum und erzählst über mich, dass ich hochnäsig und misstrauisch bin – oder? Da wird dann vielleicht noch im Fernsehen darüber berichtet. Wie soll ich dir da vertrauen?«

»Und was ist mit deinen minderjährigen Boys? Drückt das Vertrauen aus, wenn du die fickst?«

»Wer sagt, dass ich so etwas tue?«

»Das wissen alle.«

Wissler winkte wütend ab. »Das sind nur blöde Gerüchte. Da musst du nichts drauf geben.«

»Und was war das mit Lalonge? Den hast du in seinem Hotel besucht, als du angeblich ins Fitnessstudio gefahren bist.« Sugarboy zog den zweiten Strumpf aus und befreite sich aus seiner Corsage. »Und mich kommandierst du immer herum und beschimpfst mich. Ich bin für dich nur ein kleines Stück Dreck, das du zum Sex und zum Arbeiten brauchst.«

»Mit Lalonge war gar nichts. Ich wollte ihn nur in puncto Bewertung meines Restaurants beeinflussen.«

Mit zorniger Miene blaffte Sugarboy Wissler an. »Natürlich mit Sex!«

»Ach, hör auf! Du versaust mir die Stimmung. Wieso bist du so eifersüchtig? Du hast doch hier alles. Kannst schöne Klamotten tragen, ich kaufe dir Schuhe von den besten Herstellern. Du hast es doch wunderbar?!« Wissler trank einen großen Schluck Champagner, wischte mit dem Handrücken etwas Flüssigkeit von seinen Lippen.

»In Kolumbien hat Esteban dir den Sex befohlen und du hast mitgemacht. In New York warst du Frischfleisch für die Textilmanager. Sei froh, dass ich dich da weggeholt habe.«

Sugarboys Gesicht verfinsterte sich und er sagte aufgebracht: »Ich will nicht immer die Arschkarte haben. Wir sind wie ein Ehepaar, und da sind beide gleich. Das ist dann Liebe.«

»Zur Liebe gehört auch Leidensfähigkeit, Sugarboy. Ich glaube, die fehlt dir inzwischen. Paritätisches Miteinander – dass ich nicht lache. Nicht mit mir! Ich sage, wo es langgeht.«

»Dass du mit Lalonge keinen Sex hattest, das glaube ich dir nicht.«

»Wieso? Hast du uns verfolgt? Jetzt wird es langsam lächerlich.«

Misstrauisch musterte Sugarboy den Sternekoch, der sehr abgeklärt auf der Couch saß und Champagner schlürfte. »Doch, ich spüre so etwas. Und ich habe gehört, wie du mit ihm telefoniert hast.«

»Komm, geh auf dein Zimmer. Mir reicht's.«

»Ich lass mich nicht mehr von dir herumkommandieren.«

Wissler sagte mit Sarkasmus in der Stimme: »Kein Problem, geh ruhig nach Kolumbien zurück. Mal schauen, wie das für dich ist. Nach drei Wochen kommst du angekrochen und willst, dass ich dich wieder aufnehme.«

Mit gesenktem Kopf umfasste Sugarboy mit einer Hand fest seine Faust und murmelte: »Marc, du bist einfach widerlich!«

»Gib mir noch ein Glas Champagner und lass mich dann in Ruhe.«

»Als das mit Lalonge nicht lief, hast du ihn gekillt. So war's doch?!«

Wissler rutschte zu Sugarboy, packte ihn am Arm und schüttelte ihn aufgebracht. »Was redest du für einen Mist? Erst sagst du, ich hätte mit Lalonge Sex gehabt, dann ich hätte ihn umgebracht! Wie hätte ich das denn tun sollen? In die Küche des Odeon marschieren, dort irgendein Gift auf den Teller träufeln, den Lalonge erhält, und keiner sieht mich? Du bist verrückt!«

»Du hättest jemandem den Auftrag geben können, zum Beispiel Edgar.«

Wissler stutzte, legte die Stirn in Falten und setzte sich wieder an das andere Ende der Couch. Sugarboy stand auf, zog sein T-Shirt und seine Hose an und ging zum Tisch, auf dem der Champagner stand.

»Den Edgar kann man nicht mehr fragen, der ist tot. Meinst du vielleicht, den habe ich auch noch umgebracht? Du drehst völlig durch! – Gib mir endlich mal ein Glas!«

Sugarboy schenkte mit dem Rücken zu Wissler beide Kelche voll, verschüttete ein paar Tropfen und zog ein Taschentuch aus seiner Hosentasche, in das ein Fläschchen gewickelt war. Er wischte die Champagnertropfen vom Tisch, öffnete das Fläschchen und gab reichlich von dessen Inhalt in ein Glas mit der prickelnden Flüssigkeit, das er Wissler reichte.

»Jetzt weiß ich, wie es war. Du warst eifersüchtig auf mich und Lalonge. Und dann hast du Edgar dazu gebracht, Lalonges Essen zu vergiften! Genauso wie du ihn dafür benutzt hast, den Schauspieler Baldur Kröninger zu engagieren, um den Ruf von Steinebergs Restaurants zu ruinieren.«

»Das war doch deine Idee!«

»Ich hab mal im Scherz mit dir darüber gesprochen, aber ich hab dir keinen Auftrag dafür gegeben. Da sieht man wieder, du verstehst viele Dinge einfach falsch!«

»Natürlich, ich bin der Schuldige! Das ist immer so!«

»Edgar hat den Schauspieler dazu überredet, die Rolle seines Lebens zu spielen – das ist im Grunde saukomisch!«

»Der stand bei Edgar tief in der Kreide.«

Sugarboy sah Wissler aus kleinen Augen an. »Salud, corazón mío!«

Wissler trank, strich mit dem Daumennagel über seine Oberlippe, fixierte den jungen Mann mit dem wohlgeformten Körper und den gleichmäßigen Gesichtszügen und sagte: »Du bist der Mörder!«

Sugarboy zuckte mit den Schultern. »Ich habe bei deinem Telefonat mit Lalonge mitbekommen, dass er zum Odeon unterwegs ist, um es zu testen. Da habe ich mir den Jaguar ausgeliehen. Ich habe Edgar am Hintereingang vom Odeon ein Fläschchen mit den Ecstasy-Tropfen gegeben. Er hat sie mit einer Pipette in die Schokoladenterrine mit den Hanfsamen geträufelt – für Lalonges Dessert. Das hat er mir später gesagt. Ist super gelaufen.«

Wissler saß bleich mit einem versteinerten Gesichtsausdruck auf der Couch und hielt seinen Champagnerkelch so fest umklammert, dass der Stiel brach. Er spürte den Schnitt in seiner Hand nicht, sah, wie sein Blut langsam auf den weißen Stoff tropfte. Er atmete mehrmals tief und wandte sich mit hängenden Schultern Sugarboy entsetzt zu.

»Warum hast du das getan? Und warum hat Edgar das gemacht?«

»Ich habe ihm gesagt, ich lasse die gesamte Drogenbande mit Fat Django und den Rockern auffliegen. Das hat ihn unter Druck gesetzt. Außerdem wollte er Steineberg in Schwierigkeiten bringen. Aus Rache, weil der so eklig zu ihm war. Das scheint alle Sterneköche auszuzeichnen, dass sie eklig mit ihren Leuten umgehen.«

»Ich rufe jetzt die Polizei!«

Sugarboys Gesichtsausdruck wechselte zwischen Verschlagenheit und Hohn. »Dazu wirst du nicht mehr kommen, Marc.«

»Ich habe mit Lalonge gefickt, und es war besser als mit dir!«

Sugarboys wohlgeformte Lippen waren schmal geworden, er wischte sich über die feuchte Stirn und sagte leise, aber mit Nachdruck: »Wissler liebt nur Wissler.« Und dann laut und deutlich: »Marc, ich habe dir etwas in den Champagner getan …«

Wisslers Körper begann zu zittern, und er zischte. »Du Drecksau, du widerliche …«

»K.-o.-Tropfen, aber ganz viele.«

Wissler wollte aufstehen, schaffte es nicht, ihm fiel der Rest des Champagnerglases, das er noch immer festgehalten hatte, aus der Hand, es zerschellte am Boden, die Spannung in seinen Muskeln ließ nach, sein Oberkörper sank zur Seite, die Augen waren weit aufgerissen und auf Sugarboy fokussiert, Speichel tropfte auf die weiße Couch neben den Blutfleck. Er wollte etwas sagen, brachte aber kein Wort heraus. Sein Mund schnappte auf und zu. Er würgte, röchelte, sein Gesicht lief rot an. Er schnappte nach Luft, fasste sich an die Kehle. Dann wurde er still.

Sugarboy hatte die Szene mit versteinerter Miene beobachtet. Jetzt trank er sein Glas leer, legte die Corsage und die Damenstrümpfe auf Wisslers Körper und spuckte einen Rest Champagner auf ihn.

»Warst kein guter Mensch, Marc«, flüsterte er, schenkte sich noch ein Glas Champagner ein und leerte es in einem Zug.

Er ging in das Schlafzimmer, holte Wisslers Geldbörse aus dessen Hose und nahm sich alle Scheine. Anschließend packte er einige seiner Kleidungsstücke in den kleinen Rollenkoffer, den er bei den Dreharbeiten dabeigehabt hatte, ging in Wisslers Arbeitszimmer, holte eine Walther PK 380 aus der obersten Schublade des Schreibtisches und verließ die Wohnung.

7

Kai Witte, genannt Flossen-Kai, lag bewusstlos auf der Notfallliege eines Rettungswagens, der mit Höchstgeschwindigkeit über die B 5 Richtung Klinikum Hamburg in die Notaufnahme raste. Mithilfe von Blaulicht und Martinshorn wurde die Straße für die Rettung des Schwerverletzten freigemacht. Ausweichmanöver und Bremsungen brachten Schläuche und Instrumentarien zum Schwanken und erschwerten dem behandelten Sanitäter die Arbeit.

Flossen-Kai wurde über einen Tubus beatmet, die Kanülen für die Infusionen waren gelegt, der Kreislauf wurde überwacht. Sein Gesicht war weiß wie ein Blatt Papier, auf seiner Stirn stand kalter Schweiß.

»Wie ist der Puls?«

»Ich finde ihn nicht mehr!«

Ein Sanitäter setzte mit einem Defibrillator zu einer Herzmassage an, während der Fahrer über die Rettungsleitstelle die Notaufnahme des Krankenhauses anrief. Er stellte dem behandelnden Sanitäter, der die Blutungen des Höllenengels im Unterbauch zu stillen versuchte, Fragen und leitete die Informationen an das Krankenhaus weiter.

»Wie ist die Gesamteinschätzung?«

»Akute vitale Bedrohung!«

»Was sollen die Kollegen vorbereiten?«

»Blutkonserven. OP in die Wege leiten. Unterer Bauch ist betroffen. Schwerste innere Verletzungen. Die Lunge hat wohl auch etwas abbekommen.«

»Wie sieht es aus?«, fragte der Fahrer, nachdem er das Gespräch beendet hatte.

»Nicht gut! Ich glaube nicht, dass wir ihn rechtzeitig in die Klinik bekommen.«

ABGESCHMECKT FÜR HARTE KERLE

1

»Hier ist das Video mit der kolumbianischen Zuckerschnitte. Es ist schön geworden. Ich denke, er hat gute Chancen, bei den Showstars genommen zu werden. Er kann wirklich toll tanzen.«

Tom nahm Eike den USB-Stick aus der Hand, steckte ihn in den Computer und rief den Clip auf. »Ich telefoniere gleich mal mit ihm; er wird sich sicher freuen.«

Während Tom das Video abspielte, wählte er Sugarboys Nummer.

Als der sich mit einem knappen »Hallo« meldete, hielt Tom sein Handy an den Lautsprecher. Nach einigen Sekunden sagte er: »Die Musik von deinem Video. Es ist abgemischt und klasse geworden!«

»Fantástico. Super.«

»Du kannst es jetzt haben. Wo sollen wir uns treffen?«

»Komm in die St. Michaelskirche, ich muss in die Gruft – mit König Ludwig etwas besprechen.«

»In einer Stunde.«

»Bis dann.« Sugarboy legte auf.

Als Tom die St. Michaelskirche betrat, hörte er die berühmte »Toccata in d-Moll«, die Johann Sebastian Bach zugeschrieben wird. Tom war so hingerissen von dieser feurigen Musik, dass er sich in eine Bank setzte und dem Spiel des Organisten auf der berühmten Michaelsorgel andächtig zuhörte. Er sah sich in der Kirche um, und sein Blick blieb an dem Altarbild hängen, auf dem St. Michael mit dem Teufel kämpft. Ausrotten konnte der Erzengel das Böse nicht, dachte sich Tom. Und wie man weiß, ist auch die Kirche selbst davor nicht gefeit.

Die Macht der Orgelmusik hielt ihn auf der Kirchenbank. Er wollte Sugarboy außerdem nicht in seinem Dialog mit dem Bayern-Kini stören. Er musste durch das riesige Kirchenschiff sowieso an ihm vorbei auf dem Weg zum Ausgang, Tom hatte keine Eile.

Als die »Toccata« zu Ende war, hörte Tom die Bänke laut knarzen, Besucher schlurften über den Steinboden zum Ausgang, ein alter Mann sprach mit erhobener Stimme ein Gebet. Dann entdeckte Tom Sugarboy beim Zugang zur Gruft. Er trug einen kurzen dunkelblauen Sommermantel offen und zog seinen Rollenkoffer hinter sich her. Am Altar stellte er ihn ab, kniete sich hin, bekreuzigte sich und küsste den Boden. Tom wunderte sich über die Intensität seiner Gestik.

Sugarboy erhob sich und ging mit dem Koffer durch den Mittelgang des Kirchenschiffes. In seinem Gesicht erkannte Tom Sorge und Beklommenheit. Hatte ihm der Kini die Leviten gelesen oder eine schwierige Aufgabe gestellt?

Erst als Sugarboy Tom bemerkte, hellten sich seine Züge auf. Er gab ihm ein Zeichen, dass er sitzen bleiben solle, und ließ sich neben ihm auf der Bank nieder.

»Was hast du denn mit dem Koffer vor?«, fragte Tom.

Sugarboy hatte ein Gebetsbuch von der hölzernen Ablage genommen und blätterte gedankenverloren darin. »Ach, weißt du, das ist eine lange Geschichte.«

»Gehst du tanzen, oder was ist los?«

Sugarboy drehte den Kopf langsam zu Tom und sagte

mit Melancholie in der Stimme: »Marc und ich, wir haben uns getrennt. Es ist vorbei. Schluss! Aus! Finito!«

»Das tut mir leid.«

Sugarboy hatte den Kopf gesenkt.

»Hast du deine Klamotten im Koffer?«

Sugarboy nickte.

»Was hast du jetzt vor?«

»Ich will zurück nach New York. Christopher Street – das war besser als mit Marc.«

Tom nahm den Stick aus seiner Jackentasche und reichte ihn Sugarboy. »Da, ist vielleicht ein kleiner Trost. Das Video ist echt supercool.«

Sugarboy nahm das aufwendig erstellte Werk entgegen und steckte es in die Vordertasche seines Koffers. Tom roch Alkohol und schlechte Mundhygiene. Dann begann Sugarboy unruhig hin und her zu rutschen und fasste Tom am Ärmel. »Kann ich ein paar Tage bei dir wohnen? Ich kenne niemanden sonst in München. Ich mache auch keine Probleme.«

Tom erschrak. Damit hatte er nicht gerechnet. »Hat dir Wissler kein Geld gegeben für ein Hotel?«

»Ich habe nur ein paar hundert Euro bekommen«, brummelte Sugarboy vor sich hin.

»Die, die Geld haben, horten es meistens und geben nichts ab«, bestätigte Tom. Er war unglücklich mit der Situation, die da zu entstehen drohte. Schließlich wusste er ja selbst momentan nicht, wo er wohnen sollte. Er legte dem Kolumbianer den Arm um die Schulter. »Sugarboy, ich habe in letzter Zeit selbst nicht mehr in meiner Wohnung geschlafen. Fat Django hat mich bedroht und beinahe umgebracht. Er weiß, wo ich wohne, und ich habe Angst vor seiner Rache.«

»Ach, da musst du keine Angst haben. Der ist sicher nach Norddeutschland abgehauen.«

»Woher weißt du das? Kennst du ihn?«

»Er hat Edgar den Koks, das Gras und andere Drogen besorgt, sogar für Marc, weißt du! Fat Django hat Edgar gekillt und ist abgehauen. Das hat Marc auch gesagt. Du kannst ruhig in deiner Wohnung schlafen.«

»Ich habe aber ein Scheißgefühl.«

»Lass mich da schlafen. Ich habe keine Angst vor Fat Django. Und du übernachtest bei deiner Freundin.«

Tom überlegte. »Lisa hat gerade Stress. Ihre Mutter liegt im Krankenhaus – da will sie allein sein.«

»Warum willst du mir nicht helfen?« Sugarboy warf das Gebetbuch auf den Sitz neben sich und sagte mit grimmiger Miene: »Es ist doch ganz einfach! Du fragst Lisa, ob du bei ihr schlafen kannst, und ich wohne bei dir. Oder du wohnst bei dir und ich ebenfalls. Nicht lange. Nur zwei, drei Nächte, danach hau ich ab. In Kolumbien leben viele Menschen in einer kleinen Wohnung.«

In diesem Moment setzte die Orgelmusik wieder ein, für Tom ein willkommener Anlass, um Zeit zum Überlegen zu gewinnen. Er stand auf und gab Sugarboy ein Zeichen, dass er vor der Kirche weiterreden wollte.

Kaum hatte Tom die schwere Eingangstür geöffnet, schlugen ihm Klänge südamerikanischer Musik entgegen. Eine Gruppe Peruaner in bunten Ponchos und mit typischen Wollmützen spielten lautstark und mit Inbrunst auf Gitarren, Bongos und Panflöte ihre Volksmusik. Mitten in der Fußgängerzone der Münchner Innenstadt hatten die Musiker einen großen Halbkreis von Zuhörern um sich versammelt, die aufmerksam im Takt wippten oder auch nur zuhörten. Um sie herum tobte das werktägliche Leben mit geschäftiger Betriebsamkeit. Den meisten Leuten schien das Gedränge auf der Straße nichts auszumachen. Tom nahm Sprachfetzen von Menschen aus aller Herren Länder wahr, die meisten von ihnen gut bepackt mit Plastik- oder Papiertüten in Größen aller Art. Viele waren in Eile, um einem heraufziehenden Gewitter zu entgehen. Dichte, dunkle Wolken hingen schwer am Himmel und in der Ferne hörte man es donnern.

Tom stand mitten in dem Trubel vor der Skulptur, die zeigt – wie schon in der Kirche als Gemälde – wie Erzengel Michael dem personifizierten Bösen den Todesstoß versetzt. Sugarboy, der die für ihn übliche Begeisterung für südamerikanische Musik missen ließ, machte einen sehr fahrigen Eindruck, so als wüsste er nicht, wie es mit ihm weitergehen sollte.

»Guck mal«, sagte Tom, »wie hässlich das Böse ist: Krallenhand, Pferdefuß, spitze Zähne. Wenn es immer so leicht zu erkennen wäre …«

Sugarboy stand mit heruntergezogenen Mundwinkeln und angehobenen Schultern da und verstand offensichtlich nichts von dem, was Tom gesagt hatte.

»Okay, du kannst bei mir schlafen, und ich frage Lisa. Aber ich habe dich gewarnt, falls Fat Django auftaucht!«

»Vielen Dank. Ist nett von dir. Ich habe wirklich keine Angst vor dem Rocker.«

»Es wird bald regnen! Auf in die Schopenhauerstraße, ich zeige dir dort alles.«

2

Obermeier versuchte mühevoll, die enge durchnässte Regenhaut, die er über seiner Kleidung trug, auszuziehen. Wasser tropfte ihm von der Nase. Er stand mit vier uniformierten Polizisten vor der Wohnungstür Wisslers, während vier weitere Gesetzeshüter im Restaurant nach dem Sternekoch fahndeten. Ein junger Polizist hielt die Klingel gedrückt und rief dazu: »Aufmachen! Polizei!«

Obermeier zückte sein digitales Dienstfunkgerät. »Claudia, ist unser Verdächtiger im Restaurant?«

»Nein, er muss in der Wohnung sein. Wir kommen mit einem Schlüssel.«

»Unser Besuch sollte ja eine Überraschung werden, aber vielleicht rufe ich ihn doch lieber auf dem Handy an«, murmelte Obermeier vor sich hin und suchte Wisslers Nummer. Kurz nachdem er sie gewählt hatte, hörte er mit seinen Leuten einen kurzen Ausschnitt aus Beethovens Mondscheinsonate. Das Geräusch brach ab, setzte jedoch nach ein paar Sekunden wieder ein, und es ertönte noch einmal das gleiche Stück Musik.

»Da muss doch jemand in der Wohnung sein«, stellte Obermeier fest. Er klopfte kräftig an die Tür und rief noch mal: »Aufmachen, hier ist die Polizei!«

Erneut hörten sie das Stückchen von der Sonate. Der junge Kollege wandte sich an seinen Chef: »Ich glaube, das ist der Klingelton! Legen Sie mal auf, und rufen Sie kurz darauf die Nummer nochmals an.«

Obermeier befolgte den Ratschlag, und als er gewählt hatte, ertönte die Melodie von Neuem.

»Er ist da drin und geht nicht ans Handy! Kollegen, brecht's die Tür auf.«

In diesem Moment kamen Claudia Weiner mit den anderen Polizisten und der Geschäftsführerin Frau Eisenschmidt die Treppe herauf. »Hier ist der Ersatzschlüssel!«

Frau Eisenschmidt, eine dickliche Frau mit schwarzgefärbten, zu einem Dutt hochgesteckten Haaren, schloss die Tür auf und hastete in die Wohnung. »Herr Wissler! Herr Wissler! Sind Sie da?«

»Lassen Sie uns vorbei!«

Obermeier und seine Leute stürmten in die Wohnung, in der sie auf den ersten Blick nichts Auffälliges bemerkten. Kein besonderer Geruch, es war nichts zu sehen außer den exklusiven antiquarischen Möbeln, aber sie hörten auch kein Geräusch. Die Polizisten öffneten eine Tür nach der anderen, gingen in Deckung und linsten vorsichtig ins Innere der Räume. In keinem fanden sie etwas Außergewöhnliches. Schließlich ging Claudia auf eine Tür am Ende des Ganges zu, zückte ihre Waffe, drückte die Klinke herunter, ging in die Knie, sah vorsichtig in das Zimmer und zuckte zurück. »Da drinnen liegt er! Ich denke, er ist tot.«

Sofort eilten die Kollegen zu ihr und spähten in den Raum.

»Denkt an die Spurensicherung!«, schrie Obermeier von hinten. »Ihr habt's alle nasse Schuhe! Und ruft's den Notarzt!«

Obermeier zog seine Haferl-Schuhe aus, stülpte Plastik-Überschuhe über seine Socken und eilte zu Wissler, dessen Körper starr auf der weißen Couch lag – mit Corsage und Damenstrümpfen auf der Brust und dem schwarzen Lederband um den Hals. Sein Bademantel stand bis zum Bauch offen, die schiefergrauen Augen blickten glasig in eine weite Ferne.

Obermeier stöhnte: »Oh verdammte Scheiße!« Er fasste dem Sternekoch an die Halsschlagader. »Wenn der Arzt da war, lasst ihn gleich in die Gerichtsmedizin schaffen.«

Frau Eisenschmidt begann zu schreien: »Um Himmels willen! Wie kann denn das passieren?«

Claudia nahm sie in den Arm, führte sie ins Esszimmer, bat sie, sich zu setzen, und versuchte sie zu beruhigen.

3

Tom ging mit Sugarboy die Treppe zu seiner Wohnung im ersten Stock hinauf.

»Da!«, sagte Tom, »Galgen, expect no mercy, schwule Sau – das stammt alles von diesem Rocker.«

»Warum machst du das nicht weg?«, fragte Sugarboy.

»Ich war die letzten Tage gar nicht in meiner Wohnung.

Ich denke auch, dass es eine größere Aktion ist, diese Schmierereien wegzumachen.«

Sugarboy kratzte mit einem langen manikürten Fingernagel an einem der Buchstaben. »Caramba, das ist richtig fester Lack.«

»Wahrscheinlich muss man die Tür abschleifen und neu lackieren.«

Tom schloss seine Wohnungstür auf und nahm einen fauligen Geruch wahr. Sugarboy schnüffelte und verzog das Gesicht.

»Was ist das denn?«

»Ich hab wohl wieder einmal vergessen, den Müll wegzubringen.«

Die beiden gingen in die Wohnküche, Tom holte das Plastikmüllsäckchen unter der Spüle hervor und brachte es vor die Eingangstür.

»Da kannst du dir Kaffee machen.« Tom stellte einen Wassertopf auf den Herd.

»Im Kühlschrank ist nicht viel drin, nur ein paar ältere Gelbe Rüben, Milch und Bier. Musst dir was kaufen.«

»Ist schon sehr eng hier.«

Tom sah Sugarboy skeptisch an. »Ich hab nie behauptet, dass ich dich in einer Luxusvilla unterbringen werde.«

Sugarboy zuckte mit den Achseln. »Ist schon okay.«

»Komm mal mit!« Tom verließ die Wohnküche und ging voraus in das andere Zimmer. »Das ist mein Wohn- und Schlafzimmer. Wenn ich nicht bei Lisa übernachten kann, muss einer im Bett und einer auf 'ner Luftmatratze schlafen. Ist das klar?«

»Und wer darf ins Bett?«

»Ich, Sugarboy, das ist mein Bett.«

»Bei dir ist es aber kalt.« Sugarboy rieb mit den Armen seinen Oberkörper. »Wir könnten doch auch zusammen im Bett schlafen. Ist breit genug und wärmer.«

Erbost fuhr Tom den smarten Kolumbianer an. »Das würde dir gefallen, was?«

»Nein, ich lass dich in Ruhe. Keine Sorge.«

»Du schläfst – wenn ich hier übernachte – auf der Luftmatratze. Und zwar in der Küche! Oder du gehst in ein Hotel!«

Sugarboy fuchtelte abwehrend mit den Händen. »Sei nicht wütend! Ich schlafe auf der Luftmatratze. Ist schon gut!«

Tom begann, sich über sich selbst zu ärgern. Warum hatte er sich darauf eingelassen, dass Sugarboy in seiner Wohnung schlief? Er hatte doch gewusst, dass der Kolumbianer kein einfacher Charakter war. Hoffentlich würde ihn Lisa bei sich übernachten lassen.

4

Frau Eisenschmidt saß am Esstisch und hatte Tränen in den Augen. »Was wird jetzt aus dem Restaurant, wenn der Chef tot ist? Die Angestellten – alle haben von dem Betrieb gelebt.«

Sie zerknüllte ein Taschentuch, das sie aus einer Packung auf dem Tisch genommen hatte. »Für mich ist das eine Katastrophe. Ich bin 58 – wo bekomme ich da nochmals so eine Arbeit?«

Obermeier drückte mit Daumen und Zeigefinger gegen seine Augäpfel und die Nasenwurzel, als wollte er die Müdigkeit aus seinem Körper verbannen. »Frau Eisenschmidt, ich weiß, dass viele Arbeitgeber ältere Menschen bevorzugen, weil die berechenbarer sind, keine Kinder mehr bekommen und nicht so viele Flausen im Kopf haben wie die jungen. Machen Sie sich darüber keine Sorgen.«

Die Frau schaute Obermeier ungläubig an, dann schnäuzte sie sich in das Taschentuch.

Der Hauptkommissar schlug sein abgewetztes Notizbuch auf. »Ich muss Sie jetzt leider ein paar Dinge fragen, damit wir mit unserer Untersuchung weiterkommen. Sie sind im Wisslers also in der Buchhaltung tätig und verwalten den gesamten Finanzbereich?«

Frau Eisenschmidt nickte.

Claudia steckte den Kopf zur Tür herein. »Schorsch, der Notarzt sagt, Wissler hatte offensichtlich Atemnot, das könnte auf Herz- oder Lungen-Probleme hinweisen, aber auch auf K.-o.-Tropfen.«

»Die sollen ganz schnell eine Autopsie vornehmen, solange sich der Wirkstoff noch nachweisen lässt.«

Die Polizistin nickte, und Obermeier wandte sich wieder Frau Eisenschmidt zu. »Wissen Sie etwas davon, dass Herr Wissler Herzprobleme hatte?«

»Nein, das glaube ich auch nicht. Der ist mindestens zwei-, dreimal in der Woche ins Fitnessstudio gegangen.«

»Herr Wissler hat doch mit einem Südamerikaner zusammengelebt. Wissen Sie, wo der sich aufhält?«

»Er hat hier mit dem Chef zusammen gewohnt. Wo er jetzt ist? Keine Ahnung.«

»Was hatten die beiden für eine Beziehung?«

Mürrisch antwortete Frau Eisenschmidt: »Wissler war schwul. Das ist doch bekannt.«

»Ich meine, war die Beziehung harmonisch oder angestrengt? Haben die beiden sich häufig gestritten?«

»Der Chef hatte das Sagen, Sugarboy musste kuschen, aber er war auch frech.«

»Ja, und haben sie sich gestritten?«

»Schon öfter. Sugarboy kam dann zu mir und hat sein Leid geklagt.«

»Ist Wissler gewalttätig geworden?«

»Das weiß ich nicht.«

»Auf der Couch lag eine Peitsche, wissen Sie dazu etwas?«

»Ich denke, die machten Sadomaso und solches Zeug.« Frau Eisenschmidt war rot geworden. »So haben die unten im Restaurant immer drüber gesprochen.«

»Wer sind *die*?«

»Na, vor allem die Köche. Die haben sich oft kaputt gelacht, wenn der Chef nicht da war.«

»War er streng in seinem Arbeitsbereich?«

»Ja, aber er war ein toller Koch, eine Koryphäe, sehr kreativ. Dem ist ständig was Neues eingefallen.« Sie begann wieder zu schluchzen.

»So wie wir Wissler gefunden haben, spricht viel dafür, dass er eines nicht natürlichen Todes gestorben ist. Ist Ihnen heute irgendetwas aufgefallen, was uns weiterhelfen könnte?«

»Nein, ist mir nicht.«

»Hat er Besuch von jemanden gehabt?«

»Ich weiß ja nicht, wer alles in die Wohnung hinaufgeht, da gibt es einen eigenen Zugang, aber ich habe niemanden gesehen.«

»Ist in den vergangenen Tagen etwas Besonderes vorgefallen?«

Frau Eisenschmidt überlegte und wusste nicht, ob sie die Sache mit den Gutscheinen, die Sugarboy bei ihr angefordert hatte, erzählen sollte.

»Sagen Sie mir einfach, was Ihnen durch den Kopf geht.«

»Sugarboy hat sich vor ein paar Tagen Essensgutscheine über 600 Euro von mir geben lassen. Das war dem Chef gar nicht recht. Er hat ihn deswegen zur Rede gestellt. Und mir hat er gesagt, ich müsse ihn in so einem Fall vorher fragen. Dabei habe ich ein Limit bis 3.000 Euro, über das ich frei verfügen darf.«

»Aber Sie müssen das Geld natürlich ausbuchen?«

»Ja, selbstverständlich.«

»Also wäre diese Sache in jedem Fall herausgekommen.«

Sie nickte wieder.

»Sugarboy wollte es dem Chef auch sagen, aber der hat es, kurz nachdem ich die Gutscheine ausgegeben habe, selbst entdeckt. Das war ein Zufall.«

»Für wen waren diese Gutscheine bestimmt?«

»Sugarboy hat mit Fernsehleuten ein Video über seine Tanzkunst gedreht. Er hat sie damit honoriert. Die sind ein paar Tage später hier bei uns zum Essen gewesen und haben mit den Gutscheinen gezahlt.«

Obermeier schrieb sich ein paar Stichpunkte auf, und Frau Eisenschmidt brach erneut in Tränen aus. Der Hauptkommissar zog die Stirn in Falten, klappte sein Notizbuch zu, stand auf und legte der Frau eine Hand auf die Schulter. »Danke, das reicht für heute, Frau Eisenschmidt.«

5

Ein silber-blauer Streifenwagen der Hamburger Polizei fuhr langsam von der Elbe Richtung Reeperbahn. Auf einem großen Platz in der Nähe der Davidwache saß ein wohlbeleibter Rocker mittleren Alters mit einer Flasche

Bier auf einem Treppenabsatz, der zu einem höheren Plateau führte.

Der schwarzgelockte Beifahrer stupste seinen Polizeikollegen an, der den 5er-BMW lenkte:

»Schau mal, das ist doch der Rocker, nach dem gefahndet wird. 48 Jahre, circa 130 Kilo schwer, 1,90 groß, Glatze – das könnte hinkommen.«

Der Fahrer nickte, der Wagen wurde noch langsamer, fuhr in die nächste Seitenstraße und hielt.

»Soll ich gleich Verstärkung anfordern? Für die Kollegen von der Davidwache sind das nur ein paar Schritte.«

Wieder nickte der Fahrer, stieg aus und legte sein Koppel an. Die beiden Polizisten nährten sich dem Rocker von hinten. Als sie nur noch wenige Meter von ihm entfernt waren, sprach ihn der vorherige Beifahrer an: »Achtung, hier ist die Polizei! Wir führen eine Personenkontrolle durch. Bleiben Sie bitte sitzen und heben die Hände!«

Fat Django drehte langsam den Kopf. Er sah, dass es nur zwei Polizisten waren, ziemlich jung und nicht besonders groß. Sie hatten beide ihre Pistolen gezogen. Fat Django stellte seine Bierflasche mit der Linken auf den Steinboden, dann hielt er die leere Hand in die Höhe, gleichzeitig griff er mit seiner Rechten für die Polizisten verdeckt in die Innentasche seiner schwarzen Lederjacke. Dort zog er eine Pistole heraus, wandte sich zu den Polizisten um und feuerte.

Die Beamten begannen gleichzeitig zu schießen. Der schwarzgelockte Beifahrer schrie auf, sah entgeistert auf sein Bein. Er war getroffen worden.

Fat Djangos Linke sank nach unten. Die Pistole fiel ihm

aus der anderen Hand, schwerfällig sackte er nach rechts vorne. Auf dem Stein blieb er regungslos liegen.

In diesem Moment kamen vier Polizisten mit gezückten Waffen aus der Davidwache gestürmt, doch ihr Einsatz war nicht mehr nötig. Sie kümmerten sich um ihren verletzten Kollegen, der mit schmerzverzerrtem Gesicht am Boden lag, seine Mütze neben ihm.

»Dieses Arschloch muss gleich schießen. Ist doch zum Kotzen! Ruft mal den Krankenwagen!«

Der Fahrer des Streifenwagens nickte.

6

Obermeier saß an seinem Schreibtisch im Polizeipräsidium und studierte in seinem Notizbuch die Eintragungen zu den Vernehmungen des Wisslers-Personals, die er mit seinen Kollegen durchgeführt hatte. Er hatte mit dem Sous Chef, dem Chef de Rang, den beiden Sommeliers, der Servicemanagerin sowie der PR- und Marketing-Dame gesprochen. Das waren alles hochtrabende Bezeichnungen für Menschen, von denen der eine oder die andere sich für etwas Besseres hielten. Köche und Servierpersonal benahmen sich natürlicher. Neuigkeiten im Sinne der Polizeiarbeit waren für ihn bei diesen Befragungen nicht herausgekommen.

Obermeier fasste sich an seine Nase, die ihm häufig ein Gespür für die Lösung eines Kriminalfalles lieferte. Er wusste, dass man ihn deshalb im Kollegenkreis hinter seinem Rücken »Die Nos'n« nannte.

Immer hatte er es mit Dieben, Einbrechern, gewaltbereiten Menschen, Sexualstraftätern und Drogenhändlern zu tun. Das war eine Arbeit, die viel Zeit in Anspruch nahm, da kaum einer von diesen Verbrechern sich zu seiner Tat bekannte. Fast alle leugneten, vor allem die Mörder, und er musste mit seinen Kollegen die Beweise zusammentragen.

Dabei war ihm das Familienleben abhandengekommen. Seine Frau hatte sich vor zehn Jahren von ihm scheiden lassen, seine Tochter hatte einen Australier geheiratet und lebte seither in dem Land am anderen Ende der Erde.

Das schrille Läuten des Telefons unterbrach seine Gedankenkette, Kollege Kuhlmann war am Telefon. »Schorsch, das Revier der Davidwache hat sich bei uns gemeldet. Sie haben Fat Django, allerdings ist er tot. Er hat in Hamburg einen anderen Rocker abgestochen und noch einen Polizisten verletzt. Er wurde von den Kollegen erschossen.«

»Damit dürfte der Fall um den Mord in der Kapuzinerstraße geklärt sein. Ich bin sicher, die Kriminaltechnik wird die entsprechenden Belege liefern.« Obermeier zog die Akte zum Fall Edgar Sturm aus einem Stapel und machte einen Vermerk.

Das Telefon klingelte wieder, der Arzt aus der Rechtsmedizin, der sich um den Fall Wissler kümmerte, war am Apparat. »Herr Obermeier, wir haben eine histologische Untersuchungen an der Leiche von Wissler vorgenommen, und da hat sich Ihr Verdacht bestätigt.«

»Was meinen Sie? Welcher Verdacht?«

Obermeier holte gedankenverloren Stifte aus dem Bierglas auf seinem Schreibtisch und fing an, sie zu ordnen. Höchst konzentriert lauschte er dem Rechtsmediziner.

»Sie hatten doch den Verdacht geäußert, dass möglicherweise Gift oder Drogen im Spiel gewesen sein könnten. Wir konnten in Wisslers Körper Gamma-Hydroxybuttersäure feststellen. Und zwar in einer größeren Menge.«

»Und was heißt das – diese Buttersäure, meine ich?«

»Das ist GHB, allgemein bekannt als Liquid Ecstasy, oder wie es in der Öffentlichkeit auch heißt: K.-o.-Tropfen! Es war gut, dass wir die Leiche so schnell zur Verfügung hatten, da konnte die Substanz noch im Blut nachgewiesen werden. Er hatte deutliche Anzeichen für Erstickung und Atemnot. Außerdem fanden wir auch eine größere Menge Alkohol im Körper, und diese Kombination kann schnell tödlich sein.«

»Kann er das freiwillig genommen haben, oder wurde es ihm verabreicht?«

»Ich kann mir nicht vorstellen, dass jemand freiwillig so eine Dosis nimmt. Das waren schätzungsweise fünf Gramm. Ein ganzer Fingerhut voll. Das reicht für jemanden mit der Statur von Wissler.«

Obermeier rümpfte die Nase. »Das hat er sich sicher nicht selbst in den Champagner geschüttet.«

»Und noch etwas: Wissler hatte Striemen auf dem Gesäß und auf dem Rücken. Er muss recht heftig geschlagen worden sein.«

»Ich denke, dafür waren die Sadomaso-Spiele verantwortlich. Wir haben eine Lederpeitsche bei der Leiche gefunden.«

Obermeier bedankte sich bei dem Arzt, legte auf und rief seine Kollegen. »Die Sache ist eindeutig: Wir müssen bei Wissler von einem Mord ausgehen. Der Gerichtsmediziner hat reichlich K.-o.-Tropfen in seinem Blut gefunden. Zusammen mit dem Alkohol war das eine tödliche Kombination.«

Kuhlmann sagte irritiert: »Nach der Aussage von diesem Ehepaars Eichenseher waren wir überzeugt, dass Wissler die Tat an Lalonge veranlasst hat, und jetzt wurde er selber ermordet?«

»Vielleicht war jemand anders mit dem Jaguar unterwegs«, meinte Obermeier.

Claudia, die ihre blonden Haare hochgesteckt hatte, spekulierte: »Wissler stand ja im Verdacht, häufiger Rauschgift zu konsumieren, vor allem Koks. Vielleicht wollte er einfach mal was Anderes ausprobieren.«

»Aber bei ihm wurde kein Fläschchen mit der Substanz gefunden. Das muss jemand mitgenommen haben«, fiel Heinz Kuhlmann ein.

»Claudia, hast du herausbekommen, wo dieser Sugarboy steckt?«, fragte Obermeier.

»Nee. Sein Handy ist aus. Die Angestellten im Restaurant haben auch keine Idee. In seinem Zimmer fehlt eine Reihe von Kleidungsstücken.«

»Das heißt für mich, er ist flüchtig«, stellte Obermeier

entschlossen fest. »Es war Mord, und dieser Sugarboy ist der Mörder. Sieht doch ganz danach aus.«

»Es gibt das Gerücht, dass Wissler mit Minderjährigen Verkehr hatte«, warf Claudia ein. »Könnte ein Racheakt gewesen sein. Ich meine, welches Motiv hatte Sugarboy? Der war doch absolut abhängig von Wissler.«

»Vielleicht wollte Wissler diesen Sugarboy loswerden«, erwiderte Obermeier. »Das wäre ein starkes Motiv.«

Die Polizisten in der Runde nickten zustimmend.

Obermeier forderte: »Schreibt's ihn zur Fahndung aus, den Jorge Azúcar, 25 Jahre alt, schwarzhaarig, 175 Zentimeter groß und etwa 68 Kilogramm schwer. Momentan offensichtlich ohne festen Wohnsitz!«

7

»Komm, Sugarboy, lass uns noch auf einen Kaffee oder ein Bier gehen. Ich mag nicht die ganze Zeit hier herumsitzen.« Tom wurde seine Wohnung zu eng.

»Okay, ich muss vorher noch duschen. So kann ich nicht auf die Straße.«

Tom kratzte sich im Nacken und fragte angespannt: »Was meinst du mit: ›So kannst du nicht auf die Straße‹?«

»Ich stinke. Hast du das nicht gerochen?«

»Ich rieche bei dir immer nur dein Männerparfüm.«

»Das ist Guilty von Gucci. Riecht klasse – nach Patchouli und Sandelholz. Ich liebe diesen Duft. Marc mochte ihn auch.«

Sugarboy begann sich zu entkleiden, legte seine Ohrstecker ab und stand auf einmal nackt bis auf den Slip vor Tom. Er stellte sich lächelnd in Pose, als würde ein Fotoshooting für ein Männermagazin stattfinden, und zwinkerte Tom zu. Dieser drehte Sugarboy demonstrativ den Rücken zu. Ein unterdrücktes Glucksen vernahm Tom, danach das Geräusch eines aufschnappenden Kofferschlosses. Tom wandte den Kopf und beobachtete, wie Sugarboy einen Kulturbeutel aus dem Koffer nahm, ein frisches Hemd, einen Slip und Socken auf das Bett legte und im Bad verschwand.

Wenig später hörte Tom das Rauschen der Dusche, dann plötzlich ein Scheppern und einen spanischen Fluch. Die Dusche wurde abgestellt, aber nach einigen Augenblicken lief sie wieder.

Etwas später stand Sugarboy mit einem Handtuch um die Hüften in Toms Zimmer. »Hast du keinen Föhn? Ich habe keinen gesehen.«

»Der ist in der Kommode, in der Schublade rechts. Was war das denn für ein Lärm?«

»Dein Rasierschaum ist runtergefallen. Das Bad ist sehr eng, und putzen könntest du es auch mal. Ich bin fast ausgerutscht.«

Während Sugarboy zurück ins Bad ging, rief ihm Tom

mit Ironie in der Stimme nach: »Gut, dass du gleich mein Handtuch gefunden hast!«

»Ja, ich hab meines vergessen.«

Sugarboy hörte die Zwischentöne nicht oder wollte sie nicht hören. Tom fühlte sich immer unwohler in seinem Zuhause. Er hatte das Gefühl, Sugarboy würde bei ihm das Regiment übernehmen. Vielleicht warf er ihn noch aus seiner eigenen Wohnung? Am liebsten hätte er ihn sofort auf die Straße gesetzt.

Im Bad ging der Föhn an.

Tom griff zum Telefon und rief Lisa an. Nach einigen höflichen Fragen im Stil von »Wie geht's?« und »Hast du gut geschlafen?« kam Tom endlich zu seinem Anliegen: »Lisa, Sugarboy wurde von Wissler abserviert und ist nun bei mir in der Wohnung. Er sagt, er weiß nicht, wo er sonst bleiben kann. Aber für uns beide ist es hier zu eng. Kann ich nicht noch mal bei dir übernachten?«

Lisa zögerte. Ihr schien es lästig zu sein, dass sie sich wieder mit dem Übernachtungswunsch Toms auseinandersetzen musste. Er legte nach: »Ich schlafe gerne auf der Couch, nur in meiner kleinen Wohnung zusammen mit Sugarboy – das ist mir zu anstrengend.«

»Aber nur eine Nacht. Ich brauche auch meine Ruhe. Warum hast du ihn denn überhaupt aufgenommen?«

»Er hat mir leid getan – wird von Wissler rausgeschmissen und steht auf der Straße.«

»Du bist einfach zu gutmütig!«

»Ich gehe mit Sugarboy noch auf einen Drink, da bringe ich ihm bei, dass er nur eine Nacht bleiben kann. Danach komme ich zu dir, okay?!«

Inzwischen war der Föhn verstummt und Tom sah

durch die halb offen stehende Badtür, dass Sugarboy mit allerlei Cremes Gesicht und Körper pflegte. Nach einer guten viertel Stunde tauchte er wieder neben Tom auf.

»Ich hab schon gedacht, ich muss mein Bier alleine trinken«, sagte Tom.

»Keine Sorge, ich bin gleich so weit.«

»Gut, ich muss schnell noch mal aufs Klo.«

Tom ging in das noch dampfende Bad und urinierte. Neugierig wanderte sein Blick zu Sugarboys Kulturbeutel: Dosen, Sprays und Fläschchen mit Haargel, Bodylotion, Pre- und After-Shave, Deo und Duschgel. Aus all den bunten Tiegeln und Verpackungen stach ein braunes Apothekenfläschchen heraus, auf dem ein Etikett klebte mit der Aufschrift »G« und ganz klein am unteren Rand des Aufklebers stand: »produced by LQXTC«.

Tom stutzte. Er schraubte das Fläschchen auf, roch daran, konnte aber keinen Eigengeruch feststellen.

Wo war ihm das schon einmal begegnet? G – das war doch ein Kürzel aus der Drogenszene. LQXTC – was bedeutete das? Langsam und leise sprach er die Buchstaben vor sich hin, erst auf Deutsch, dann auf Englisch – plötzlich verstand er! Das musste die Abkürzung von Liquid Ecstasy sein. Mit einem Mal wurde Tom aufgeregt, und seine Gedanken sprudelten. Das war doch dasselbe wie K.-o.-Tropfen? Wo könnten die zum Einsatz gekommen sein? Im Odeon? Bei Lalonge? Könnte Sugarboy etwa der Täter sein? Wie kam der denn in die Küche? Aber warum sollte er Lalonge töten? Tom stockte der Atem. Wenn Sugarboy der Mörder war, dann war er brandgefährlich! Und er hatte ihn in seine Wohnung gelassen. Vielleicht war es besser, er nahm die K.-o.-Tropfen erst einmal an sich.

Er steckte das braune Fläschchen in seine Hosentasche und verließ betont ruhigen Schrittes das Bad.

Sugarboy saß mit frischem Hemd und frischer Hose auf dem Bett und schob sich Stecker mit dem Pik As darauf in seine Ohrläppchen. »Hast aber lange gebraucht im Bad!«

Tom erschrak. Hatte Sugarboy einen Verdacht? Verkniffen brachte Tom heraus: »Immerhin nicht so lange wie du!«

»Warum gehst du direkt auf Angriff? Hast du etwa in meinen Sachen rumspioniert?«

»Wieso sollte ich in deinen Sachen rumspionieren? Ich hab selber Duschgel und Shampoo.«

Sugarboy war aufgestanden und zu dem Stuhl gegangen, über dem seine Jacke hing. Er zog sie an und hatte plötzlich eine Pistole in der Hand. »Du willst mich hintergehen!«

»Sugarboy! Was soll das? Leg die Waffe weg! Woher hast du die denn zum Teufel?«

»Von Wissler ausgeliehen.«

»Warum sollte der dir eine Waffe geben, wenn er dich rausschmeißt?«

»Ich habe sie mir genommen.«

»Das wird Wissler nicht gefallen. Er wird die Polizei informieren, und sie wird dich verhaften.«

»Sei still und nimm die Hände hoch!«

»Sugarboy, lass uns reden!«

Der Mann mit der bronzefarbenen Haut stand da und hatte die Pistole unablässig auf Tom gerichtet. »Halt die Fresse oder …« Langsam bewegte er sich zu Toms Kleiderschrank, zielte aber unverändert auf Tom. Er nahm eine schwarze Krawatte von einem Kleiderbügel, die Tom zuletzt bei der Beerdigung seines Bruders Jan getragen hatte.

»Setz dich auf den Stuhl!«

Tom tat, was ihm befohlen wurde.

»Nimm die Hände hinter die Stuhllehne!«

Tom befolgte auch diesen Befehl. Sugarboy trat in Toms Rücken. Tom hörte, wie er die Pistole neben sich auf den Boden legte. Er überlegte, ob er einfach aufstehen und mit Sugarboy kämpfen sollte, doch da war es schon zu spät: Sugarboy schlang die Krawatte um Toms Handgelenke. »Halt still!«, befahl Sugarboy.

Toms Puls raste, seinen Herzschlag fühlte er im Hals pochen. Schweiß stand ihm auf der Stirn, und er zitterte am ganzen Körper.

Er spürte, wie Sugarboy die Krawatte immer fester zurrte. Der Schmerz jagte durch Toms Körper. Das Blut in seinen Händen prickelte, als würden 1.000 Nadeln hineingestochen. In seinen Armen brannten kleine Feuer. Er fühlte die Ausweglosigkeit. Eine Situation wie in der Kapuzinerstraße. Damals war er dem Schrecken entkommen – allerdings nur mithilfe von Lisa!

Plötzlich spürte Tom das kalte Metall der Pistole an seinem Hinterkopf. »Bleib ruhig sitzen, sonst kracht's!«

Sugarboy tauchte vor Toms Augen auf, und er sah, wie der Kolumbianer langsam zur Badtür ging, dabei die Pistole aber weiter auf ihn gerichtet hielt. »Bleib ruhig, ich bin gleich zurück!«

Sugarboy hastete ins Bad. Tom hörte es klappern, und er vernahm einen spanischen Fluch. Er versuchte seine Hände zu befreien, doch er brachte seine eng verschnürten Arme nicht über die Stuhllehne, die über eine breite Rückenleiste verfügte. Er überlegte, ob er sich auf die Seite fallen lassen sollte – in der Hoffnung der Stuhl würde brechen, doch da stand Sugarboy schon wieder mit gezückter Pistole und grimmigem Gesichtsausdruck im Zimmer.

»Wo ist die braune Flasche?«

»Die hab ich ausgeschüttet. Wofür brauchst du das?«

Sugarboy kam auf Tom zu und fauchte ihn an: »Wo ist das Fläschchen?«

»Im Müll!«

»Wo ist der Müll?«

»In der Küche!«

Wenn er Sugarboy veranlassen konnte, in die Küche zu gehen, hoffte Tom, dass er eine Chance erhalten würde, um zu entkommen.

»Du warst gar nicht in der Küche! Und der Müll steht draußen vor der Tür!«

»Ich hab eine neue Plastiktüte in den Eimer getan.«

»Das stimmt nicht! Du lügst mich an.«

Sugarboy kam immer näher, holte mit der Waffe aus und wollte sie Tom auf den Schädel schlagen. Tom warf sich, als er den Schlag kommen sah, mit dem Stuhl auf die rechte Seite und trat dabei mit dem linken Fuß Sugarboy in die Hoden. Dieser schrie mit schmerzverzerrtem Gesicht auf, ließ die Pistole fallen, ging in die Knie und fasste sich mit beiden Händen an sein Gemächt, als müsse er sich vor einem weiteren Schlag schützen. Tom trat noch einmal, diesmal gegen Sugarboys Kopf und traf ihn mit voller Wucht hinter dem Ohr. Ohnmächtig sank Sugarboy zu Boden.

Tom atmete tief durch und versuchte sich zu beruhigen. Er zog die Luft langsam ein, hatte das Gefühl, sie würde bis in seine Zehen strömen, und atmete wieder aus. Sein Kopf wurde klarer, aber das Herz wummerte stark. Er schaffte es, die Arme über die kaputte Stuhllehne zu ziehen. Seine rechte Schulter, auf die er gefallen war, schmerzte höllisch. Er biss die Zähne zusammen, stand auf, schnappte sich – immer noch mit auf dem Rücken gefesselten Händen – die Pistole. Dann rannte er zur Wohnungstür.

AUSGEKOCHT UND SCHWER IM ABGANG

1

Mit Mühe öffnete er die Haustür und stand mit gefesselten Händen, die krampfhaft eine Pistole hielten, auf dem Bürgersteig. Das Fläschchen mit den K.-o.-Tropfen steckte unversehrt in seiner linken Hosentasche.

Autos parkten am Straßenrand, aus einigen offenen Fenstern der Mietshäuser hörte er die Geräusche von Fernsehern. Ein älterer Mann ging mit seinem Schäferhund die Straße entlang. Andere Menschen waren weit und breit nicht zu entdecken.

Tom lief auf den Mann zu, atemlos brachte er ein gepresstes »Helfen Sie mir!« heraus. Der Hund fletschte die Zähne und knurrte ihn an.

Tom drehte sich so, dass der Mann seine gefesselten Hände sehen konnte. »Nehmen Sie mir die Fessel ab, bitte.«

»Sie haben ja eine Pistole! Ich rufe die Polizei!«

»Ja, machen Sie das. In meiner Wohnung«, dabei zeigte Tom mit dem Kopf hinter sich, »liegt ein Gangster, der will mich umbringen.«

Der Hund knurrte wieder, sein Herrchen zog ein Handy aus der Manteltasche und wählte die 110. »Ich stehe in der Schopenhauerstraße und vor mir ist ein junger Mann mit einer Pistole. Er behauptet, in seiner Wohnung soll ein Verbrecher sein, der ihn bedroht hat. Ich fordere Sie auf, schicken Sie ganz schnell eine Streife hierher.«

Tom atmete flach und schnell, seine Knie wurden weich, und er hätte sich am liebsten hingesetzt. »Machen Sie mir die Fessel auf. Ich habe den Mann niedergeschlagen. Wenn er zu sich kommt, wird es wieder gefährlich.«

Der Hund riss an seiner Leine, knurrte und zeigte seine scharfen Zähne.

Tom war die Skepsis ihm gegenüber im Verhalten des Hundehalters nicht entgangen. Die Gesichtszüge wirkten kantig, die Augenbrauen waren zusammengezogen und seine Lippen fest aufeinandergepresst. Noch einmal hielt er ihm seine gefesselten Hände mit der Pistole hin und rief verzweifelt: »Nehmen Sie mir endlich die Fessel ab!«

Der Spaziergänger näherte sich Tom, dem Hund lief der Sabber aus dem Maul, und Tom fürchtete, dass er gleich beißen würde. Der Mann nahm sein Tier ganz kurz an der Leine, machte zwei, drei hastige Schritte auf Tom zu, entwendete ihm die Pistole mit einem schnellen Griff und richtete sie auf ihn. Ein gewaltiger Schreck fuhr Tom durch den Körper.

In diesem Moment hörte er ein Geräusch hinter sich. Der Spaziergänger hatte es auch vernommen, ging ein wenig zur Seite, um festzustellen, wer da kam. Sein Hund zog heftiger an ihm. Tom drehte den Kopf und erblickte Sugarboy auf sich zu hinken – mit seinem Brotmesser in der Hand. Sein Gesicht war von blankem Zorn und Raserei entstellt. Er humpelte, so schnell er konnte, auf den jungen Journalisten zu.

Tom begann wieder zu zittern. Was sollte er tun? Versuchen, wegzulaufen? Da würde der Schäferhund noch rasender werden und sich vielleicht losreißen. Aber wenn er nicht flüchtete, würde ihm gleich der wildgewordene Kolumbianer die Waffe in die Brust rammen.

Warum tut dieser Idiot nicht etwas, wenn er schon die Pistole in der Hand hat?

Endlich reagierte der Mann. Er riss die Waffe herum und bedrohte damit Sugarboy. Der Schäferhund bellte dazu immer aggressiver.

»Hauen Sie ab! Verschwinden Sie! Oder ich schieße!«, schrie der Mann.

Sugarboy zögerte einen Moment. Mit überschlagender Stimme fuhr er Tom an: »Gib mir die Tropfen. Ich will sie für mich.«

Tom schüttelte den Kopf. »Verpiss dich, du Arsch!«

In der Ferne hörte man die Polizeisirene.

Sugarboy machte einen Schritt zurück, dann wieder nach vorne; es sah aus, als würde er Salsa tanzen wollen. Er hob die Hand mit dem Messer und schleuderte es mit aller Macht auf Tom. Der versuchte mit einer Körperdrehung auszuweichen, das Messer prallte von seiner Schulter ab. Der Mann mit dem Hund wollte die Pistole abfeuern, doch er hatte sie nicht entsichert. Das Geräusch der Polizeisirene kam näher, Sugarboy fluchte lautstark auf Spanisch. Dann drehte er sich um und humpelte davon.

Kaum war Sugarboy um die nächste Ecke verschwunden, hielt das Polizeiauto vor Tom und dem Spaziergänger. Der Hund begann wieder zu knurren, als Heinz Kuhlmann und Claudia Weiner aus dem Wagen sprangen.

»Das ist ja Herr Becker. Was ist passiert? Warum sind Sie gefesselt?«, fragte die Polizistin.

Kuhlmann hatte den Mann mit der Pistole gesehen, zog seine eigene Waffe und rief: »Lassen Sie die Pistole fallen! Sofort! Und nehmen Sie die Hände hoch!«

Der Spaziergänger war völlig verdattert und folgte den Anweisungen aufs Wort. Mit Angst in den Augen rief er dem Polizisten zu: »Ich bin ein normaler Bürger, der seinen Hund Gassi geführt hat.«

»Wieso tragen Sie dann eine Waffe?«, rief Kuhlmann.

»Die hatte der junge Mann.«

Kuhlmann wandte sich an Tom, während er weiterhin auf den Spaziergänger zielte: »Stimmt das?«

Tom nickte.

»Mit auf dem Rücken gefesselten Händen?«

Tom schüttelte den Kopf.

»Die stammt von Sugarboy. Ich konnte sie ihm abnehmen.«

»Sugarboy?!« Claudia war hellhörig geworden. »Das ist doch der Kerl, den wir heute zur Fahndung ausgeschrieben haben?!«

Kuhlmann stimmte zu: »Wo ist der jetzt?«

»Dahin ist er gelaufen«, Tom zeigte in Richtung, in die Sugarboy verschwunden war, »und er hinkt.«

»Vielleicht schnappen wir ihn, bevor er sich mit der U-Bahn aus dem Staub machen kann.«

»Herr Becker, wissen Sie, ob er bewaffnet ist?«, fragte Kuhlmann.

»Die Pistole, die er Wissler geklaut hatte, liegt hier und das Brotmesser, mit dem er mich bedroht hatte, stammt aus meiner Küche. Also, ich glaube, momentan ist er unbewaffnet.«

Kuhlmann wies Claudia an, die Kollegen zu verständigen und weitere Einsatzwagen herschicken zu lassen. Er hob die Pistole mit einer durchsichtigen Plastiktüte vom Boden auf, rannte zum Wagen, in dem die Polizistin schon über das Digitalfunknetz den Kontakt zur Einsatzleitung aufgenommen hatte. Das Polizeiauto rauschte Richtung U-Bahn-Station Milbertshofen davon.

Der Schäferhund bellte, der Spaziergänger lehnte sich nach der Aufregung an einen Elektrizitätskasten und hyperventilierte. Inzwischen waren einige Fenster in den Mietshäusern aufgegangen, und Bewohner sahen neugierig heraus.

»Kann mir verdammt noch mal jemand endlich die Fessel abnehmen?«, brüllte Tom.

2

Tom saß mit Claudia Weiner, Heinz Kuhlmann und drei anderen Polizisten an einem runden Tisch in Obermeiers Büro, der Chef hatte hinter seinem Schreibtisch Platz genommen. Den rechten Arm trug Tom in einem Gilchrist-Verband dicht am Körper. Im Schwabinger Krankenhaus hatte man eine Schulterluxation bei ihm festgestellt. Die Polizei konnte seine Behandlung dort beschleunigen, indem sie angab, dass sie Toms Aussagen für eine Verbrechensbekämpfung dringend bräuchte. Tom schmerzte die Schulter, und die Handgelenke taten ihm wegen der engen Fessel noch weh. Er war müde, aber sein Verstand arbeitete auf Hochtouren.

Ausführlich gab er das Geschehen mit Sugarboy in seiner Wohnung zu Protokoll.

Sugarboys Koffer und seinen Kulturbeutel hatte Heinz Kuhlmann in Toms Wohnung beschlagnahmt. Das Fläschchen mit den K.-o.-Tropfen hatte Tom der Polizei noch vor Ort übergeben.

Als Obermeier ihm mitteilte, dass man nach Sugarboy fahndete, weil er im Verdacht stand, Wissler mit den Tropfen ermordet zu haben, lief es Tom eiskalt den Rücken hinunter. Er spürte den Schrecken, und sein Herz begann wieder zu rasen, als er an die Auseinandersetzung in seiner Wohnung dachte.

Obermeier nahm einen Schluck aus einer Mineralwasserflasche, die er neben dem Bierglas mit den Stiften stehen hatte, und fragte Tom: »Der junge Mann ist nur mit Hose, Hemd und Jacke bekleidet, richtig?«

Tom nickte.

»Wir wissen nicht, wie es um seine Finanzen steht, Wisslers Portemonnaie wurde gefunden, allerdings ohne Geld darin. Können Sie sich vorstellen, wohin er geflohen sein könnte?«

»Er kam doch zu mir, weil er niemanden sonst hier kennt. Ich habe keine Ahnung, wo er sich aufhalten könnte.«

»Frau Eisenschmidt und das Personal im Restaurant haben sich ähnlich geäußert, aber überlegen Sie noch mal genau. Sie standen ja häufiger mit ihm in Kontakt.«

Tom ließ sich die Situationen, die er mit Sugarboy erlebt hatte, durch den Kopf gehen. »Er hat ein Tanzlokal erwähnt, wo er Salsa getanzt hat, das angeblich von einem Kolumbianer geführt wurde.«

»Und wie heißt es?«

»Ich weiß nicht mehr, aber Lisa hat dort auch getanzt, die muss es wissen.«

»Dann rufen Sie sie schnell mal an!«

»Okay. Mache ich.« Tom nahm sein Handy in die linke Hand und gab der Sprachassistentin den Befehl, Lisas Nummer zu wählen.

Sie war gleich am Apparat und sagte: »Dein Kneipenbesuch hat ja ganz schön lange gedauert. Wo bleibst du denn?«

»Lisa, ich sitze hier bei der Polizei, aber das ist eine Geschichte für sich. Wie heißt denn das Studio, wo du Salsa getanzt hast und Sugarboy auch?«

»Wieso bist du bei der Polizei? Ist was geschehen?«

»Wissler ist tot, ermordet. Sugarboy wird als Verdächtiger gesucht und mich hat er auch bedroht.«

Tom hörte Lisa schwer atmen. Nach einer Weile sagte sie: »Mein Gott, wie konnte das passieren! Bist du verletzt?«

»Ja, mich hat es an der Schulter erwischt, ich bin aber im Krankenhaus schon behandelt worden. Ich erzähl dir die ganze Geschichte später. Sag mir, wie das Tanzstudio heißt!«

»Wieso willst du das denn jetzt wissen?«

»Die Polizei sucht Sugarboy, und niemand hat eine Ahnung davon, wo er sein könnte.«

»Das Corazon im Glockenbachviertel war das.«

»Vielen Dank. Ich melde mich bei dir noch mal.« Tom legte auf. »Corazon heißt das Tanzstudio. Im Glockenbachviertel.«

»Claudia, bitte, check das mal. Auch, ob da noch ein Kontakt von unserem Verdächtigen zu dem kolumbianischen Geschäftsführer besteht.«

Claudia verließ zum Telefonieren das Zimmer.

»Ham S' noch eine andere Idee?«, fragte Obermeier Tom.

»Er hat gesagt, dass er wieder nach New York wolle.«

Obermeier zeigte mit dem Finger auf Kuhlmann. »Heinz, ruf die Kollegen am Flughafen an und informiere sie, dass dieser Sugarboy sich möglicherweise dort aufhalten könnte.«

Obermeier wandte sich wieder Tom zu: »Fällt Ihnen noch ein Ort ein, wo er sich verstecken könnte?«

»In der St. Michaelskirche habe ich mich zweimal mit ihm getroffen. Er verehrt den Kini sehr und berät sich mit ihm.«

»Hä?!«, rief Obermeier, »der Kini? Der ist doch seit 1886 tot. Steht für eine Beratung nicht mehr zur Verfügung.«

»Doch. Sugarboy glaubt fest daran, dass der König mit ihm spricht. – Ich habe es selbst erlebt.«

Obermeier legte die Stirn in Falten und zog einen Mundwinkel ungläubig nach unten. »Was ham S' erlebt?«

»Wie Sugarboy in der Gruft vor dem Sarg kniete und mit ihm geredet hat.«

»Ham S' auch die Antworten des Königs g'hört?«

Tom schüttelte energisch den Kopf. »Natürlich nicht. Aber Sugarboy schon.«

In diesem Moment kam Claudia wieder ins Zimmer.

»Die haben gesagt, dass sie Sugarboy nicht kennen, und der kolumbianische Geschäftsführer hat Deutschland schon vor zwei Jahren verlassen. Ich glaube, da müssen wir niemanden vorbeischicken.«

Obermeier wirkte entschlossen.

»Na dann, auf zur St. Michaelskirche! Ist ja gleich gegenüber. Vielleicht ist er dort.« Er stand auf. »Claudia, ruf dort an und verbinde mich mit dem Mesner!«

»Die Gruft ist aber jetzt geschlossen. Die wird um halb fünf zugesperrt«, bemerkte Tom.

»Wir müssen die Kirche ganz absuchen, auch die Kreuzkapelle, die Sakristei und die Gruft.«

3

»Schorsch, ich hab Herrn Andresen in der Leitung, ich leg auf«, sagte Claudia Weiner, die im Sekretariat vor einem Schreibtisch stand.

Obermeier hatte den Hörer in die Hand genommen und meldete sich bei dem Mesner mit Namen und vollständiger Dienstbezeichnung.

»Herr Andresen, wir müssen in der Kirche einen polizeilichen Einsatz durchführen. Möglicherweise befindet sich dort ein Mordverdächtiger.«

»Das hört sich aber nicht gut an«, antwortete der Mesner. »In der Kirche halten sich Gläubige und Touristen auf, glücklicherweise findet keine Messe statt.«

»Das ist eines der Probleme, weshalb ich Sie anrufe. Die Anwesenden müssen die Kirche verlassen, und es dürfen keine neuen Besucher eingelassen werden.«

»Ich denke, das wird sehr schwierig. Was erwarten Sie von mir?«, erwiderte der Mesner.

»Zunächst einmal will ich wissen, ob Ihnen der Tatverdächtige aufgefallen ist. Es handelt sich um einen Südamerikaner, Mitte 20, gutaussehend, schlank, ca. 1, 75 Meter groß. Der Mann hat in der Vergangenheit schon häufiger die St. Michaelskirche besucht, war auch öfter in der Gruft. Möglicherweise ist er bewaffnet – das wissen wir nicht. Vielleicht ham S' ihn bemerkt?«

Obermeier hörte Viktor Andresen tief atmen. Er schien zu überlegen und nach einer Weile sagte er: »Ich kann mich nicht erinnern. Wissen Sie, wir haben jeden Tag viele Besucher aus der ganzen Welt.«

»War'n S' innerhalb der letzten viertel Stunde im Kirchenraum?«, fragte Obermeier und klopfte dabei ungeduldig mit den Fingern auf seine Schreibtischplatte.

»Ich war grad vor fünf Minuten drüben, aber ein junger Südamerikaner, so wie Sie ihn beschreiben, ist mir nicht aufgefallen.«

»Wie viele Menschen waren da in der Kirche?«

»Zehn bis fünfzehn würde ich schätzen. Drei, vier Gläubige, die in den Bänken beteten, und einige Touristen.«

»Herr Andresen, wir machen das jetzt so: Ich komm mit einigen Kollegen in Zivil zum Nebeneingang, direkt gegenüber vom Polizeipräsidium. Wir fordern die Besucher dazu auf, die Kirch' zu verlassen, vorausgesetzt, der Verdächtige hält sich nicht unter ihnen auf. Das ist das nächste Problem. Falls der Verdächtige sich eine Person als Geisel nimmt, eskaliert die Situation. Das wollen wir natürlich nicht. – Können S' uns in fünf Minuten die Tür zum Nebeneingang aufschließen?«

Der Mesner gab seine Zustimmung. Während Obermeier den Hörer auflegte, wies er seine Kollegen an: »Ihr müsst vor dem Hauptportal absperren! Niemand darf mehr in die Kirch'! Heinz, das musst du organisieren«, befahl er Kuhlmann. »Ich brauche zehn, zwölf Mann in Schutzkleidung – das ist Vorschrift bei einem Mordverdächtigen, wie ihr wisst. Die sollen alle zum Nebeneingang kommen. Claudia, informiere die Kollegen! Wenn sich die Besucher aus der Kirche entfernt haben, geben wir euch Bescheid. Das ist das Signal zum Einsatz.«

Fünf Minuten später stand Obermeier mit drei Kollegen in Zivil vor dem Nebeneingang der St. Michaelskirche. Der Hauptkommissar drückte die schwere eiserne Klinke herunter, aber nichts tat sich. Er griff schon zum Telefon, um den Kirchendiener anzurufen, da vernahm er, wie von innen ein Schlüssel ins Schloss geschoben und herumgedreht wurde. Die schwere Tür wurde langsam aufgezogen, und der Mesner, ein kräftiger Mann mit Stirnglatze, circa 40 Jahre alt, in einem dunkelblauen Pullover, fragte mit angespannter Miene: »Sind sie Herr Obermeier?« Der Hauptkommissar zeigte ihm seinen Ausweis. Andresen winkte die Polizisten ins Innere der Kirche und sagte dabei sehr leise: »Ich musste mich noch mit dem Kirchenrektor abstimmen, aber er hat keine Einwände bezüglich Ihres Einsatzes.«

Obermeier betrat das Kirchenschiff zunächst allein, genau beobachtet von seinen drei Kollegen und dem Mesner. Er ging langsam an den Seitenaltären vorbei, hielt nach Sugarboy Ausschau, konnte ihn aber nicht entdecken. Er hob den Arm und gab den Anderen Zeichen, sie sollten ihm folgen. Weihrauch stieg Obermeier in die Nase und ließ ihn mehrfach kräftig niesen. Mit seinem Polizeiausweis in der Hand nährte er sich einem Paar, das die Heiligen hinter den Eisengittern in den Seitenaltären bewunderte, und sagte: »Meine sehr geehrten Herrschaften, die Polizei wird hier in wenigen Minuten einen Einsatz durchführen. Ich muss Sie bitten, das Haus gleich zu verlassen und in Richtung Neuhauser Straße zu gehen«, dabei zeigte er zum Hauptportal. Der Mann sah aus, als wollte er zunächst gegen die Anweisung protestieren, doch als er Obermeiers Kollegen bemerkte, die mit anderen Anwesenden genauso verfuhren, sagte er: »Okay!«, und ging gemeinsam mit seiner Begleitung schnellen Schrittes Richtung Ausgang.

Als keine Besucher mehr in der Kirche waren, gab Obermeier über sein Dienstfunkgerät Claudia Weiner den Befehl: »Schick die Kollegen rein!«

Die Schritte der Polizisten hallten dumpf in der ehrwürdigen Stätte. Zwölf Mann in Schutzmontur mit klobigen Stiefeln, ballistischen Helmen, Gesichtsschutz, Schutzwesten und mit gezückten Schusswaffen stürmten an

Weihrauchkessel, Kirchenbänken, Martyriengemälden und Hochkanzeln vorbei, immer bereit, Auffälligkeiten zu registrieren.

Einsatzleiter Obermeier teilte Zweierteams ein und befahl ihnen, den Innenraum der Kirche genau abzusuchen. Die Trupps näherten sich nach und nach den einzelnen Seitenaltären auf der Suche nach möglichen Verstecken. Zwei Polizisten drückten sich hinter dem Hochaltar hindurch, andere stiegen auf Kanzeln, sie sahen zwischen den Bänken nach dem Verdächtigen, erklommen die Empore, aber nirgendwo fanden sie eine Spur von Sugarboy.

Obermeier schickte ein Team zur Kreuzkapelle nebenan, doch es war schnell klar, dass sich dort niemand verbergen konnte.

Er bat den Mesner, der die ganze Zeit nervös vor dem Hauptaltar gestanden hatte, die Gruft zu öffnen.

»Da kann er nicht sein. Der Aufseher macht immer einen Rundgang, bevor er schließen lässt«, sagte der Mesner.

»Tut mir leid, wir müssen überall nach dem Gesuchten sehen.«

Die Hydraulik wurde in Gang gesetzt, die Bodenplatten, die den Eingang zur Gruft verdeckt hatten, knarzten lautstark. Dann tauchten die Stufen zum Abgang auf. Ein Stück tiefer verschloss noch eine Eisentür den Zugang zur Wittelsbacher Fürstengruft.

Licht drang nur wenig vom Chorraum der St. Michaelskirche durch ein Deckengitter nach unten. Obermeier und drei Polizisten mit strahlend hellen LED-Stablampen leuchteten in alle Ecken. Vor dem Sarkophag Ludwig II.

standen Blumen, Kerzen und auf ihm ein kleiner Schwan aus Porzellan. Von Sugarboy war nichts zu sehen. Es gab nicht viele Stellen, wo man sich in der Gruft verstecken konnte. Die meisten Särge waren offen zugänglich. Eine schwere Gittertür schien den Zugang zu einem Seitenarm der Gruft zu versperren. Obermeier rüttelte an dem Gitter, und überraschenderweise war die Tür unverschlossen. Er spähte mit einem Kollegen in diesen Teil der Gruft, wo weitere Sarkophage mit berühmten Wittelsbachern lagen. Obermeier leuchtete die Grabstelle von Gisela von Österreich, einer Tochter der berühmten Sisi, ab.

»Da liegen Papiertaschentücher und ein Medikament. Wahrscheinlich war das sein Versteck, während der Aufseher seine Runde gedreht hat. Er muss hier irgendwo sein!«, sagte Obermeier, während er zurück in den Hauptraum der Gruft lief.

Es blieben nur die beiden Nischen als mögliche Zufluchtsorte, in denen die Särge der Cousinen Theresia Benedicta und Theresia Emanuela standen. Obermeier näherte sich vorsichtig den möglichen Verstecken.

»Kommen Sie mit erhobenen Händen heraus!«, rief er mit sonorer Stimme ins Ungewisse. Nichts geschah. Er leuchtete mit seiner grellen Lampe in die Nischen und hinter die Särge. »Da ist er!«, rief Obermeier seinen Kollegen aus voller Kehle zu.

Sugarboy saß hinter dem linken Sarg wie ein Häufchen Elend zusammengekauert am Boden, die Beine angezogen, das Gesicht darauf abgelegt und die Hände über dem Kopf.

»Hände hoch!«, »Legen Sie Ihre Waffe weg!«, »Wir haben ihn!«, »Sie sind umstellt!«, »Leisten Sie keinen

Widerstand! Es ist sinnlos!« – die Rufe der Polizisten erschallten dumpf in dem Gewölbe.

Mit verweinten Augen hob Sugarboy seinen Kopf ein kleines Stück und blinzelte zwischen seinen Fingern hindurch.

»Legen Sie sich mit dem Bauch nach unten auf den Boden!«

Sugarboy schloss die Hände vor seinem Gesicht, bewegte sich aber sonst kein bisschen.

Obermeier ging vorsichtig einen Schritt auf ihn zu und forderte ihn sanft auf: »Es ist alles vorbei. Kommen S' raus! Es sind viele Polizisten hier. Kommen Sie!«

Sugarboy begann zu weinen, er schluchzte, es schüttelte ihn. Obermeier ergriff seinen Arm und zog ihn aus seinem Versteck, seine Kollegen hatten die Pistolen im Anschlag, bei Sugarboy flossen die Tränen, während er mit der freien Hand sein Gesicht bedeckte. Er sank auf die Knie, versuchte aufzustehen, sackte aber gleich wieder zusammen. Zwei Polizisten stellten ihn auf die Beine und legten ihm in seinem Rücken Handschellen an.

4

Mit schmerzender Schulter hatte Tom vom Eingangsbereich zum Polizeipräsidium in der Ettstraße die gesamte Aktion verfolgt, soweit sie sich unter freiem Himmel abgespielt hatte. Nun führten Polizisten den schluchzenden und gefesselten Sugarboy aus dem Seiteneingang der Kirche. Zwei Beamte hatten ihn jeweils an einem Oberarm gepackt, der Kolumbianer wurde mehr gezogen, als dass er ging. Das Galliano-Hemd hing ihm aus der hellblauen Prada-Hose. Sein Gesicht wirkte verschmutzt von Rotz und Gesteinsstaub. Er sah erbärmlich aus. In Toms Gedächtnis grub sich das Bild von einem Mann, von dessen Lebendigkeit, seiner Eleganz und seiner frechen, herausfordernden Art nichts mehr übrig geblieben war.

Tom empfand gleichzeitig eine Reihe von Gefühlen: Freude, da er der Polizei den richtigen Tipp gegeben hatte, Genugtuung, da ihn Sugarboy bedroht hatte und er nun festgenommen worden war, aber auch Mitleid, da dieser in seinem Leben viel Bitternis hatte erdulden müssen.

Jetzt stand noch die restliche Klärung des Falles an, wobei Tom sicher war, dass Sugarboy dabei die Hauptrolle spielte. Er würde nicht mehr so schnell Salsa tanzen, nicht mehr die exquisite Küche eines Sterne-Restaurants genießen, nicht mehr nach New York zurückkehren, sondern die nächsten Jahre in einem deutschen Knast verbringen.

5

Tom hatte wieder einmal schlecht geschlafen, obwohl er in seinem eigenen Bett lag. Jedes Mal, wenn er sich auf die rechte Seite gedreht hatte, war er durch die Schmerzen in der Schulter aufgewacht.

Es kostete ihm einige Mühe, sich mit der linken Hand sein Frühstück zuzubereiten. Er rührte gerade heiße Milch in seinen Kaffee, als sein Handy läutete. Es war Neuwirts Sekretärin, die ihm mitteilte, der Fernsehdirektor möchte ihn gerne um 9.30 Uhr sprechen. Tom wurde nervös, denn mit so hochgestellten Persönlichkeiten wie Dr. Markus Roßkopf hatte er bisher noch nicht zu tun gehabt. Nachdem er aufgelegt hatte, begutachtete er den Inhalt seines Kleiderschrankes, in dem sein einziger Anzug hing. Er war dunkelgrau, fast zu feierlich für ein alltägliches Treffen mit dem Direktor, aber Tom wusste, er würde sich sicherer darin fühlen, als wenn er zu leger gekleidet wäre.

Pünktlich saß er im Sekretariat von Dr. Roßkopf. Man hatte ihm mitgeteilt, dass der Direktor noch ein wichtiges Telefonat führen müsse. Tom kaute auf seiner Unterlippe und sah auf die Werbebroschüre des Fernsehkanals TV 1, die ihm die Sekretärin hingelegt hatte. Aber er las kein Wort. Zu viele Dinge gingen ihm im Kopf herum.

Die Mitteilung von der Verhaftung Sugarboys hatte er am Abend noch an Eike weitergegeben. Obermeier hatte sich bei ihm für den Tipp mit der Fürstengruft bedankt und ihm zahlreiche Fragen zu seinem Kontakt mit dem Kolumbianer gestellt. Außerdem hatte er ihm mitgeteilt, dass Fat Django in Hamburg von der Polizei erschossen worden war. In Toms Wohnung hatte die Spurensicherung jedes Detail des Kampfes zwischen ihm und Sugarboy dokumentiert. Lisa hatte er nach all den Ereignissen nicht mehr angerufen, sondern ihr nur eine Nachricht geschickt, dass es für ihn zu spät geworden war.

Tom wurde aus seinen Gedanken gerissen, als die Gegensprechanlage ein knarziges »Er kann jetzt hereinkommen« hören ließ. Die Sekretärin in einem biederen, beigen Kostüm schaute ihn mit kalten Augen an und gab ihm das Zeichen für den Zutritt in das Allerheiligste.

Tom klopfte an die Tür, öffnete sie und sah vor sich einen großen Raum, der mit dicken Teppichen ausgelegt war. Dr. Roßkopf saß an einem massiven Schreibtisch aus Mahagoniholz. Als Tom zögernd weiter eintrat, stand Roßkopf auf und winkte ihn zu sich: »Kommen Sie nur herein. Haben Sie bitte keine Scheu!«

Roßkopf war etwa 50 Jahre alt, hatte dunkelbraunes Haar, eine randlose Brille und trug einen dunkelblauen Anzug mit einer hellblau karierten Krawatte. Er lächelte Tom mit geschäftsmäßiger Freundlichkeit entgegen und wirkte entsprechend seiner Rolle als Repräsentant eines großen Unternehmens wie eine starke Persönlichkeit, die mit Menschen aus vielen unterschiedlichen Bereichen des öffentlichen Lebens kommunizieren und Entscheidungen treffen musste.

»Nehmen wir hier Platz.« Roßkopf zeigte auf eine schwarze Ledercouch vor einem großen Fenster. In der Zwischenzeit brachte die Sekretärin Mineralwasser, Kaffee und Plätzchen herein. Sie stellte das Tablett auf ein schwarzes Glastischchen vor der Couch.

Roßkopf betrachtete Tom, der mit seinem Verband nicht in den Ärmel der Anzugjacke hatte schlüpfen können und sie nur über der rechten Schulter hängen hatte, mit einfühlsamer Miene. »Sie wurden verletzt? Was ist denn passiert?«

»Ich bin bei meiner Befreiungsaktion …« Toms Stimme krächzte. »Darf ich mir etwas Wasser nehmen?«

Roßkopf nickte väterlich. Tom trank einen Schluck und sagte mit fester Stimme: »Bei der Befreiungsaktion bin ich auf den rechten Arm gefallen. Im Krankenhaus wurde dann eine Schulterluxation festgestellt. Den Verband muss ich zwei bis drei Wochen tragen.«

»Ich finde es großartig, dass Sie am Tag nach so einem Erlebnis überhaupt zur Arbeit kommen. Wissen Sie, ich wollte den Journalisten aus unserem Haus persönlich kennenlernen, der maßgeblich an der Aufklärung dieses mysteriösen Mordfalles mitgewirkt hat. Glückwunsch!«

Tom stieg die Hitze in den Kopf. »Sehr freundlich. Ich habe nur das getan, was anstand.«

»Nicht jeder hätte sich auf ein so gefährliches Terrain begeben. Das ist schon außergewöhnlich. Ich bin sehr froh, dass wir solche Leute wie Sie in unserer Mannschaft haben.«

»Ich bin nur Hospitant, Herr Direktor.«

»Ja, stimmt. Das habe ich gehört. Ich denke doch, Sie werden uns treu bleiben?«

»Leider läuft mein Vertrag zum Monatsende aus.«

»Und was hat Neuwirt mit Ihnen zukünftig vor?«

»Nichts weiter. Ich muss den Sender verlassen.«

Auf Roßkopfs Stirn bildete sich eine tiefe, senkrechte Falte. »Gut, dass wir uns unterhalten. Was haben Sie denn für Vorstellungen?«

»Die Arbeit hat mir viel Freude gemacht. In der Aktuellen Redaktion ist immer was los.« Tom strich sich, während er kurz überlegte, mit der Linken über seine Haare. »Wissenschaftsjournalismus und Ökologie sind ebenfalls Bereiche, für die ich mich interessiere.«

In diesem Moment klopfte es, und die Sekretärin mit den kalten Augen stand in der Tür. »Dr. Roßkopf, das Büro des Ministerpräsidenten fragt nach, ob das Abendessen um eine Stunde nach hinten verschoben werden kann. In Ihrem Kalender ist kein weiterer Termin verzeichnet.«

»Ach, dann dauert das heute wieder ewig. Aber ist in Ordnung. Selbstverständlich.«

Die Sekretärin schloss die Tür, und Roßkopf wandte sich Tom zu: »Meine Frau sehe ich unter der Woche so gut wie gar nicht. Mein Leben ist terminlich fremdbestimmt. Überlegen Sie es sich gut, ob Sie hier arbeiten wollen.« Er schmunzelte, als wäre seine Aussage der Witz des Monats. Tom setzte ein verkrampftes Grinsen auf.

»Wo waren wir gerade? Ach, bei der Wissenschaft. Da sind wir nicht so groß aufgestellt … und Ökologie, ich weiß nicht … Ich werde mal mit Neuwirt reden.« Roßkopf schrieb etwas auf einen Block. Offenbar würde sich der Direktor dafür einsetzen, dass Tom in der Redaktion von Neuwirt bleiben konnte. Will ich das überhaupt?, fragte er sich. Die Arbeit war faszinierend, Eike ein guter Kumpel geworden, aber Neuwirt? Der Widerling! Sollte er jetzt sagen, für Neuwirt möchte er nicht arbeiten? Das konnte er doch nicht bringen!

»Sie sehen aus, als würde Ihnen eine Menge Dinge durch den Kopf gehen. Sagen Sie mir einfach, was los ist. Haben Sie Bedenken?«

Tom dachte an seine Bewerbung, deren Ergebnis noch ausstand. Vielleicht gab es dort angenehmere Chefs. »Ich glaube, Herr Neuwirt und ich, wir verstehen uns nicht wirklich gut.«

Roßkopf lachte. »Neuwirt ist ein Egomane und Zyniker, der sich über Andere lustig macht. Das dürfen Sie nicht so ernst nehmen. Ich sage meinem Führungspersonal immer: Es gibt drei Dinge, um die Mitarbeiter zu motivieren: Lob, Freiheit im Handeln und Geld. Letzteres haben wir am wenigsten, also lobt die Leute, und lasst Sie selbstständig arbeiten – bis zu einem gewissen Grad natürlich. Bei Neuwirt ist das offenbar noch nicht richtig angekommen.«

Tom schaute betreten und unsicher auf den Teppichboden. Er wunderte sich, dass der Direktor mit ihm, dem kleinen Hospitanten, so offen über seinen Redaktionsleiter sprach.

»Kopf hoch, junger Mann. Sie haben gerade Großartiges geleistet. Sie sind doch Live-Gast in unserer heutigen Sendung, da wollen wir selbstbewusste Leute sehen.« Roßkopf zwinkerte Tom zu.

»Ich werde gleich mit Neuwirt reden«, sagte er, stand auf und ging zu seinem Schreibtisch. »Sie haben nach dem grausamen Mord in der Kapuziner Straße bei den Interviews, die Sie für andere Sendeanstalten gegeben haben, sehr darauf geachtet, dass immer der Name unseres Senders genannt wurde oder unser Logo zu sehen war. Das hat mir mein Referent mitgeteilt und mich hat das sehr gefreut.« Er drückte eine Taste am Telefon. »Britta, geben Sie mir Neuwirt, aber bitte gleich.«

Roßkopf strahlte Tom an, der mit gemischten Gefühlen

auf der Couch saß. Das Telefon läutete, Roßkopf nahm den Hörer ab.

»Kollege Neuwirt, bei mir sitzt Tom Becker, der Mann, der dazu beigetragen hat, diesen Mordfall zu lösen, und er sagt mir, dass er Ende des Monats das Haus verlassen müsse. Das kann doch nicht sein. Leute wie Herrn Becker brauchen wir bei unserem Sender.«

Der Direktor hörte zu, was Neuwirt ihm antwortete. »Sie haben keine Vakanz, aber der junge Mann hat ja nur eine Hospitanz. Die kann man doch wohl verlängern und damit die Zeit überbrücken, bis wir Möglichkeiten haben.«

Roßkopf hörte wieder zu. »Ach, er ist häufig spät zum Dienst erschienen und hat sich bei Berichten ins Bild gedrängt. Sie haben wohl eine Abneigung gegen den jungen Mann.«

Roßkopfs Miene verfinsterte sich. »Denken Sie bitte nochmals darüber nach.« Mit diesen Worten legte der Direktor den Hörer auf und ging zurück zur Couch.

»Ich denke, in der Abteilung von Neuwirt handeln Sie sich – und wir uns – nur Ärger ein. Momentan sehe ich aber auch in anderen Abteilungen keine Lösung. – Ach, da fällt mir ein: Ich habe immer noch gute Verbindungen zu den Öffentlich-Rechtlichen. Wie Sie vielleicht wissen, war ich, bis ich das Amt hier angetreten habe, bei der ARD beschäftigt. Mir hat der Chefredakteur von ARD-aktuell vor ein paar Tagen gesagt, dass er dringend gute Leute für die Tagesschau und die Tagesthemen gebrauchen könnte. Ich werde Sie – wenn Sie zustimmen – gerne vorschlagen. Da müssen Sie zwar das schöne München verlassen, aber in Hamburg kann man es auch aushalten.« Roßkopf sah jetzt richtig selbstzufrieden aus. Wahrscheinlich waren Termine wie dieser, dachte Tom, die angenehmsten für den Direktor.

»Wenn später bei uns etwas frei wird, können Sie sich wieder hierher bewerben. Das wäre doch eine gute Lösung.« Roßkopf strahlte Tom an, der bedankte sich schüchtern. »Wissen Sie, wie wir es machen? Sie schreiben eine Bewerbung für ARD-aktuell mit allen Unterlagen, die lassen Sie mir zukommen, und ich werde sie dann mit meinem Kommentar an den Chefredakteur in Hamburg weiterleiten. D'accord?«

Roßkopf rieb sich die Hände. Tom wusste nicht, wie ihm geschah. Hatte er jetzt wirklich die Möglichkeit, eine Stelle bei der ARD zu bekommen? Offenbar sollte seine Zukunft nicht in München liegen – Deutschlandradio in Köln oder die ARD in Hamburg. Aber bis dorthin war es noch ein weiter Weg.

Roßkopf erhob sich und begleitete Tom zur Tür, schlug ihm jovial auf den Rücken, was Tom zusammenzucken ließ, und rief seiner Sekretärin zu: »Lassen Sie sich von Herrn Becker alle Daten geben, Britta. Anschrift, Telefonnummer, Handy, E-Mail und so weiter.«

Als Tom das Sekretariat verlassen hatte, sagte der Direktor leise zu ihr: »Den lassen wir von der ARD ausbilden, und wenn er gut ist, soll er wiederkommen. Der junge Mann ist noch ein bisschen schüchtern, aber er brennt. Ich sehe zu, dass das mit ARD-aktuell klappt, dann schicken wir ihn für zwei, drei Jahre nach Hamburg, dort wird er gut geschult und danach soll er hier Neuwirt ersetzen. Der darf dann den Chef bei den Produktions- und Aufnahmeleitern spielen.« Roßkopf zwinkerte seiner Sekretärin verschwörerisch zu.

»So bekommt auch der mal eine auf den Deckel, der Idiot; meint, er ist der Größte und versemmelt dann solche landespolitischen Höhepunkte wie die Kommunalwahl, indem er nicht gern gesehene Autoren zu den Regierungsparteien geschickt hat. Und Tom Becker wird mir aus der Hand fressen.«

Roßkopf stand nun dicht neben Britta und atmete ihr Parfüm ein. »Britta, Sie riechen heute wieder wunderbar. – Aber was ich noch sagen will: Neuwirt fingert sicher an dem einen oder anderen Weiber-Busen oder -Po herum. Da müssen wir ein Auge drauf haben, dann können wir ihn auf diese Weise auch ganz loswerden.«

Britta sah ihren Chef mit kalten Augen an. »Ich mach eine Aktennotiz, Herr Direktor, und lege sie dann im Ordner ›Personalplanung‹ ab.«

6

Als Tom das freie Mitarbeiterzimmer betrat, herrschte dort das übliche Redaktionsdurcheinander: Die Fernseher mit den Nachrichtenkanälen liefen stumm, Kollegen recherchierten am Telefon, andere riefen sich etwas zu, Karen kämmte sich ihre langen Haare, und zwei Reporter lachten laut. Tom überlegte kurz, ob er das Opfer ihrer Belustigung war, doch dafür gab es keinen Anhaltspunkt.

Er trat auf den rothaarigen Planer Brandt zu, der für diese Woche wieder die Themen festlegte. »Ich habe gehört, dass ich heute als Live-Gast vorgesehen bin, stimmt das?«

»Es ist noch nicht sicher. Neuwirt hat sich bisher nicht entschieden, ob ein Bericht mit O-Tönen von dir gemacht werden soll oder ob ein Gespräch mit dir im Studio geführt wird. Du bist doch im Haus, oder?«

»Wäre schön gewesen, wenn man mich auch informiert hätte.«

Brandt saß an seinem Computer und hob seinen Kopf mit einer ruckhaften Bewegung. »Nun maul mal nicht. Du hast es doch gewusst.«

»Aber nur durch einen Zufall.«

Tom wollte nicht sagen, dass er es vom Fernsehdirektor erfahren hatte. Sein Termin bei ihm würde wahrscheinlich für Neid im Kollegenkreis sorgen.

Der Planer zog die Braue hoch und sagte mit einem Schulterzucken zu Tom: »Du warst beim Fernsehdirektor, stimmt's? Das ist 'ne große Ehre, außer wenn man von ihm klein gemacht wird. Du kannst stolz darauf sein, dass er dich hochgebeten hat.«

Tom seufzte resigniert wegen seiner Naivität, wahrscheinlich hatte Neuwirts Sekretärin herumerzählt, dass der Redaktionsneuling einen Termin beim Direktor hatte. Viele langgediente Reporter würden sich eine Menge von so einem Treffen erwarten, zum Beispiel dass der Direktor ihre Person überhaupt zur Kenntnis nahm, eine persönliche Vorstellung von ihrer Tätigkeit hatte und sich bei den nächsten personellen Umgruppierungen womöglich an sie erinnerte.

Tom verließ den Raum. Im Flur sah er Neuwirt stehen. Er erschrak. Dem Redaktionsleiter hatte es sicher nicht gefallen, dass er in der Sache Tom Becker vom Direktor angerufen wurde. Wie würde er reagieren? Neuwirt sah zu ihm herüber, schaute aber gefühlskalt wie ein Nacktscanner durch ihn hindurch.

Tom wollte ein paar Minuten durchatmen, und er entschloss sich, das Gelände von TV 1 zu verlassen. Er ging am Pförtnerhaus vorbei Richtung S-Bahn-Station Unterföhring. Dort hatte eine Thai-Familie einen mobilen Essensstand aufgemacht, im Winter war er verschwunden, aber ab dem Frühjahr wurde an den Wochentagen eifrig grünes, gelbes und rotes Curry, Tom Kha Gai, Thai-Nudelsuppen und andere asiatische Speisen angeboten. Die Thai-Familie hatte Tische und Stühle aufgestellt und die Kunden warteten geduldig in einer Schlange, um ein wenig Exotik in ihren Alltag zu bringen.

Tom bestellte Fishcakes und Satay-Spießchen mit Erdnusssauce, das konnte er gut mit der linken Hand essen.

Das Publikum zeigte sich bunt gemischt, Männer in Anzügen und Frauen in Kostümen von den verschiedenen Medienkonzernen, Arbeiter in durch ihre harte Tätigkeit verschmutzten Klamotten und auch flippige Leute mit Piercings und Tattoos. Tom fiel etwas Verrücktes ein: Sollte er an diesem Treffpunkt der vielen verschiedenen Fernsehanstalten nicht einfach eine Bewerbung aufhängen? Vielleicht käme er so eher zu einem Job, als wenn er Blind-Bewerbungen an die Fernsehsender schickte oder auf Stellen bei ARD-aktuell und Deutschlandradio hoffte. Im nächsten Moment verwarf er die Idee wieder. Wenn es um Hilfstätigkeiten im Studio oder um Aushilfsjobs im Sekretariat ginge, könnte dieser Weg sogar funktionieren, wenn es sich aber um einen Job auf der Ebene des aktiven Journalismus handelte, wäre das sicher nicht möglich. Da spielten persönliche Kontakte eine große Rolle, wie er es gerade erst bei Dr. Roßkopf erlebt hatte.

7

Toms Handy klingelte, Eike war am Apparat: »Wo steckst du denn? Wir wollen deine Geschichte drehen.«

»Also kein Live-Interview im Studio?«, fragte Tom.

»Nein, wir sollen mit dir vor Ort drehen.«

Tom hastete zurück zum Sender, vorbei an der Kantine, wo sich auf der Terrasse Angestellte von TV 1 gutgelaunt bei Kaffee und Kuchen eine Pause gönnten. Am Fuhrpark mit den Teamautos wartete Eike mit Kamera- und Tonmann bei laufendem Motor auf ihn.

Sonne und Wolken wechselten sich ab, manchmal war es schon zu warm für eine Jacke. Eike trug ein dünnes beiges Blouson über einem weißen T-Shirt und dazu blaue Chinos. Tom hatte noch immer seinen Anzug an und quälte sich einhändig mit dem zu warmen Sakko herum.

»Bevor wir drehen, muss ich mich noch umziehen«, sagte er.

»Hattest du richtig Angst, als Sugarboy dich fesselte?«, fragte ihn Eike, als sie im Teamwagen saßen.

»Ich habe Sugarboy zuerst nicht richtig ernst genommen, er war immer freundlich zu mir. Wie er mit dem Wissler umgegangen ist, das hat mir auch gefallen, weil ich es gerechtfertigt fand. Es hat schon etwas gedauert, bis mir klar wurde, dass er wirklich gefährlich ist.«

»Sein Ausraster nach unserem Essen bei Wisslers hat schon gezeigt, wie viel Wut in ihm steckt.«

»Er ist immer so mitgelaufen, der Wissler war der Wichtige.«

Eike leckte sich die Lippen. »Schade, dass gutes Aussehen nicht mit Anständigkeit korreliert. Es ist oft umgekehrt: die Schönen glauben, sich alles herausnehmen zu können. Da ist der Marktwert einfach größer.«

Tom lächelte Eike an. »Das ist so etwas wie die Ökonomie für die zwischenmenschlichen Verhaltensweisen, was du gerade schilderst. Oder?«

Zufrieden klopfte Eike Tom mit der Hand auf die unversehrte Schulter und sagte: »So kann man das durchaus sehen.«

Als der Teamwagen in der Schopenhauerstraße angekommen war, führte Tom die Kollegen in seine Wohnung. Dort schilderte er, nachdem er das Sakko abgelegt und sich Jeans angezogen hatte, seine Erlebnisse in die Kamera: Wie Sugarboy plötzlich eine Pistole gezogen hat, wie er ihn gefesselt hat, wie es Tom gelang, sich zu befreien. Dabei wurde der kaputte Stuhl aufgenommen und Tom zeigte den Verband an seiner Schulter.

Das Team ging nach draußen und Tom führte vor, wie er mit der Pistole auf die Straße gelaufen war und den Hundebesitzer hatte überreden wollen, ihn von den Fesseln zu befreien. Darüber konnte er inzwischen schon schmunzeln. Die Situation musste für außenstehende Beobachter sehr absurd ausgesehen haben.

Anschließend fuhr Tom mit dem Team zur St. Michaelskirche und beschrieb, wie er die Festnahme des Kolumbianers erlebt hatte. Die offizielle Stellungnahme lieferte Obermeier im Polizeipräsidium gegenüber. Die Arbeit für den Kamera- und den Tonmann war nach der Fahrt zurück zum Sender erledigt. Für Eike standen Schnitt, Text und Vertonung an, Tom saß nur dabei und ließ den Profi arbeiten.

Ihm gingen die Themen, die bei seinem Gespräch mit dem Fernsehdirektor angesprochen worden waren, durch den Kopf. Er hatte noch die vage Hoffnung, dass Neuwirt ihm ein Angebot machen würde. Roßkopf hatte ihn gebeten, sich die Verlängerung der Hospitanz nochmals zu überlegen. Deutschlandradio und ARD-aktuell waren weit weg, und Tom wäre ein sicherer Job in München lieber als unwägbare Möglichkeiten in der Ferne. Aber von Neuwirt und seinem Sekretariat war erst einmal nichts zu hören. Nach und nach wuchs in ihm die Wut und der Zorn auf den Redaktionsleiter. Er hatte ihn lächerlich gemacht, behandelte ihn wie einen Aussätzigen und ignorierte ihn nun völlig, obwohl Tom sogar vom Fernsehdirektor für sein Engagement gelobt worden war.

Im Schneideraum sah und hörte er sich, wie er im Beitrag über seine wilden Erlebnisse am gestrigen Tag berichtete. Er war sich sicher, dass er das ziemlich gut hinbekommen hatte.

Die Tür ging auf, und Neuwirt stand im Schneideraum zur Abnahme.

»Zeigen Sie mir, was Sie gemacht haben!«, forderte er Eike auf, Tom war Luft für ihn.

Eike ließ den Cutter den Filmbeitrag vorführen und las dazu seinen knappen Kommentar, der die O-Ton-Passagen verband.

Neuwirt räusperte sich. »Etwas viel O-Ton von unserem Wunderknaben. Nehmen Sie mehr von dem Obermeier, der vertritt doch die offizielle Seite.« Bei diesen Worten drehte er seinen Kopf kurz Tom zu.

»Aber Tom macht das sehr gut. Mit ihm kommt die persönliche Note der Geschichte viel besser rüber«, verteidigte Eike seinen Beitrag.

»Wir haben ihn nicht ohne Grund nicht live ins Studio gesetzt. Da hätte er wahrscheinlich lange irgendwelches Zeug dahergeredet. In einem Beitrag kann man das Verhältnis zwischen offiziellen Mitteilungen und persönlichen Erlebnissen besser regulieren. Das wissen Sie doch auch, Eike!«

Da platzte Tom der Kragen: »Herr Neuwirt, Sie tun alles, um mich aus dem Sender und aus den Beiträgen rauszuhalten. Und Sie haben dabei eine widerliche Art. Mal machen Sie sich über mich lustig, mal ignorieren Sie mich. Sogar Dr. Roßkopf wollte mich hier halten, aber Sie haben es offenbar geschafft, das zu umgehen. Sie behandeln mich und auch die Kollegen wie ein Sonnengott von oben herab! Aber Sie müssen sich nicht mehr anstrengen. Ich will an so einem Arbeitsplatz nicht länger tätig sein. So stelle ich mir eine Diktatur vor. Beim Fernsehen zu arbeiten ist großartig, aber nicht mit einem solchen Chef.«

Tom war sehr laut geworden, einige Spuckebläschen waren durch die Luft gesegelt. Der Cutter starrte wie versteinert auf seinen Monitor, Eike erschrocken auf Neuwirt.

Der war blass geworden. »Das muss ich mir von Ihnen nicht anhören, Sie giftspuckendes Lama. Sie stören den Arbeitsfrieden. Das wird Konsequenzen haben. Verlassen Sie jetzt den Raum!«

Tom packte seinen Rucksack, ging zur Tür, in der Neuwirt stand, und sich keinen Millimeter wegbewegte. Also schubste Tom ihn zur Seite und eilte hinaus. Im Weglaufen hörte er, wie Neuwirt keifte: »Haben Sie das gesehen? Er hat mich tätlich angegriffen!«

Auf seinem Heimweg mit der U-Bahn spürte Tom die Erregung. Er war stolz auf sich, dass er diesem Widerling die Meinung gesagt hatte. Aber er war auch enttäuscht und traurig. Das Kapitel Fernsehsender TV 1 war zu Ende. Übrig blieb nur der vage Hoffnungsschimmer, vielleicht zu einer anderen Zeit in einer anderen Abteilung wieder einsteigen zu können – jedenfalls hatte das Dr. Roßkopf gesagt. Ob Neuwirt ihm für die Hospitanz ein Zeugnis schreiben würde? Das konnte er sich nicht vorstellen. Und wenn doch – würden da versteckt Gemeinheiten stehen. Seinen Einstieg ins Berufsleben hatte Tom sich geradlinig und erfolgreich vorgestellt. Aber andere Berufsanfänger hatten das auch geschafft! Er merkte, wie sein Selbstbewusstsein langsam wuchs.

Im Treppenhaus öffnete er seinen Briefkasten. Ein Brief mit dem Logo des Deutschlandradios lag darin. Tom riss den Umschlag auf und fand einen Zwischenbescheid vor mit dem Inhalt, dass es noch dauern würde, bis alle Bewerbungen geprüft wären.

War das ein gutes Signal? Jedenfalls war er nicht gleich abgelehnt worden. Vielleicht stellte der Bescheid mehr als einen Hoffnungsschimmer am Horizont dar? Sollte er Lisa davon erzählen?

Tom betrat seine Wohnung, warf seinen Rucksack aufs Bett, und im nächsten Moment klingelte sein Telefon. Er sah auf das Display – es war Lisa. »Hi, Lisa! Schön, dass du anrufst.«

»Ich dachte, du wolltest gestern zu mir kommen?«, fragte sie pikiert.

»Lisa, es ist so viel passiert. Lass uns einfach ausgehen. Treffen wir uns im Atzinger? Ist das okay? Ich brauche ein Bier und was zum Essen.«

»Und du kommst wirklich?«

»Jetzt sei nicht nachtragend. Ich kann dir alles erklären. Wenn du das hörst, bist du nicht mehr sauer.«

»Okay. In einer Stunde bin ich dort.«

7

Eine weißblonde Bedienung, die ihren Zopf in einem Kreis um den Kopf gelegt und festgesteckt hatte, brachte Tom ein kühles Bier. Er war froh, einen Platz bekommen zu haben. Das Lokal war genauso voll wie bei seinem ersten richtigen Date mit Lisa. Sie waren hier gewesen, er hatte gerade seinen ersten Fernsehbericht gemacht – das schien unglaublich lange her zu sein. Lisa hatte an diesem Abend großartig ausgesehen – mit dem petrolfarbenen Pulli, der engen Jeans und den silbernen Ohrringen. Inzwischen war in seinem Leben eine ganze Menge passiert.

Als er Lisa durch die Eingangstür kommen sah, war sie fast genauso gekleidet wie damals. Sie trug eine blaue Jeans, in den Ohren schwere Creolen, der Pullover war diesmal dunkelblau mit kleinen silbernen Applikationen.

Sie begrüßte Tom mit einem flüchtigen Kuss auf die Wange. »Wartest du schon lange?«

Er schüttelte den Kopf, beide bestellten ihr Essen – Tom Schinkennudeln mit Beilagensalat und Lisa einen Salat mit Putenbrust. Enthusiastisch erzählte er ihr, was er alles erlebt hatte in den letzten 24 Stunden – von der lebensbedrohlichen Gefahr, die ihm eine kaputte Schulter eingebracht hatte, seinem Beitrag zur Aufklärung des Falles und seine Auseinandersetzung mit Neuwirt. Nur seine beruflichen Optionen in Köln oder Hamburg behielt er noch für sich.

Lisa schien ihn bei manchen Schilderungen zu bewundern, wenn er allzu schwärmerisch die gefährlichen Situationen beschrieb, legte sie ihm mit kokettem Gesichtsausdruck die Hand auf das Bein oder stupste ihn in die Seite. Als die Rede auf sein Standing beim Fernsehen und bei Neuwirt kam, bedauerte sie ihn nachdrücklich. »Tom, ich muss dir auch unbedingt eine Neuigkeit mitteilen.«

»Etwas Trauriges?«

»Nein, es ist etwas, das mein Leben verändern wird. Ich mache mit zwei Köchinnen, die ich gut kenne, ein Restaurant auf.«

»Das ist doch toll!«

»Finde ich auch, es soll ein Restaurant werden, in dem es nur vegetarische und vegane Speisen gibt – wie du mal gesagt hast.«

»Super. Das liegt im Trend.«

»Aber«, Lisa zog Stirn und Mund in Falten, »wir werden das Restaurant in Augsburg eröffnen – und ich werde dorthin ziehen.«

Tom zuckte zusammen, als er von der anderen Stadt hörte. »Hey, was heißt das für uns?«

»Weiß ich noch nicht.« Unruhig rutschte Lisa auf ihrem Stuhl herum und fixierte Tom.

»Viele Augsburger fahren nach München zur Arbeit und umgekehrt. Das dauert gar nicht so lange mit dem Zug.«

Lisa schüttelte den Kopf. »Für mich macht das keinen Sinn. Bis spätabends im Restaurant und dann noch nach München?«

Tom war mit einem Mal enttäuscht, müde, wusste nicht, was er sagen sollte. Er nahm einen großen Schluck von seinem Bier und starrte vor sich hin.

»Ich muss mal aufs Klo.« Er stand auf und ging mit langsamen Schritten zur Toilette. Nach dem Urinieren wusch er sich die Hände, schaute in den Spiegel und sah das bleiche Gesicht eines 25-Jährigen, dessen Augen feucht schimmerten. Er ließ Wasser in seine geöffneten Hände laufen und benetzte damit sein Gesicht. Diese Aktion wiederholte er noch einige Male, zog reichlich Papiertaschentücher aus dem Spender und trocknete sich ab. Anschließend ging er durch das Lokal zurück zu Lisa und hatte dabei das Gefühl, als würde er gegen die Strömung von Meereswellen laufen.

»Geht's dir nicht gut?«, fragte Lisa und zupfte ihm ein Stück Papier aus den Haaren über dem Ohr.

»Ich bin so müde. Es ist, als hätte ich einen Marathon hinter mich gebracht.«

Sie streichelte ihm die Wange.

»Und weißt du was?«, fragte Tom. »Ich habe womöglich zwei berufliche Optionen.«

»Das ist doch super.«

»Heute habe ich einen Zwischenbescheid für eine Bewerbung beim Deutschlandradio erhalten. Außerdem hat mir der Fernsehdirektor bei TV 1 versprochen, er würde mich bei ARD-aktuell für einen Job empfehlen, da bei seinem Sender momentan keine Vakanz besteht. Ich könnte dort Erfahrung sammeln und später zurückkommen.«

»Vielleicht haben wir bald beide neue Jobs.«

»Aber weißt du, wo ich dann arbeiten muss?«

»Wo?«

»In Köln oder in Hamburg! Deutschlandradio produziert in Köln und ARD-aktuell in Hamburg. Dr. Roßkopf will mich einem leitenden Kollegen bei Tagesschau und Tagesthemen vorschlagen.«

Lisa stutzte. Betroffen wirkte sie nur einen Augenblick, dann spannte sich ihre Gesichtshaut, ihre Lippen gingen in die Breite. Sie lachte schallend und hörte nicht mehr auf. Tom, der Lisa zunächst verdutzt mit großen Augen angesehen hatte, fiel in das Lachen ein, er lachte und lachte und weinte, bog sich und lachte und stammelte dazwischen die Worte »Neuwirt«, »Sugarboy«, »Odeon« »Dr. Roßkopf«, »Pistole« …

»Darf ich jetzt mal?«, fragte die weißblonde Bedienung mit dem Zopf um den Kopf und stellte die Schinkennudeln mit einem Beilagensalat auf den Tisch.

»Schinkennudeln«, lachte Tom und Lisa hielt sich den Bauch. Die Bedienung zog sich verunsichert zurück, und Tom und Lisa lachten und kicherten immer noch vor sich hin.

»Wo bleibt denn jetzt *mein* Essen?«, rief Lisa laut in den Raum hinein.

NACHSCHLAG

Der Fall von dem Mord im Sterne-Restaurant war bald gelöst. Es war klar, dass Sugarboy Wissler mit K.-o.-Tropfen umgebracht hatte. Da lag die Vermutung nahe, dass er bei Lalonge ebenso die Finger im Spiel gehabt hatte, aber nachweisen konnte man es ihm nicht gleich. Sugarboy gab zu, dass er um die Tatzeit Wisslers Jaguar in der Nähe des Odeon geparkt hatte. Die Polizei hatte herausgefunden, dass Wissler diesen Wagen zur fraglichen Zeit nicht gefahren haben konnte, da er sich im Fitnessstudio ausgepowert hatte. Die Zeit seines Ein- und Auscheckens war elektronisch genau festgehalten worden.

Nach langem anfänglichem Leugnen sagte Sugarboy aus, dass er Lalonge von Edgar hatte umbringen lassen. Der Grund war Eifersucht. Sugarboy hatte ein Telefonat Wisslers belauscht, in dem der sich mit Lalonge im Anschluss an einen Besuch des Fitnessstudios verabredet hatte. Bei diesem Telefonat hatte er auch erfahren, dass der Tester sich im Odeon aufhielt und dort speiste. Sugarboy erklärte, dass es sein spontaner Entschluss gewesen war, dorthin zu fahren und von Edgar zu verlangen, die K.-o.-Tropfen in Lalonges Essen zu mischen. Auf die Frage, warum Edgar zu so einer Tat bereit gewesen war, antwortete Sugarboy, dass er damit gedroht hatte, den gesamten Drogenhandel, in den Edgar verwickelt war, auffliegen zu lassen. Als Grund für sein Vorgehen gab der Kolumbianer an, dass ihn Wisslers sexuell motivierte Verabredung verletzt und wütend gemacht hatte. Sugarboy brachte Edgar, dem Dealer, die tödlichen Tropfen und blieb vor Ort, bis der Küchenhelfer Vollzug gemeldet hatte.

Edgar konnte man nicht mehr belangen, aber Sugarboy alias Jorge Azúcar wurde für den heimtückischen Mord an Wissler, der Anstiftung zum Mord an Lalonge und für die Freiheitsberaubung und Bedrohung von Tom Becker zu einer lebenslangen Freiheitsstrafe verurteilt. Man hatte ihm auch eine psychiatrische Therapie verordnet. Für den Fall, dass er vorzeitig entlassen werden würde, würde er nach Kolumbien abgeschoben.

Der Medienrummel war deutlich geringer als beim Prozessauftakt gegen Steineberg, deshalb wurde im Strafjustizzentrum in der Nymphenburger Straße verhandelt. Tom hatte als Zeuge aussagen müssen, Sugarboy hatte ihn von der Anklagebank aus kein einziges Mal angesehen.

Die Tage im Norden waren schon wieder sehr kurz. Es war Mitte November, und Tom lebte in Hamburg. Er hatte eine ziemlich komfortable Zwei-Zimmer-Wohnung in der Friedrichstraße in St. Pauli gefunden, nicht weit entfernt vom Hafen, nicht weit entfernt von der Davidwache, wo Fat Django erschossen worden war. Tom hatte die Geschichte über die Auseinandersetzung zwischen den beiden Polizisten und dem Rocker in Zeitungen und im Internet nachgelesen und den Ort des Geschehens mehrfach besucht.

Dr. Roßkopf hatte Wort gehalten und seine Bewerbung für ARD-aktuell unterstützt. Die Redakteursstelle beim Deutschlandradio hatte eine Frau bekommen. Seine

Arbeit bei den Tagesthemen war spannend und beanspruchte viel Zeit – weit über den 40-Wochenstunden-Vertrag hinaus. Das Arbeitsklima war angenehm, die Kollegen meistens freundlich, und eine davon erinnerte ihn mit ihren kurz geschnittenen schwarzen Haaren an Lisa.

Toms Liebe zu Lisa verebbte nach und nach, wie das Wasser, in das ein Stein geworfen wurde, zunächst kräftige Wellen hervorbringt, dann immer weitere Ringe zieht und schließlich verflacht. Lisa hatte schon bald nach ihrem Treffen im Atzinger ein Lokal und eine Wohnung in Augsburg gefunden. Er besuchte sie dort mehrmals, sehnte sich nach ihrer Nähe, aber Lisa war so durchdrungen von ihrer neuen Aufgabe, dass sie kaum Zeit für Tom hatte und er sich immer mehr zurückzog. Das Angebot mit der Stelle in Hamburg besiegelte ihre Beziehung. Beide waren so stark in ihren beruflichen Lebenswegen eingebunden, dass für die Leidenschaft, die Tom bei sich immer gespürt hatte und über deren Existenz er sich bei Lisa nie so ganz sicher gewesen war, zu wenig Platz blieb.

Bei ihrem letzten Date, bevor Tom nach Hamburg gezogen war, hatten sie sich versichert, dass sie Freunde bleiben würden.

Hin und wieder telefonierten sie, meist am Montag, wenn Ruhetag in Lisas Restaurant war. Sie hatte mit den Freundinnen ein Lokal, das sie »Veggie« genannt hatten, in der Nähe des Rathausplatzes in Augsburg gemietet. In den ersten Wochen betrieben sie es zu dritt, doch schon bald war klar, dass sie weiteres Personal einstellen mussten, da sonst die Arbeit nicht zu schaffen war. Dabei konnten sie auf die Leute von Wissler zurückgreifen, die nach dem Tod ihres Chefs arbeitslos geworden waren.

Es gab ausschließlich vegetarische und vegane Küche mit Tempeh, Seitan, Tofu, exotischen Pilzen, Nüssen und vielen verschiedenen Gemüsen. Lisa sorgte dafür, dass immer wieder Gerichte aus der chinesischen und japanischen Tempelküche auf die Speisekarte kamen. Es wurden Fisch- und Fleischgerichte wie vegetarische Hühnersuppe oder vegetarischer Tintenfisch serviert, die geschmacklich nahe an das fleischige Original herankamen.

Steineberg wurde im Prozess um das Haschisch in seiner Gourmetküche freigesprochen. Ein dritter Stern für das Odeon wurde ihm von Guide Michelin nicht verliehen.

Eines Tages fand Tom Post in seinem Briefkasten. Es war ein Kuvert in Regenbogenfarben, der Absender trug Lisas Namen. Gespannt öffnete Tom den Umschlag mit einem Taschenmesser. Es kam eine Karte zum Vorschein, auf der ein Foto in Form eines ausgeschnittenen Herzens zu sehen war. Darauf erkannte er Lisa in ihrer Visual-Kei-Maskerade sowie eine zweite stark geschminkte Person mit wilden blauen Haaren.

Auf der Rückseite der Karte stand:

»Anlässlich der Verlobung von Lisa Täuber und Claudia Anders möchten wir dich an Silvester zu einem Fest in unserem Restaurant Veggie einladen.«

Es dauerte einige Sekunden, bis Tom begriff, was er da las.

DANKSAGUNG

Mein Dank gilt meiner Lektorin Katja Ernst vom Gmeiner-Verlag, durch deren professionelle, engagierte und effektive Arbeit mein Manuskript zu einem Buch geworden ist. Ebenso möchte ich allen Mitarbeitern des Gmeiner-Verlags in den Bereichen Marketing, Vertrieb und Herstellung für ihre kompetente Unterstützung danken. Meiner Agentin Lianne Kolf und ihrer Mitarbeiterin Lisa Herden danke ich dafür, dass sie an mich geglaubt haben und mein Werk den Weg in die Öffentlichkeit gefunden hat. Meinem Coach, der Poetessa Ursula Haas, danke ich für ihre klugen Ratschläge und Ideen, die mir beim Schreiben weitergeholfen haben.

Mein Dank gilt Josch Pöllath, der mich nach dem Lesen einer frühen Version meiner Geschichte ermuntert hat, weiter an ihr zu arbeiten.

Und ich danke allen, die mich bei meinen Recherchen unterstützt haben: besonders dem Koch Moritz Bothe, Sonia Nemes von mindzone und den Mitarbeitern der Pressestelle der Münchner Polizei.

Last but not least danke ich meiner Frau Tine für all ihre Anregungen, ihre Geduld und ihre Herzlichkeit.